ro
ro
ro

Carolina Conrad ist das Pseudonym der aus dem niedersächsischen Oldenburg stammenden Autorin Bettina Haskamp. Die gelernte Journalistin hat ihre Basis in Hamburg, lebt aber seit mehr als zwölf Jahren in Portugal. Anfangs auf einem selbstgebauten Segelboot, inzwischen in einem kleinen Holzhaus im Hinterland der Ostalgarve. In der zweiten Heimat entstanden Bestseller wie «Alles wegen Werner» und «Hart aber Hilde». Nach «Mord an der Algarve» legt sie hier den zweiten Fall der Portugal-Krimireihe um Journalistin Anabela Silva vor.

Pressestimmen zu «Mord an der Algarve»:

«Richtig spannend.» *(Westfälische Nachrichten)*

«Kein reiner Krimi. Der Leser erfährt viel über Land und Leute, aus der Vergangenheit und der Gegenwart … sehr flüssig, unterhaltsam und fesselnd. Die ideale Strandlektüre!» *(«Entdecken Sie Algarve»)*

«Das Buch lebt von der Spannung, die sich in den gleich zwei miteinander nur mittelbar verwobenen Fällen aufbaut, von der präzisen Kenntnis der Region und der portugiesischen Mentalität und von den sich entwickelnden zwischenmenschlichen Beziehungen.» *(Oldenburgische Volkszeitung)*

«Gelungener Mix aus Unterhaltungs- und Spannungselementen, die den Leser dazu veranlassen, das Buch schnellstmöglich zu inhalieren.» *(Leser-Welt)*

CAROLINA CONRAD

LETZTE SPUR ALGARVE

– Anabela Silva ermittelt –

KRIMINALROMAN

Rowohlt
Taschenbuch Verlag

Originalausgabe
Veröffentlicht im Rowohlt Taschenbuch Verlag,
Hamburg bei Reinbek, Mai 2019

Redaktion Katharina Rottenbacher
Umschlaggestaltung FAVORITBUERO, München
Umschlagabbildung Steve Photography/Shutterstock
Satz aus der Apollo MT
Gesamtherstellung CPI books GmbH,
Leck, Germany
ISBN 978 3 499 00005 8

VORAB

Korrekt müsste es «der» und nicht «die» Algarve heißen. Aber im Deutschen hat sich die weibliche Variante durchgesetzt, die auch ich in diesem Roman benutze.

Die Geschichte ist ebenso erfunden wie ihre Figuren. Die meisten Schauplätze dagegen sind es nicht. Allerdings müssten Sie zum Beispiel ein bestimmtes Kloster in Spanien deutlich weiter nördlich suchen – mit anderen Worten: Künstlerische Freiheit ist etwas Feines …

I

Der Stall war klein. Zwei Pferdeboxen linker Hand, rechts Strohballen, hoch gestapelt bis fast unter das Dach. Eine Schubkarre mit Pferdemist. Inspektor Paulo Pinto musterte die Strohballen, als wolle er sie zählen. Er vermied jeden Blick auf den großen schwarzen Kopf, der durch eine Öffnung zwischen den Eisenstäben im oberen Teil der Tür ragte. In der schmalen Stallgasse hielt er sich so weit rechts wie möglich. Chefinspektor João Almeida verkniff sich das Grinsen. *Kann vor Muskeln kaum laufen, aber hat Angst vor einem Pferd.* «Das sind unberechenbare Wesen. Gemeingefährlich», hatte Pinto eben im Auto auf der Fahrt zu diesem Hof gesagt. «Die Frau wurde vom eigenen Gaul totgetreten, welchen Beweis brauchst du noch?»

Almeida selbst trat jetzt direkt an die Box und streichelte die Nüstern des Rappen. «Na, Schöner, warum bist du ausgeflippt, was ist passiert?»

«Bist du unter die Pferdeflüsterer gegangen?» Pinto stand inzwischen an der zweiten Box. Sie war leer, die Tür offen. Almeida ging zu ihm. Blutgetränktes Stroh zeugte von dem Drama, das sich an diesem Morgen hier abgespielt hatte. Der leicht metallische Geruch des noch frischen Blutes mischte sich mit dem von Dung und Urin. Almeida schnupperte. War da noch die Spur eines anderen Geruchs? «Schöner Freund, der dich umbringt», knurrte Pinto und zeigte auf ein Holzschild an der Schiebetür, auf dem der Name des Pferdes eingebrannt war: Amigo.

«Was genau hat der Arzt gesagt?», fragte Almeida. Pinto sah in seine Notizen.

«Anscheinend mehrere Huftritte auf den Brustkorb und einer an den Kopf. Muss ziemlich übel ausgesehen haben.» Eine Freundin hatte die bewusstlose Frau gefunden, die auf dem Weg ins Krankenhaus im Rettungswagen ihren Verletzungen erlegen war. Liv Steen, gebürtige Dänin. Dreiundfünfzig Jahre alt. Den Tod hatte ein Arzt in Vila Real de Santo António festgestellt. Inzwischen war die Leiche auf Anweisung des Staatsanwaltes auf dem Weg in die Rechtsmedizin. Das normale Vorgehen bei unnatürlicher Todesursache.

«Wo ist die Frau, die sie gefunden hat?»

«Vorn auf dem Hof, bei den Kollegen von der GNR.»

«Gehen wir.»

Der von Zypressen gesäumte Hof war mit weiß-gelben Flatterbändern abgesperrt, zwei Streifenwagen der GNR, der Guarda Nacional Republicana, standen vor der Absperrung. Die Türen des einen waren offen, im Fond sahen sie eine grauhaarige Frau sitzen, die regungslos auf die Hände in ihrem Schoß starrte. Almeida und Pinto gingen auf den Wagen zu. Auf dem Fahrersitz beschäftigte sich ein Beamter der GNR mit seinem Smartphone.

Pinto blätterte auf der Suche nach dem Namen der Zeugin in seinen Notizen. «Sie heißt Renate Cabral.»

«Renate? Nicht Renata?»

«So hat's der Kollege gesagt.»

Almeida sprach sie an. «Dona Renate? Boa tarde.»

Die Frau hob den Kopf. Gerötete Augen unter dünnen Brauen, tiefe Falten zwischen Nase und Mund, ein blasses Gesicht. «Die haben sie umgebracht.» Sie sprach mit leiser, zittriger Stimme. Nur diesen einen Satz. Dann nichts mehr.

Der Agente drehte sich zu ihnen um. «Das sagt sie alle paar Minuten. Und immer in diesem komischen monotonen Ton. Wie ein verdammter Automat. Richtig unheimlich.»

«Kommen Sie bitte.»

Pinto half der Frau aus dem Wagen. Sie bewegte sich wie eine Greisin, dabei schätzte Almeida sie auf Mitte, Ende fünfzig. Offensichtlich stand sie noch unter Schock.

Sie führten Renate Cabral zu einer breiten Holzbank, die unter einer Korkeiche stand. Weiß hob sich die Zahl 4 vom geschälten rötlich braunen Stamm ab. Almeidas Blick wurde von der Zahl angezogen, er blieb stehen. Die 4 stand für das Jahr 2014, das Jahr der jüngsten Ernte an diesem Baum. Seine Gedanken schweiften ab in das Dorf, aus dem seine Familie stammte. Kork war die Haupteinnahmequelle seines Großvaters gewesen, eines Meisters im Schälen mit der Axt. Aber nicht das war der Grund, warum Almeida jetzt an den Alten denken musste. Von seinem Großvater hatte er die Liebe zu Pferden geerbt.

Pinto räusperte sich vernehmlich. Er saß schon auf der Bank neben der blassen Zeugin, die in ihrem beigefarbenen Trenchcoat fast zu verschwinden schien. Almeida setzte sich auf ihre andere Seite. «Renate?», fragte er. «Habe ich das richtig verstanden? Eine ungewöhnliche Schreibweise.» Vielleicht half es der Frau, wenn er nicht gleich auf das Unglück zu sprechen kam.

«Meine Mutter kommt aus Deutschland.»

Aus Deutschland. Das Bild einer anderen deutschen Frau blitzte in João Almeida auf, er musste sich zusammenreißen, um nicht schon wieder mit den Gedanken abzuschweifen. Und um in diesem Gespräch mit einer traumatisierten Zeugin nicht zu lächeln.

«Sie wohnen …?»

«In Castro Marim.» Der Hof, auf dem sie sich befanden, lag keine fünf Kilometer von dem Ort entfernt auf einem Hügel. Am Horizont waren eben noch die Silhouetten des Castelos und der Festung von Castro Marim auszumachen, auch die Spitzen der Brücke, die über den Grenzfluss Guadiana nach Spanien führte, waren zu sehen. Plötzlich kam Leben in das blasse Gesicht der Frau. «Das ist doch völlig unwichtig! Fragen Sie lieber, wer Liv umgebracht hat!»

«Wie kommen Sie darauf, dass sie umgebracht wurde?»

«Weil Amigo das Gemüt einer Butterblume hat. Und weil Liv bedroht wurde.»

«Von wem?» Die Frage kam von Pinto, der seinen Notizblock auf den Oberschenkel gelegt und den Kugelschreiber in die Hand genommen hatte. «Und warum?»

«Weil sie sich für all die misshandelten Kreaturen eingesetzt und kein Blatt vor den Mund genommen hat. Darum.» Laut Renate Cabral hatte die Tote ihre beiden nächsten Nachbarn wegen Tierquälerei angezeigt. Einen Jäger, der sein Hunderudel an einem heißen Tag in einem kleinen Anhänger stundenlang ohne Wasser in der prallen Sonne habe stehen lassen und einen Bauern, weil er seinen alten Esel schlecht halte und zu schwer arbeiten lasse. Beide seien von der Polizei ermahnt worden und hätten Liv Steen kurz darauf auf das Übelste beschimpft.

«Beschimpft oder bedroht?»

«Sie hat anonyme Briefe bekommen.»

«Von ...?»

«Von diesen widerlichen Tierquälern. Von wem denn sonst?»

«Haben Sie diese Briefe gesehen?»

«Nein. Sie hat sie gleich verbrannt.»

«Und Sie? In welcher Beziehung standen Sie zu der Verstorbenen?»

«Wir waren befreundet.»

«Soweit wir wissen, hat Dona Steen noch nicht sehr lange hier gelebt. Woher kannten Sie sich?»

«Aus dem Tierschutzverein.»

Sie sprachen noch eine Viertelstunde mit Renate Cabral.

«Soll der Kollege Sie nach Hause fahren?», fragte Almeida.

«Nein, nicht nötig, danke. Ich kann selbst fahren. Mein Wagen steht da hinten.»

«Was hältst du davon?», fragte er Pinto, nachdem die Frau gegangen war.

«Ich halte das für einen Haufen Schwachsinn.» Er verstellte die Stimme. «‹Amigo hat das Gemüt einer Butterblume.› Pffft. Die Frau hat doch einen Schaden. Tierschützer. Wenn ich das schon höre.»

Almeida schmunzelte. «Vorurteile hast du aber keine, wie? Willst du den Bauern oder den Jäger?»

Pinto seufzte. «Den Jäger, wenn es sein muss.»

«Muss es.»

«Du bist der Chef.»

Zwei Tage später saß Almeida in Faro dem Staatsanwalt gegenüber. «Ich kann beim besten Willen nicht sehen, warum Sie hier weiterermitteln wollen. Die beiden Leute, die von dieser Cabral beschuldigt wurden, haben Alibis, an denen nicht zu rütteln ist. Und die Cabral selbst, die nehmen Sie ja wohl nicht ernst. Wie viele Verleumdungsklagen liegen gegen die Dame an, drei? Also bitte.»

«Aber …»

«Ich weiß Ihre Erfahrung zu schätzen, Almeida. Aber ich sehe hier kein Motiv für einen Mord. Eine Anzeige wegen Tierquälerei? Das ist doch lächerlich. Außerdem geht auch die Rechtsmedizinerin von einem Unfall aus. Tragisch, keine Frage. Aber ein Unfall. Für alles andere gibt es keinerlei Hinweis.»

«Ein Pferd dreht nicht einfach so durch.»

«Nichts für ungut, Chefinspektor. Aber Ihr Glaube an das Gute im Pferd rechtfertigt wohl kaum die Verschwendung von Ressourcen.» Der Staatsanwalt schlug die Akte zu. «Sonst noch was?»

«Nein.»

2

Entremeado. Durchwachsener Speck. Den ganzen Tag schon hing dieses Wort in meinem Kopf fest, in dem ganz andere Worte hätten kreisen sollen. Fortsetzungsfeststellungsverfahren zum Beispiel. Oder Zeugnisverweigerungsrecht. Begriffe, die sich beharrlich weigerten, Teil meines portugiesischen Sprachschatzes zu werden, wie es für meine Onlineausbildung zur Übersetzerin nötig gewesen wäre. Fachrichtung Jura. Stattdessen also: durchwachsener Speck. Die perfekte Beschreibung für meine Gefühlslage. Seit sechs Wochen war ich wieder in Portugal. Diesmal für immer. Oder zumindest für die nächsten Jahre. Ich schwankte zwischen einem fetten Glücksgefühl und einer mageren Schicht Angst. Obenauf eine Kruste aus Beklemmung, der ich besser nicht genauer nachfühlte.

Womöglich war mein Umzug aus Hannover ins Dorf meiner Eltern ein Fehler gewesen. Wie sollte ich je gut bezahlte Arbeit finden, wenn ich die Prüfung nicht schaffte? Wie sollte ich unabhängig von meinen Eltern werden, die schon die Renovierung des Hauses bezahlten? Das Haus, das meinen verstorbenen Großeltern gehört hatte. Eigentlich bin ich Journalistin, um genau zu sein Kolumnistin. Aber die Frauenzeitschriften, für die ich bisher geschrieben hatte, waren nicht an Kolumnen einer Autorin interessiert, die im Ausland lebte. In Portugal fehlten mir die Kontakte. Mit zweiundvierzig Jahren stand ich vor einem Neuanfang, der alles andere als leicht werden würde. Im Moment lebte ich von meinem Ersparten. Und das war nicht mehr viel. Trotz alledem saß ich morgens mit Jubel im Herzen auf meiner Terrasse und badete im wunderbaren Licht der Algarve.

«Filha, du bist ja immer noch nicht weiter mit den Kisten!»

Meine Mutter war durch die offene Tür in mein kleines Heim gekommen, in dessen breitem Flur sich ebenso wie im Schlafzimmer noch Kartons stapelten. Ich saß in dem Raum, den ich zu meinem Wohn- und Arbeitszimmer auserkoren hatte. Hier war es schon wohnlich. Meine Bücher standen alphabetisch geordnet in raumhohen Regalen, gegenüber vom nagelneuen Holzofen hatte ich ein rotes Ecksofa mit bunten Kissen platziert, und am Fenster zur Wiese stand der Schreibtisch, an dem ich zu lernen versuchte.

«Die Wäschetruhen und die Nachttische sind doch noch nicht fertig, Mãe!», rief ich in den Flur. Ein Teil der alten Möbel meiner Großeltern war für meinen Geschmack zu dunkel und wirkte zu schwer, deshalb ließ ich sie in verschiedenen Pastelltönen lackieren. Die Truhen waren nicht das einzig Unfertige im Haus. Es gab noch ein fensterloses Zimmer, das mein begehbarer Kleiderschrank werden sollte. Vorausgesetzt, ich kam je dazu, es auszuräumen. Noch immer lagerten darin andere

Hinterlassenschaften meiner Großeltern, von denen ich bisher nur den kleinsten Teil gesichtet hatte. Nachdem erst meine Großmutter und dann mein Großvater gestorben waren, hatten meine Eltern das Haus unverändert gelassen. Bis ich vor sechs Monaten versprochen hatte, hier einzuziehen.

Jetzt war es an mir, die letzten ihrer Habseligkeiten zu sortieren. Vielleicht konnte ich ein paar der Sachen bei OLX verkaufen, dem portugiesischen eBay-Pendant. Das meiste würde wohl auf dem Müll landen. Eines Tages.

«Warum du die Möbel überhaupt streichen lässt, ist mir ein Rätsel. Eine Sünde ist das, wenn du mich fragst. Das schöne Holz. Und schade ums Geld. Aber du musst es ja wissen.»

«Genau.» Tal mãe, tal filha. Wie die Mutter, so die Tochter. Von wegen. Wer diesen Satz in die Welt gebracht hat, ist definitiv nicht in meiner Familie aufgewachsen. Meine Mutter und ich sind uns in etwa so ähnlich wie – ich sah aus dem Fenster auf eine Herde, die dort weidete, und dachte: wie Schaf und Ziege. Sie kam ins Zimmer. «Ich habe für dich …», setzte sie an. Was sie für mich hatte, sollte ich an diesem Tag jedoch nicht mehr erfahren. Mein Telefon klingelte. Ohne auch nur auf das Display zu sehen, nahm ich den Anruf an. Im Moment war mir alles lieber, als weitere Kritik oder Ratschläge von ihr zu hören – selbst der Telefonanbieter, der mir mindestens dreimal pro Woche einen neuen Vertrag andrehen wollte und dessen Anrufe ich inzwischen normalerweise ignorierte.

«Silva.»

«Boa tarde, Dona Anabela.»

Mit dem Telefon am Ohr starrte ich noch immer auf die Viecher vor dem Fenster und hing geistig bei der wichtigen Frage fest, ob Schafe und Ziegen überhaupt biologisch verwandt sind. Womit erklärt wäre, dass ich erst in dem Moment realisierte, wer der Anrufer war, als er seinen Namen nannte.

«Hier spricht João Almeida.»

Meine Mutter behauptete später, ich hätte plötzlich einen roten Kopf bekommen. Aber das halte ich für übertrieben. In den vergangenen Monaten hatte ich das ein oder andere Mal an den Mann von der Kripo gedacht, für den ich im Mai während einer Mordermittlung als Aushilfsdolmetscherin gearbeitet hatte. Dieser Job hatte mich überhaupt erst auf die Idee mit der Onlineausbildung gebracht. War ja klar, dass ich da gelegentlich an ihn dachte. Schließlich musste ich mich mit einem Vokabular befassen, das durchaus polizeiliche Belange berührte. Na gut, das war nur die halbe Wahrheit. Ich hatte mich gern an Almeidas kleines Lächeln erinnert. Und an die letzte Frage, die er mir mit warmer Stimme gestellt hatte, ehe ich nach Deutschland flog, um dort meine Wohnung aufzulösen und mich scheiden zu lassen. «Sie kommen doch wieder, Anabela Silva?»

Und jetzt rief er an. Die Frage des Tages hieß: Warum?

«Sie! Das nenne ich eine Überraschung.»

«Eine angenehme, hoffe ich.»

«Äh, natürlich. Wie geht es Ihnen?»

«Danke, gut. Und selbst? Ich war mir nicht sicher, ob Sie tatsächlich wieder in Portugal sind.»

Während wir uns durch das höfliche Vorgeplänkel arbeiteten, das in Portugal zum guten Ton gehört, stieg meine innere Spannung. Rief er mich an, mich, Anabela Silva, die Frau? Oder Anabela Silva, die Gelegenheitsdolmetscherin? Letzteres hätte mir lieber sein sollen, schon aus Gründen der Vernunft. Aber um meine Vernunft ist es grundsätzlich nicht allzu gut bestellt.

«Ich würde Sie gern treffen», sagte er schließlich. Aus seinem Ton war beim besten Willen nichts herauszuhören. Ich gab mir einen Ruck.

«Worum geht es denn?»

«Das möchte ich gern persönlich mit Ihnen besprechen. Vielleicht könnten Sie in den nächsten Tagen nach Castro Marim kommen?»

Nach Castro Marim? Der Dienstort des Chefinspektors ist normalerweise Faro. Aber unsere erste Zusammenarbeit hatte zu großen Teilen auf der Polizeiwache in Alcoutim stattgefunden, nicht weit von meinem Dorf entfernt, im Hinterland der Ostalgarve. Dort, wo seinerzeit das Mordopfer gefunden worden war. Wieso also Castro Marim? Den Ort mit seinen beeindruckenden alten Gemäuern kannte ich nur vom Vorbeifahren auf dem Weg zur Küste.

«Anabela? Sind Sie noch dran?»

«Ja. Ja, ich bin noch dran. Einen Augenblick bitte.»

Ich öffnete schnell den Kalender in meinem Laptop. Der nächste Tag war komplett verplant. Der darauffolgende nicht. Dennoch zögerte ich. Wollte ich wirklich wissen, was João Almeida mir zu sagen hatte? Ihn wiedersehen? Aber sicher.

«Wäre Freitag früh genug, also übermorgen?»

«Ja, kein Problem.»

«Soll ich zur Polizeistation kommen?» Ich nahm an, dass es in Castro Marim ebenfalls eine gab.

«Nein, wir treffen uns bei Corvo.»

«Beim Corvo?» Beim Raben?

«Entschuldigen Sie, ich habe einen Moment lang vergessen, dass Sie ja nicht von hier sind. Corvo ist ein Supermarkt. Am besten parken Sie auf dem großen Parkplatz gegenüber dem Fußballstadion. Sagen wir, um ein Uhr?»

«Ja, in Ordnung, ich werde da sein.»

Ein Treffen im Supermarkt. Sonderbar. Das passte weder zu Dienstlichem noch zu Zwischenmenschlichem, und ich konnte mir keinen Reim darauf machen.

«Wer war denn das, Filha?»

Ach Gott, meine Mutter war ja auch noch da. Filha ist übrigens nicht mein zweiter Vorname, sondern das portugiesische Wort für Tochter.

«Ein Bekannter.»

Ganz sicher würde ich ihr nicht auf die Nase binden, wer gerade angerufen hatte. Ich selbst bin ausgesprochen neugierig, was für mich als Journalistin sozusagen Berufsvoraussetzung ist. Meine Mutter aber schlägt mich in Sachen Neugier um Längen, und das ganz ohne Entschuldigung. Hätte ich ihr gesagt, dass Chefinspektor Almeida am Telefon gewesen war, ihre Fragerei hätte in den nächsten Tagen kein Ende genommen.

«Ein Bekannter? Was für ein Bekannter? Du bist ganz rot geworden. Was ist mit der Polizei?»

Jetzt half nur Ablenkung.

«Da hast du was falsch verstanden. Du wolltest mir eben erzählen, du hättest etwas für mich?»

«Ich?»

«Ja, das hast du gerade gesagt, als das Telefon geklingelt hat.»

«Weiß ich nicht mehr. Hoffentlich geht es bei mir jetzt nicht auch los.»

«Ach Mãe, ich vergesse auch schnell was, deshalb hast du nicht gleich Alzheimer. Komm, ich mach uns einen Kaffee.»

Bei meinem Vater war vor einigen Monaten Alzheimer im Anfangsstadium diagnostiziert worden. Vor allem deshalb hatte ich mich auf ein Leben in diesem abgelegenen portugiesischen Dorf eingelassen. Ich wollte für meine Eltern da sein. Meinem Vater ermöglichen, zu Hause zu leben, solange es eben möglich war. Der Gedanke, ihn in ein Heim zu geben, behagte mir nicht.

Der andere Grund hieß Justus und war mein Exmann, der mich gegen eine kirgisische Studentin im zarten Alter von einundzwanzig Jahren ausgetauscht und so mein Leben komplett auf den Kopf gestellt hatte. In Hannover, dort, wo ich geboren und aufgewachsen bin. Meine Eltern sind Ende der 60er Jahre nach Deutschland ausgewandert und kurz vor meinem Abitur nach Portugal zurückgegangen. Ich selbst bin damals bei einer Tante geblieben und habe ein paar Jahre später geheiratet. Portugal war das Land meiner Familie, meines musste es erst noch werden.

Mãe und ich gingen in die Küche, die ich bis auf einen

frischen Anstrich, neue Geräte und einen modernen Schrank unverändert gelassen hatte. Omas Töpfe hingen über dem Rauchabzug, und den alten Küchentisch bedeckte eine noch von ihr selbst mit einem Hohlsaum umstickte Leinendecke.

Nachdem meine Mutter gegangen war, versuchte ich mich wieder auf mein Lernprogramm zu konzentrieren. Zwecklos. Dann konnte ich genauso gut im Internet nach einem Mordfall in oder bei Castro Marim suchen.

Als Erstes fiel mir eine Schlagzeile ins Auge, in der es um eine Wasserleiche ging. Der Mann war in einem Seitenarm des Guadiana nahe der Salinen von Castro Marim angeschwemmt worden. Auch das Salz in meiner Küche stammte von dort, und ich fragte mich kurz, wie nah genau die Leiche wohl den Becken zur Salzgewinnung gekommen war. Ekliger Gedanke. Mein Blick fiel auf das Datum. Das war zwei Monate her, also kaum ein Fall, um den Almeida sich jetzt kümmerte.

Deutlich aktueller war der Bericht über den Mord an einem Cousin des berühmten Gitarristen Paco de Lucía. Mir war völlig neu, dass die Mutter des Musikers von der Ostalgarve stammte. Zunächst war die Polizei von einem Herztod ausgegangen, nichts hatte auf Mord hingewiesen. Keine Ermittlungen, keine Obduktion. Dann aber hatte sich ein Mann gestellt und den Mord gestanden. Schnell klickte ich den Bericht weg. Ich wollte nicht daran denken, was ich selbst vor Monaten über andere angeblich natürliche Todesfälle herausgefunden hatte, die keine gewesen waren. Nein. Wenn ich daran dachte, nahm die Beklemmung, die ich immer noch in mir trug, wieder überhand. Dann würden auch fröhliche Farben nicht reichen, um die düsteren Erinnerungen zu vertreiben, die nicht zuletzt mit dem Haus verbunden waren, in dem ich am Schreibtisch saß.

Ich trennte die Verbindung zum Internet und wollte mit dem nächsten Tastendruck zurück zu meinem Fachvokabel-Lernprogramm. Doch als führe meine Hand ein Eigenleben, landete der Mauszeiger stattdessen auf dem Schreibprogramm und öffnete eine Datei.

Desaperecido. Vermisst.

Hier stand alles, was ich über ein Kind wusste, das vor mehr als fünfzig Jahren verschwunden war. Das Kind meiner toten Tante. Das Kind, das ich finden, dessen Schicksal ich klären wollte. Meinem Seelenfrieden zuliebe. Viel stand da nicht.

3

Ich sah ihn schon von weitem. Als er gemächlichen Schrittes vom Parkplatz auf den Eingang des Supermarktes zukam, an dem ich seit einigen Minuten wartete, überragte er fast alle anderen Menschen. Jedenfalls die dunkelhaarigen. Bei Corvo kauften nicht nur die Einheimischen, sondern auch viele Urlauber ein. Nicht wenige von ihnen standen mit imposanten Wohnmobilen auf dem Parkplatz, auf dem ich auch geparkt hatte. In der kurzen Zeit hatte ich bereits Niederländisch, Englisch und Französisch gehört. Mit seiner Größe, dem silberweißen Haar und der dunklen Brille hätte João Almeida als einer dieser Urlauber durchgehen können. Aber nicht mit seiner Kleidung. In kurzen Hosen und T-Shirt konnte ich ihn mir auch schlecht vorstellen. Schon gar nicht im November. Er trug Jeans und ein helles Jackett. Keinen der Anzüge, in denen ich ihn kannte. Und – silberweißes Haar oder nicht – für einen Wohnmobilbesitzer war er entschieden zu jung, die hatten anscheinend samt und sonders das Rentenalter erreicht. Wenn ich mich nicht irrte, war er schlanker als noch vor ein paar Monaten.

«Anabela.» Er gab mir die Hand. Sehr förmlich. Wie

immer eigentlich. Es war mir nur nicht mehr bewusst gewesen.

«Chefinspektor.»

«João bitte. Gut sehen Sie aus.» Er lächelte. Ich freute mich. Auch darüber, dass ich mich sorgfältig geschminkt und mir die Haare hochgesteckt hatte.

«Wollen wir hineingehen?»

Inzwischen war mir klar, dass der Chefinspektor im Corvo nicht seinen Lebensmitteleinkauf erledigen wollte. Zu dem Supermarkt gehörte eine Cafeteria, in die jetzt, zur Mittagszeit, beständig Leute strömten. Ich folgte Almeida zum letzten freien Tisch in der Mitte des großflächigen, hauptsächlich in Weiß gehaltenen Raumes – und wäre am liebsten gleich wieder gegangen. Der Lärmpegel war höllisch. Wer auch immer diesen Neubau geplant hatte, von Schallisolierung verstand der nichts. Außer mir schien der Krach allerdings niemanden zu stören. Um uns herum saßen die Menschen und aßen, lachten, redeten. Im Grunde genommen schrien sie sich an.

Dicht an meinem Ohr fragte Almeida, was ich essen wolle. «Hier gar nichts», hätte ich am liebsten geantwortet, bestellte aber ein Käsesandwich und ein Mineralwasser. Almeida konnte es nicht wissen, aber er sammelte für die Auswahl dieses Lokals gerade mächtig Minuspunkte. Ich sah ihm nach, als er zur Theke ging, an der die Bestellungen aufgenommen wurden, beobachtete, wie er eine Nummer zog, sich in die Schlange der Wartenden einreihte, und setzte mich. Was hätte ich sonst tun sollen?

Ich hatte viel Zeit, darüber nachzudenken, warum er mich ausgerechnet an diesem Ort hatte treffen wollen, kam aber zu keinem Ergebnis. Endlich erschien Almeida mit einem Tablett, stellte es auf den Tisch und setzte sich neben mich. Hätte er sich mir gegenübergesetzt, hätten auch wir uns nur schreiend unterhalten können. Allerdings sagte er außer «Bom apetite!» erst einmal nichts.

Eben pickte ich die letzten Salatblätter auf, mit denen mein Sandwich garniert gewesen war, als er plötzlich fragte: «Mögen Sie Tiere?»

«Wie bitte?» Gut, er hatte schon am Telefon danach gefragt, wie es mir nach meinem Umzug ging, und ich kann auch gar nicht sagen, welche Gesprächseröffnung ich erwartet hatte. Diese jedenfalls nicht. Aber von mir aus. Vielleicht hatte seine Katze Junge.

«Kommt auf das Tier an, denke ich. Grundsätzlich schon. Warum fragen Sie?»

«Hören Sie, Anabela» – er rückte sehr dicht an mich heran und senkte die Stimme, obwohl in dieser Umgebung wie gesagt auch bei normaler Lautstärke niemand sonst hätte hören können, was er mir zu sagen hatte – «ich habe eine Bitte an Sie. Und ich möchte, dass Sie mit niemandem darüber sprechen. Ganz unabhängig davon, ob Sie meiner Bitte entsprechen werden oder nicht.»

Ich war dermaßen überrascht, dass ich ihn nur gebannt ansehen und abwarten konnte, was jetzt kam. War das hier ein konspiratives Treffen? Also deshalb der Lärm um uns herum.

Und dann erzählte mir Chefinspektor João Almeida von einer toten Frau und ihrem Pferd. Von einer Frau, die möglicherweise ermordet worden war. Wenn er auch nicht wusste, wie. Noch nicht. Oder warum. Noch nicht.

«Aber dieser Idiot von Staatsanwalt lässt mich nicht weiterermitteln.» Seine Augen wurden mindestens drei Nuancen dunkler, als er über diesen Staatsanwalt sprach, und seine Pupillen waren nur noch Punkte. Wenn die Augen das Tor zur Seele eines Menschen sind, dann brannte in Almeidas Seele gerade ein mächtiges Feuer. So wütend hatte ich ihn noch nie erlebt. Der «Ehrgeizling und Ignorant» der Anklage war offenbar noch recht jung und erst kurz in seinem Amt. Aber lange genug, um den Fall mit dem Vermerk «Unfalltod» zu schließen. «Nach nur zwei Tagen», schäumte Almeida. «Ohne auch nur ein Spurensicherungsteam zu genehmigen.»

«Und was hat das alles mit mir zu tun?», fragte ich angesichts seiner wütenden Miene etwas zaghaft. Er atmete tief durch, beruhigte sich ein wenig.

«Dazu komme ich noch. Ich habe versucht, die Sache auf sich beruhen zu lassen, die Entscheidung des Idioten zu respektieren. Aber dieser angebliche Unfall geht mir nicht mehr aus dem Kopf.»

«Warum sind Sie eigentlich so überzeugt davon, dass es kein Unfall war?»

«Tja. Da ist zum einen das Pferd. Wissen Sie, Anabela, ich bin mit Pferden aufgewachsen. Mein Großvater … egal, das führt jetzt zu weit. Kurz gesagt, geraten Pferde nach meiner Erfahrung – und auch nach allem, was ich inzwischen gelesen habe – nicht einfach so in ihrer Box in Panik und treten um sich. Und welcher Pferdehalter wäre so dumm, sein Pferd ausgerechnet auf engem Raum zu erschrecken? Jedenfalls keine Frau, die sich mit Tieren sehr gut auskennt. Ich kann mir das einfach nicht vorstellen.»

Er blickte mich fragend an, wartete auf eine Reaktion. Was er sah, schien ihm nicht zu gefallen.

«Sie gucken genauso wie Pinto. Den konnte ich auch nicht überzeugen.»

Inspektor Paulo Pinto. Kollege und Freund von Almeida. Für mich: Macho, Unsympath, Blödmann. So wie Pinto kann ich gar nicht gucken.

«Wenn der wüsste, was ich hier … Aber es ist nicht nur das. Mit der Frau, die umgekommen ist, übrigens eine Dänin, stimmt irgendetwas nicht.»

«Wieso?»

«Ihre nächsten Nachbarn haben diese Frau gehasst, weil sie sie ständig der Tierquälerei bezichtigt und schließlich angezeigt hat. Offenbar war sie eine engagierte Tierschützerin, und die Tiere waren ihr wichtiger als ein gutes Verhältnis zum Bauern von nebenan. Aber alle anderen, mit denen wir in den zwei Tagen gesprochen haben, zeichnen sie mit einem Heiligenschein. Vor allem die Leute im Tierheim. Es ist das offizielle Tierheim von Castro Marim und Vila Real, aber betrieben wird es von einem Verein. Und den hat sie in ihrem Testament bedacht. Ihr gehörte ein ziemlich großer Hof hier in der Nähe.»

«Sie meinen, deswegen könnte sie umgebracht worden sein – wie auch immer das dann vonstattengegangen wäre?» Tierschützer als Mörder, um an Geld zu kommen? Das erschien mir dann doch sehr weit hergeholt. Almeida zuckte mit den Schultern und glaubte offensichtlich selbst nicht daran.

«Vielleicht sehe ich einen Wald, wo nur ein paar Bäume sind. Ich habe einfach ein ungutes Gefühl, weil die Akte für meinen Geschmack zu früh geschlossen wurde. Damit ja keine ‹Ressourcen verschwendet› werden.» Den letzten Satz sagte er in bitterem Ton.

A incerteza é uma febre da alma, sagt ein portugiesisches Sprichwort. Die Ungewissheit ist ein Fieber der Seele. Wenn das jemand verstand, dann ich. Almeida hätte ich dagegen eher nicht als jemanden eingeschätzt, der sich bei der Arbeit von Gefühlen leiten ließ. Er war mehr der sachliche Typ.

«Und jetzt kommen Sie ins Spiel. Möchten Sie übrigens noch etwas trinken?»

«Nein, danke. Ich möchte gerne wissen, worum Sie mich bitten wollen.»

«Natürlich.» Er räusperte sich. «Offiziell kann ich nichts machen. Es gibt keinen Fall.»

Ja, so viel hatte ich schon verstanden.

«Das hier ist also rein privater Natur.»

«Sagen Sie es einfach.»

«Ich hatte die Idee, also ich meine, worum ich Sie bitten möchte, äh, warum ich gefragt habe, ob Sie Tiere mögen …»

«Sie wollen, dass ich mich in diesem Tierheim umsehe.»

«Umsehen trifft es nicht ganz. Meine Idee ist eher, dass Sie dort eine Weile ehrenamtlich mitarbeiten und sich umhören.» Er hatte den Anstand, rot anzulaufen.

Unbezahlt Hundescheiße schaufeln, dachte ich. Wie verlockend.

«Dort sind viele Ausländer aktiv. Vor allem Deutsche.»

Es war wie ein Schlag ins Gesicht.

«Wenn es Ihre Zeit überhaupt zulässt …?»

Deshalb also wollte er mich. Nicht wegen meiner schönen Augen. Nicht wegen meiner überbordenden Intelligenz oder wegen meines Instinktes, den er mal gelobt hatte. Nicht aus Sympathie. Ich heftete meinen Blick auf die Theke, hörte kaum, was er noch sagte. João Almeida hatte an mir als Person kein Interesse. Nur an meinen Sprachkenntnissen. Die ich noch dazu gratis zur Verfügung stellen sollte. Im Dienst der guten Sache. Nein, im Dienst gegen den bösen Staatsanwalt.

«Anabela. Was sagen Sie dazu?»

Ich tauchte aus meinen Gedanken auf und sah ihn an. Sah ihm direkt in die Augen, deren Farbe sich wieder zu ihrem ursprünglichen Mittelbraun normalisiert hatte. Möglicherweise waren dafür meine eigenen Augen gerade dunkler als normalerweise.

Ich sagte erst einmal gar nichts. Zählte still bis drei. Schalt mich eine gefallsüchtige Kuh. Es nützte nicht viel. Ich war enttäuscht. Immerhin schaffte ich es, mir nichts anmerken zu lassen.

«Kann ich darüber in Ruhe nachdenken?»

«Selbstverständlich.»

«Dann würde ich jetzt gern gehen.»

4

Ich musste laufen. Laufen beruhigt. Vor allem am Strand. Ich fuhr nach Vila Real de Santo António. Auf der Mole, die den Rio Guadiana vom Meer trennt, stellte ich meinen kleinen goldfarbenen Renault ab und lief los in Richtung des Ortes Monte Gordo, dessen Hochhäuser rechter Hand in einiger Ferne aufragten. Das Auto hatten meine Eltern vor vier Wochen für mich gekauft. Es war zwanzig Jahre alt, und ich konnte nur hoffen, dass es noch ein paar Jahre ohne größere Reparaturen durchhielt.

Am Wasser blies mir kräftiger Westwind ins Gesicht, feiner Sand peitschte gegen meine Hosenbeine, und ich fröstelte in meiner leichten Bluse. Bei uns im Dorf, knapp dreißig Kilometer weiter nördlich, ist es oft zwei oder drei Grad wärmer als an der Küste – was mir meist erst dann wieder einfällt, wenn ich schon an der Küste bin und eine Jacke vermisse. Außer im Sommer natürlich. Jetzt hatten wir vielleicht zwanzig Grad. Der Atlantik zu meiner Linken war vom Wind aufgewühlt, weiße Schaumkämme tanzten auf blaugrauem Wasser. Immer wieder schoben sich graue Wolken vor die blasse Novembersonne. Welch passendes Wetter. Ein bisschen Regen wäre noch schön gewesen. Regen wäre überhaupt schön gewesen. Dieser Herbst war bisher deutlich zu trocken.

Worüber regst du dich eigentlich auf, Anabela Silva? Und woher nimmst du bitte schön die Idee, João Almeida hätte Interesse an dir? Aus deiner Einbildung? Aus einer einzigen Frage? Habt ihr jemals auch nur ein wirklich persönliches Gespräch geführt? Also. Jetzt sei mal nicht so empfindlich, sondern sachlich. Tu, was du versprochen hast: Denk nach. Und zwar nicht über den Mann, sondern über seine Bitte.

Laufen hilft wirklich immer. Langsam regte ich mich ab. Er hatte mich um Hilfe gebeten, um einen Gefallen. Das war ein Vertrauensbeweis. Immerhin. Es ging um so etwas wie eine verdeckte Ermittlung. Bela Silva undercover. Jetzt musste ich schon grinsen, wurde aber gleich wieder ernst. Nur einmal angenommen, ich würde mich auf Almeidas schrägen Vorschlag einlassen – was würde das für mich bedeuten?

Zunächst einmal die Mitarbeit im Tierheim, Hunde und Katzen vermutlich. Damit käme ich klar. Jedenfalls solange die Hunde klein und freundlich waren. So wie die lockige Promenadenmischung, die fünfzig Meter weiter gerade durch die Brandung tobte und aufgeregt bellte. Ich blieb stehen und sah dem Hund zu, bis ein schriller Pfiff ertönte und das Tier zu seinem Besitzer rannte, der in einiger Entfernung von mir am Wasser entlangjoggte.

Inzwischen war mir vom Laufen warm geworden. Zeit, umzudrehen. Gemäßigten Schrittes machte ich mich auf den Rückweg zu meinem Wagen und überlegte weiter. Ob ich nun den Hühnerstall bei meinen Eltern ausmistete oder einen Hundezwinger, machte keinen großen Unterschied. Die Arbeit selbst sollte also kein Problem sein. Nebenbei müsste ich die Leute aushorchen. Auch das würde mir nicht schwerfallen. Schließlich bin ich Journalistin. Okay. Theoretisch wäre es denkbar.

Aber praktisch? Die Fahrten nach Castro Marim würden Geld kosten. Und vor allem Zeit. Gerade Zeit war ein knappes Gut. Da waren die Arztbesuche und Physiotherapietermine mit Pai, meinem Vater. Die Stunden, in denen ich mit ihm Übungen machte, um sein Gedächtnis zu trainieren. Dann Mãe, die ich auch unterstützen musste, vor allem seelisch. Nicht zu vergessen meine Ausbildung und der geplante begehbare Kleiderschrank. Und mit der Suche nach dem Sohn meiner Tante hatte ich noch nicht mal angefangen. Ein zeitfressendes Ehrenamt brauchte ich so dringend wie einen zusätzlichen Zeh.

Wie diese Dänin wohl wirklich gewesen war? Zicke oder Heilige? Wäre schon interessant zu hören, was die Leute, die sie gekannt hatten, über sie sagten. Totgetreten vom eigenen Pferd, schreckliche Vorstellung. Die arme Frau. Und wenn sie gar nicht so eine tolle Tierfreundin gewesen war? Also außen hui und innen pfui? Die Nachbarn anzeigen und das eigene Tier quälen? Wäre doch denkbar. War nicht vor ein paar Jahren so ein Fall durch die deutsche Presse gegangen? Wenn ich mich richtig erinnerte, ging es um eine Dressurreiterin, die wegen Tierquälerei verurteilt und später auch von ihrem eigenen Pferd mit den Hufen erwischt worden war. Sozusagen die Rache der geschundenen Kreatur. Aber kein Mord.

Stopp. Was auch immer der Dänin passiert war und

warum – es ging mich nichts an. Durfte mich nichts angehen. Meinen Kopf und meine Zeit brauchte ich für andere Dinge. Wieder dachte ich an die magere Datei in meinem Laptop. Als meine Tante in meinen Armen gestorben war, hatte ich ihr geschworen, die Spur ihres Kindes zu finden. Das war mir fast wichtiger als alles andere. Auf jeden Fall wichtiger als die schlechten Gefühle von João Almeida wegen dieses Pferdefalles.

Es sei denn … der Gedanke war plötzlich da. Wie vom Westwind angeweht. Was, wenn wir uns gegenseitig helfen konnten? Er war Polizist, er kam garantiert an alle möglichen Datenbanken heran, konnte auf Informationen zugreifen, die für mich unerreichbar waren. Ihm stand ein ganzer Polizeiapparat zur Verfügung. Na gut, das war vermutlich übertrieben. Schließlich würde es um eine Privatsache gehen. Sei's drum. Er konnte garantiert mehr herausfinden als ich. Auch mehr als Luís, einer meiner Cousins. Er war bei der GNR, hatte aber nur einen niedrigen Dienstgrad. Außerdem war er nicht gerade mein bester Freund, und ich war mir keineswegs sicher, ob ich je mit ihm über das Schicksal meiner Tante reden wollte. Almeida war auf jeden Fall die bessere Wahl.

Ich konnte ihm eine Art Geschäft vorschlagen. Meine Sprachkenntnisse gegen seine Verbindungen. Warum nicht?

Meine Handtasche mit dem Telefon hatte ich im Auto gelassen. Mist. Plötzlich konnte es mir gar nicht schnell genug gehen. Ich fing wieder an zu laufen.

Almeida ging nach dem ersten Klingeln dran.

«João? Sind Sie noch in der Nähe? Ich müsste noch einmal mit Ihnen reden.»

Er war schon fast in Tavira, auf halber Strecke nach Faro.

Ich überlegte. Bis Tavira würde ich von hier etwa eine halbe Stunde brauchen, wenn ich gut durchkam.

«Könnten Sie in Tavira anhalten? Dann komme ich dorthin.»

Immerhin wollte er was von mir, dann konnte er auch warten.

«Nein, am Telefon möchte ich das nicht besprechen.»

Er zögerte kurz, schlug dann ein Café an der N125 kurz vor der Stadt vor.

Ich brauchte exakt achtunddreißig Minuten.

Almeida stand auf, als ich das Café betrat.

«Anabela. Sie sehen mich überrascht. So bald hatte ich nicht damit gerechnet, wieder von Ihnen zu hören. Wenn ich mich nicht irre, waren Sie über meine Bitte ziemlich verärgert. Was mir sehr leidtäte, das war nicht meine Absicht.»

Soviel dazu, dass ich mir nichts hatte anmerken lassen.

Ich ging nicht auf seine Bemerkung ein, sondern bestellte bei der Kellnerin des winzigen Cafés einen Galão, einen Espresso mit aufgeschäumter Milch. Vor Almeida stand schon eine Tasse mit grünem Tee. Er suchte meinen Blick, wartete. Und bekam nichts als einen Blick zurück. Ich kann ziemlich stur sein, wenn ich will. Und ein Teil von mir war immer noch beleidigt. Die Kellnerin, eine zarte Blondine mit starkem Akzent, brachte meinen Kaffee und verschwand in einem Raum hinter der Theke. Wir waren die einzigen Gäste.

«Hören Sie, João. Vielleicht haben Sie recht, und diese Frau hat verdient, dass ihr Tod genauer untersucht wird. Ich würde Ihnen also unter Umständen helfen.»

«Unter Umständen?» Er hob eine Augenbraue und schien amüsiert. In seinem Mundwinkel hing jenes irritierende Lächeln, von dem ich nie wusste, ob es wirklich eins war. Ich ließ mich nicht davon ablenken.

«Ich habe ebenfalls eine Bitte. Und es ist mir damit genauso ernst wie Ihnen.»

Der amüsierte Ausdruck verschwand. «Erzählen Sie.»

Auf der Fahrt hatte ich überlegt, was ich ihm sagen wollte. Und was nicht.

«Ich möchte einen Jungen finden, der vor mehr als fünfzig Jahren verschwunden ist. Im Norden. Genauer gesagt in Trás-os-Montes, in der Nähe von Chaves.»

Offiziell gibt es die Bezeichnung Trás-os-Montes, hinter den Bergen, nicht mehr. Der Bezirk, in dem meine Tante ihr Kind geboren hat, heißt inzwischen Vila Real. Nicht zu verwechseln mit Vila Real de Santo António. Aber der alte Name Trás-os-Montes ist den meisten Portugiesen noch immer ein Begriff.

«Inzwischen ist das Kind natürlich ein Mann. Wenn er noch lebt.»

«Ich nehme an, Sie haben bereits versucht, ihn über das Internet zu finden?»

«Ich kenne den Namen nicht. Nicht mal das genaue Geburtsdatum.»

«Wie wollen Sie ihn dann ausfindig machen?»

«Mit Ihrer Hilfe.»

Er trank von seinem Tee und überlegte offensichtlich, was er sagen sollte.

«Anabela. Es ist ja sehr schmeichelhaft, dass Sie mir viel zutrauen. Aber ich bin Polizist, kein Zauberkünstler. Um ehrlich zu sein, wüsste ich auch mit diesen Angaben nicht, was ich da tun könnte. Aber ohne? Das ist völlig aussichtslos.»

«Das glaube ich nicht.»

Das wollte ich nicht glauben.

«Was ist das überhaupt für ein Kind, vom dem Sie sprechen?»

«Mein Cousin. Das uneheliche Kind einer meiner Tanten. Ihr Sohn ist ihr nach der Geburt weggenommen worden. Sie hat später nach ihm gesucht, ihn aber nie gefunden.»

«Und nun glauben Sie, das zu können?»

«Ich muss es zumindest versuchen.»

«Warum?»

«Das ist meine Sache.»

Ganz sicher würde ich nicht über meine Schuldgefühle sprechen. Nicht mit ihm und auch mit niemandem sonst.

Almeida spielte mit dem Serviettenständer auf dem Tisch, drehte ihn in seinen großen Händen wie einen Würfel.

«Ich würde Ihnen ja gerne helfen, Anabela. Aber, wie gesagt ...»

«Ich vermute, dass das Kind damals adoptiert wurde. So was müssten Sie doch überprüfen können. Seit ein paar Jahren haben adoptierte Kinder in Portugal das Recht zu erfahren, wer ihre biologischen Eltern sind. Also muss es Unterlagen geben, die man einsehen kann. Ich kann mir nicht vorstellen, dass es im Januar 1964 in der Gegend allzu viele Adoptionen von Neugeborenen gegeben hat.»

Er seufzte tief.

«Ich kann mich bei Kollegen von anderen Behörden umhören, wenn Ihnen damit geholfen ist.»

«Gut.»

Ich nannte ihm den Namen des Dorfes, in dem ein Teil meiner Familie damals gelebt hatte, und fragte nach der Anschrift des Tierheims sowie dem Namen der Dänin. Liv Steen, notierte ich, dreiundfünfzig Jahre alt. Er nannte mir außerdem den Kontakt der Vereinsvorsitzenden, einer gewissen Amália Mendes, und seine eigene Mailadresse. «Aber bitte wirklich nur umhören, Anabela.» Ich nickte und gab ihm eine meiner alten Visitenkarten. «Die Mailadresse stimmt noch.» Er steckte die Karte ein, rief nach der Bedienung und zahlte.

«Sie melden sich, wenn Sie etwas Interessantes erfahren?», fragte Almeida auf dem Weg zu den Autos, die auf dem Parkplatz vor dem Café standen. Mein kleiner verbeulter Twingo neben seinem glänzenden schwarzen Mittelklasse-Audi.

Ich suchte in der Handtasche nach meinem Schlüssel. «Ja, sicher.»

«Anabela …»

«Ja?» Ich sah auf. Almeida stand an der schon offenen Tür seines Wagens.

«Schön, dass Sie wieder da sind.»

In der nächsten Minute fuhr er vom Parkplatz.

5

Kleine, freundliche Hunde. In überschaubarer Zahl. So hatte ich mir das vorgestellt. Eine Deutsche Dogge, die mir aufrecht stehend die Pfoten auf die Schultern legte und quer übers Gesicht leckte, war in meinem Bild vom Tierheim nicht vorgekommen. Ich rührte mich nicht von der Stelle. Wo bitte waren die Leute vom Verein? Und wieso lief dieses Riesentier hier frei rum, während sich unzählige andere Köter in schön verschlossenen Zwingern die Kehlen wundbellten?

«Beethoven, para baixo!»

Endlich eine menschliche Stimme. Aus dem Augenwinkel sah ich einen jungen Mann in weißem Kittel auf mich zukommen. Die Dogge ließ tatsächlich von mir ab, trottete zu einem sonnigen Plätzchen und legte sich hin. «Er ist völlig harmlos», schrie der Weißkittel gegen das Hundegebell an. «Kommen Sie hier rein, da ist es ruhiger.» Er führte mich in einen mintgrün gestrichenen Raum, der nur mit einer Bank und Regalschränken möbliert war. Ein großes Fenster über der Bank war auf Kipp gestellt. Er schloss es, und der Hundelärm ließ etwas nach. In den Regalen lagen Hundeleinen, Spielzeug und Decken, auf dem Boden standen Tiertransportkisten in allen Größen.

«Beethoven liebt Menschen über alle Maßen. Nur mit anderen Hunden kann er nicht. Deshalb konnten wir ihn bisher nicht vermitteln. Suchen Sie ein Tier?»

«Nein, ich bin mit Amália Mendes verabredet. Anabela Silva.» Ich gab ihm die Hand. Draußen hörten die Hunde auf zu bellen.

«Hugo Rodrigues, ich bin der Tierarzt. Amália kommt sicher gleich. Sie entschuldigen mich?»

Er ging durch eine Tür in der hinteren Wand. Neben der Tür hing eine Pinnwand. Ich schaute mir Postkarten an, mit denen sich Hundebesitzer für die Vermittlung von Tieren bedankt hatten. Die meisten stammten aus Deutschland. Daneben hingen ein Spendenaufruf und ein drei Jahre alter, schon leicht vergilbter Zeitungsartikel, der die Arbeit des Vereins und seiner Helfer lobte. Ich las, wie schwierig es sei, die Einstellung von Menschen zu verändern, die glaubten, dass Tiere keine Rechte hätten und misshandelt werden dürften. Der Verein trug sich hauptsächlich durch Mitgliedsbeiträge und durch Spenden. Zum Zeitpunkt des Erscheinens des Artikels waren dreihundert Tiere hier gewesen, etwa zur Hälfte Hunde und Katzen. So viele! Und keines würde getötet, hieß es. Da mussten aber eine Menge Spenden zusammenkommen, wenn man die alle füttern und versorgen wollte.

Ein Blick auf die Uhr. Die Frau Vereinsvorsitzende war bereits zwanzig Minuten zu spät. Also ganz im Rahmen für eine Portugiesin. Gerade hatte ich das gedacht und mich auf die Bank gesetzt, als die Hunde draußen wieder zu kläffen anfingen. Kurz darauf drückte eine kleine, zarte Frau mit hochrotem, verschwitztem Gesicht und den Armen voller Tüten die Eingangstür auf. Sie begrüßte mich mit einem Nicken und «Moment noch». Vor den Regalen stellte sie die Tüten ab und wischte sich über die Stirn.

«Dona Anabela?»

Ich nickte und gab ihr die Hand. «Boa tarde.»

«Kommen Sie, ich zeige Ihnen alles. Ich bin heute ziemlich in Eile, tut mir leid.»

Sie konnte nicht viel älter als dreißig sein, strahlte aber große Autorität aus. Die Dogge folgte uns über einen von Zwingern umgebenen kargen Platz. Selbst jetzt, im November, gab es kaum Grün. Das frenetische Bellen setzte wieder ein. Auch Amália Mendes musste schreien, damit ich sie verstehen konnte. «Im Moment haben wir einhundertachtzig Hunde und knapp einhundertdreißig Katzen. Wir sind voll.» Ja, das war nicht zu übersehen. In allen Hundezwingern saßen mehrere Tiere, und es gab jede Menge davon. Nicht nur rund um den Hauptplatz, sondern auch dahinter in mehreren Reihen. Zu meinem nicht geringen Entsetzen waren die meisten der Hunde ziemlich groß.

Amália Mendes führte mich im Eiltempo über das Gelände. Die Katzen bewohnten einen Platz voller ausgedienter Wohnwagen. «Die erwachsenen weiblichen Tiere werden alle sterilisiert», sagte Amália. Der junge Tierarzt, den ich kurz kennengelernt hatte, operierte offenbar im Akkord.

«Unterstützung brauchen wir vor allem beim Ausführen der Hunde. Und wenn wir Jungtiere ohne Mütter haben, auch beim Füttern. Die Spendenaktionen machen auch viel Arbeit.»

«Wer macht denn die Zwinger sauber?» Die Anlage war zwar alt und karg, machte aber keinen schmutzigen Eindruck. Es roch auch nicht so streng, wie ich es mir vorgestellt hatte.

«Antónia und Susana, das sind die beiden Festangestellten hier.»

Das war doch mal eine gute Nachricht.

«Und wo sind die beiden?»

«Die haben schon Feierabend. Wie oft können Sie denn kommen, Anabela?»

«Leider nur ein Mal die Woche, erst einmal. Am besten mittwochs.» Ein Vormittag, mehr war nicht drin, hatte ich beschlossen. «Wie oft sind denn die anderen freiwilligen Helfer da?»

Außer Mendes und dem Arzt hatte ich bisher niemanden gesehen. «Unterschiedlich. Manche kommen regelmäßig, andere nicht. Also, dann sehen wir uns am Mittwoch um neun, dann erkläre ich Ihnen genauer, was zu tun ist. Tut mir leid, aber ich muss noch mit Hugo reden und gleich wieder los. Schön, dass Sie dabei sind.» Sie gab mir die Hand und eilte zurück zu dem Gebäude, in dem der Arzt arbeitete. Beethoven trottete ihr nach. «Und vergessen Sie bitte nicht, das Tor zu schließen.»

Sie hatte mir nicht eine persönliche Frage gestellt. Verwundert ging ich zu meinem Wagen zurück. Wenn das hier immer so rasant ablief, würde es schwierig werden, unauffällig und wie nebenbei meine Fragen zu Liv Steen loszuwerden. Oder ich würde Monate dafür brauchen.

Eben wollte ich meinen Wagen aufschließen, als ein grauer Kastenwagen vor dem Tor zum Tierheim hielt, das ich gerade geschlossen hatte. Eine rothaarige Frau mit Pferdeschwanz stieg aus, öffnete das Tor wieder und fuhr auf das Gelände. Deutsches Kennzeichen. OPR. Keine Ahnung, wofür das stand. Ich sah zu, wie sie den Wagen abstellte, die hinteren Türen öffnete und den Blick auf einen Stapel weißer Plastiksäcke freigab. Erst dann schien ihr einzufallen, dass das Tor noch offen stand.

«Ich mach das schon», sagte ich auf Deutsch und ging ihr entgegen. Vielleicht konnte ich aus dem Termin heute doch noch etwas mehr herausholen.

Ein irritierter Blick traf mich.

«Kennen wir uns?»

«Noch nicht. Boa tarde. Anabela Silva, ich werde hier ab Mittwoch mitarbeiten.» Ich streckte die Hand aus. Sie nicht.

«Karin Becker.» Kein Lächeln. Kein Gruß. Sie musterte mich von oben bis unten und drehte sich dann zu ihrem Auto um. Reizende Person.

«Wo sollen die Säcke hin, die sehen ziemlich schwer aus.» Waren sie auch. Jeder zwanzig Kilogramm schwer, um genau zu sein. Es stand dick drauf. Sie hatte mindestens zehn Stück auf der Ladefläche. Karin Becker ging wortlos zur Seitentür des Wagens und holte eine Sackkarre aus dem Fond. Aber sie wehrte nicht ab, als ich mit anpackte, um den ersten Sack aus dem Wagen auf die Karre zu wuchten. Die Karre schob sie zu einem Nebengebäude, das nicht Teil meiner Führung gewesen war. Offenbar das Futterlager. Ich blieb an ihrer Seite.

«Und wo leben Sie?», fragte Karin Becker plötzlich. Mit Betonung auf dem Sie. Gerade so, als hätte sie mir soeben ausführlich von sich und ihrem Leben erzählt. Seltsame Frau. Wie alt mochte sie sein? Irgendwas zwischen fünfzig und sechzig. Ein paar tiefe Falten, blassgraue Augen, ein hochgewachsener drahtiger Körper in einem ausgeblichenen blauen Arbeitsanzug. Die rote Haarfarbe war so echt wie die Plastikblumen in den Vasen meiner Mutter.

«Bei Alcoutim.»

«Ganz schön weit von hier. Gibt es da oben kein Tierheim?»

Ich ging über ihren patzigen Ton hinweg. «Nicht dass ich wüsste. Aber ich wohne auch erst ein paar Wochen dort. Und von diesem Heim hier habe ich Gutes gehört, dass keine Tiere getötet werden zum Beispiel und dass hier engagierte Leute arbeiten.» Wer auch immer den Artikel an die Pinnwand geheftet hatte, ich war diesem Menschen ausgesprochen dankbar. «Außerdem muss ich mittwochs sowieso in die Stadt, das passt schon.»

«Von wem?»

«Bitte?»

«Von wem haben Sie das gehört?»

Nicht nur unfreundlich, auch noch misstrauisch.

«Von einem Bekannten. Also eigentlich von dem Bekannten einer Bekannten.» Diesmal konnte ich ihren skeptischen Blick sogar verstehen. Die Dogge namens Beethoven rettete mich vor weiteren Fragen. Der Hund stürmte in vollem Galopp auf uns zu. Ich wich zurück. Ganz im Gegensatz zu Karin. «Na, mein Großer, nicht immer so ungestüm!» Sie herzte das große Tier wie ein Kind. «Den Rest schaffe ich allein, danke», sagte sie über die Schulter. Ich war entlassen.

Vielleicht gehörte diese Karin zu der Sorte Mensch, die mit Tieren mehr anfangen kann als mit den eigenen Artgenossen. Soll es ja geben. Oder sie hatte einfach einen schlechten Tag. Wie auch immer. Erfahren hatte ich nach wie vor nichts.

Ich verließ meine künftige Wirkungsstätte und fuhr langsam die kurvige Straße bergab in Richtung Castro Marim. Das Tierheim lag abseits menschlicher Behausungen neben einer Müllverwertungsanlage auf einem Hügel. Während der Fahrt öffnete sich für Momente der Blick auf den Atlantik unter einem blassblauen Himmel, der gerade einen zarten Roséton anzunehmen begann.

Die Uhr am Armaturenbrett zeigte 17:20 Uhr. Vor acht Uhr musste ich nicht zu Hause sein. Ich hatte gedacht, dass das alles hier länger dauern würde. Und nun? Sollte ich mir die Burg von Castro Marim ansehen, wenn ich schon in der Nähe war? Zu spät, in einer halben Stunde würde es dunkel sein. Ein Glas Wein in einer netten Bar? Dafür war ich zu unruhig. Liv Steens Name war heute nicht einmal gefallen. Ich fühlte mich, als hätte ich meine Hausaufgaben nicht gemacht. Hm.

Laut Almeida hatte die Dänin irgendwo in der Nähe von Castro Marim ihren Hof gehabt. Und Nachbarn, die sie nicht mochten. Wenn ich noch nicht an die Freunde der Dame herankam, dann vielleicht an ihre Feinde. Ja, schon gut. Almeida hatte nur vom Tierheim gesprochen. Aber ein bisschen Eigeninitiative hat noch niemandem geschadet. Dumm war nur, dass der Chefinspektor dies vermutlich anders sehen würde und ich die Adresse von Liv Steen nicht kannte.

Inzwischen war ich kurz vor Castro Marim. Ein Kreisverkehr kam in Sicht. Links oder geradeaus? Die Abkürzung über Monte Francisco zur IC 27 in Richtung Heimat nehmen oder doch geradeaus in den Ort fahren? Ich schätze Kreisverkehre. Erstens steht man nicht dauernd vor Ampeln. Und zweitens kann man so lange im Kreis fahren, wie man will. Viermal umrundete ich das kleine Rondell, in dessen Mitte eben eine Straßenlampe anging, ehe mir klar war, wo ich die Adresse erfahren würde. Der Tod der Frau war doch bestimmt in der ganzen Gegend Gesprächsthema Nummer eins gewesen. Was ich brauchte, war lediglich eine gut besuchte Bar. Vorzugsweise mit einem gesprächigen Wirt. Also Castro Marim.

Wieder parkte ich auf dem großen Platz nah am Supermarkt, dachte aber gar nicht daran, in die jetzt hell erleuchtete Cafeteria zu gehen. Ein Blick durch die großen Fenster zeigte mir, dass sie auch am Abend noch stark frequentiert war, aber freiwillig würde ich mich nicht noch einmal dem Lärm aussetzen. Oder dem gleißenden Licht.

Ich wandte mich nach links und ging durch eine schmale kopfsteingepflasterte Gasse. Sie führte auf die Hauptstraße. Ein alter Mann knatterte auf einem Moped an mir vorbei, dessen Auspuff dem Klang nach zu urteilen vor allem aus Löchern bestand. Wohin jetzt? Auf der rechten Seite sah ich nur dicht an dicht stehende Gebäude, die meisten offensichtlich Wohnhäuser, und den kleiner werdenden Mopedfahrer. Keine Schilder, die auf eine Bar hinwiesen. Zu meiner Linken erhob sich in vielleicht hundert Meter Entfernung eine von Scheinwerfern angestrahlte große Kirche. Unterhalb davon beschienen Straßenlampen einen Platz – und an der Ecke dieses Platzes eine Markise. Mit einiger Wahrscheinlichkeit war dort eine Bar. Na also.

Das *Vila Raiana* war ein Café und klein. Drinnen zählte ich ganze sechs Bistrotische. Fototapeten an den Wänden zeigten die Burg, die Festung und die Hauptkirche des Ortes. Hübsch. An einem der Tischchen saß eine Frau Ende dreißig und zeterte lautstark in ihr Telefon. Innerhalb kürzester Zeit hörte ich mehr portugiesische Schimpfwörter als in den vergangenen zehn Jahren zusammen. «Falhado», Versager, war noch das harmloseste. Von wem auch immer die Rede war, er war auch noch ein «Filho da puta», ein Hurensohn, und ein «Estafermo», was ich mit behinderter Idiot übersetzte.

«Was darf es sein?», fragte der Wirt, als ich eben überlegte, wieder zu gehen. Andererseits hatte ich inzwischen wirklich Durst. Und ewig konnte das Telefonat ja nicht dauern. «Ein Mineralwasser und ein Glas Rotwein bitte.»

Bis die Getränke kamen, hatte ich begriffen, dass die Frau mit ihrer Tochter sprach, die es gewagt hatte, sich mit ihrem Vater, dem Versager, zu treffen. Mehr wollte ich über das Leben dieser Frau wirklich nicht wissen. Ich nahm meine Getränke mit nach draußen.

Unter der Markise waren die meisten der roten Plastikstühle und Tische aufeinandergestapelt. Nur rechts neben der Tür konnte ich mich noch setzen. Hier draußen hörte ich die zeternde Stimme der Frau immer noch, jetzt aber angenehm gedämpft. Die Luft war kühl, doch zum Glück ging kein kalter Wind. Ich zog den Reißverschluss meiner Jacke hoch und trank einen ersten Schluck Wein. Schön fruchtig.

Gegenüber der Bar, auf der anderen Straßenseite, war eine Filiale der Bank Caixa Geral mit einem Geldautomaten. Gleich nebenan lag das Rathaus. Linker Hand erstreckte sich der Platz mit traditionellem portugiesischem Pflaster aus weißem Kalkstein und schwarzem Basalt bis hin zu breiten Treppenstufen, die zur Kirche hinaufführten. Zwei Reihen von Orangenbäumen mit noch grünen Früchten standen auf dem Platz. Es gab Sitzbänke, eine hohe Palme und Jacarandabäume, die im Frühsommer violett blühen würden. Ein einladender Ort. Und eine gute Lage für ein Café.

Der Wirt kam mit einem Lappen nach draußen und lächelte mit einem Seitenblick auf seine telefonierende Kundin hinter der Scheibe entschuldigend. Ich hob die Gläser an, damit er den Tisch abwischen konnte. Er war etwa in meinem Alter und nach dem blau-weißen T-Shirt zu urteilen, das über seinem Bauchansatz spannte, Fan des FC Porto.

«Danke. Was für ein schöner Platz. Tagsüber ist hier bestimmt viel los.»

«Wir können uns nicht beklagen. Möchten Sie auch etwas essen? Dann bringe ich Ihnen die Karte.»

«Nein, danke, leider habe ich nicht viel Zeit. Sagen Sie, darf ich Sie etwas fragen?»

«Sicher.»

«Hier im Bezirk Castro Marim hat es vor kurzem einen tödlichen Unfall gegeben. Eine Frau ist unter die Hufe ihres Pferdes geraten. Davon haben Sie doch sicher gehört.»

«Ja, und?»

«Kannten Sie die Frau?»

«Kennen ist zu viel gesagt, sie hat hier manchmal ihren Kaffee getrunken. Aber geredet habe ich nicht mit ihr. Traurige Geschichte. Wieso fragen Sie?»

Mein Vater pflegt zu sagen: Para o bom obreiro não há má ferramenta. Für eine gute Arbeit gibt es kein schlechtes Werkzeug. Ich sehe das genauso. Auch wenn mein Vater mit meiner freien Interpretation dieser Redewendung vielleicht nicht ganz einverstanden wäre. Jedenfalls log ich, ohne rot zu werden, für die gute Sache. «Ich bin Journalistin und schreibe für eine deutsche Fachzeitschrift, für ein Pferdemagazin. Dieser Unfall ist so ungewöhnlich, dass wir darüber berichten wollen. Sie können mir nicht vielleicht sagen, wo genau das passiert ist?»

Zwanzig Minuten später bog ich an einem kaum noch lesbaren Ortsschild ab und fuhr über einen Schotterweg bergauf zur Quinta da Palmeira, dem Hof von Liv Steen. Nach etwa 500 Metern kam auf halber Höhe des Hügels im Licht der Scheinwerfer ein hohes Tor in Sicht. Der Name der Quinta stand auf einer großen Keramikfliese, die in einen aus Natursteinen gemauerten Pfeiler eingelassen war. Wie das Tierheim, das weiter östlich ungefähr auf gleicher Höhe liegen musste, war auch die Quinta umzäunt. Doch auf der Innenseite des Zaunes standen hier hohe Zypressen in dichten Reihen und versperrten mir den Blick.

Ich stieg aus dem Wagen und ging zu Fuß weiter bergan, bis ich zumindest einen Teil des Anwesens von oben einsehen konnte. Selbst hier, weit abseits der Straße, gab es eine Straßenlampe. Sie beleuchtete mehrere flache weiße Gebäude mit sichtlich neuen Ziegeldächern, die um einen Platz herum ein U bildeten.

Mitten auf dem Platz stand der traurige Rest einer Palme, der Namensgeberin der Quinta da Palmeira. Vertrocknete Wedel lagen platt auf der Spitze ihres bestimmt zehn Meter hohen Stammes. Offensichtlich ein Opfer des Palmen-Rüsselkäfers, der in den vergangenen Jahren einen großen Teil der Palmen an der Algarve zerstört hatte. Auch bei uns im Ort gab es kaum noch ein gesundes Exemplar. Seitlich des äußersten Gebäudes auf der linken Seite führte ein Weg vom Platz in die Dunkelheit.

Zwei der Häuser hatten geschlossene Fensterläden. Davor standen tönerne Amphoren und üppig bepflanzte gemauerte Blumenkästen. Alles schien frisch gestrichen, die Läden und Türen waren in einem dunklen Ton lackiert, die Farbe vermochte ich bei dieser Beleuchtung nicht zu erkennen.

Einziger Schönheitsfleck war ein hässlicher Strommast, direkt an einer Hauswand in der Ecke des Us, an dem diverse Kästen und Geräte hingen. Wie schrecklich, dachte ich, so ein Teil würde ich nicht gern neben meinem Schlafzimmer haben wollen. Und auch keine Stromkabel direkt über dem Haus. Der Mast aus grauem Beton war das einzig Unansehnliche an der Anlage. Alles andere wirkte freundlich und gepflegt. Anscheinend sah hier jemand nach dem Rechten. Die Leute vom Tierheim? Ging das so schnell mit einer Erbschaft? Ich hatte keine Ahnung.

Kaum ein Laut störte die Ruhe hier oben, nur ab und zu konnte ich das schwache Geräusch eines unten auf der Straße vorbeifahrenden Wagens hören. In welchem der Gebäude mochte Liv Steen umgekommen sein? Keines sah aus wie ein Stall. Vielleicht lag der auf dem Teil der Quinta, den ich nicht einsehen konnte. Plötzlich glaubte ich, ein leises Wiehern zu hören. Blödsinn, Anabela, deine Sinne spielen dir einen Streich. Aber dann hörte ich es noch einmal. Wiehern und Schnauben. Ganz klar ein Pferd.

Ich war ganz selbstverständlich davon ausgegangen, dass der Hof leer stand und es das Pferd von Liv Steen nicht mehr gab. Ich ging den Weg noch höher hinauf, sah aber trotzdem nicht mehr. Der Schein der Straßenlampe erhellte nur den Platz vor den Gebäuden, dahinter lag alles im Dunkeln. In keinem der Häuser brannte Licht. Vielleicht hielt auch einer der Nachbarn Pferde, und die hatte ich wiehern hören. Einer von denen, mit denen die Dänin sich angelegt hatte. Doch zumindest in unmittelbarer Umgebung gab es nichts und niemanden.

Der Schotterweg führte an der Quinta vorbei weiter den Berg hinauf. Ich ging zurück zum Auto und fuhr weiter. Auf der anderen Seite des Hügels lag ein weiterer Hof, und in einiger Ferne sah ich die Lichter eines kleinen Dorfes. Vor dem Hof schaltete ich den Motor aus, drehte das Seitenfenster herunter und lauschte. Kein

Wiehern. Nur das leise Rauschen von Blättern im Wind. Aber selbst wenn hier etwas gewiehert hätte – ich war viel zu weit entfernt von der Quinta da Palmeira, als dass ich dort Pferde des Nachbarn hätte hören können. Dieser Nachbar schien übrigens nicht so begütert wie Liv Steen. Im Licht meiner Scheinwerfer sah ich ein einfaches Wohnhaus und eine offene Scheune. Von gepflegt und freundlich konnte keine Rede sein. Das Wohnhaus hätte dringend einen Anstrich gebraucht, über den sandigen Hof verteilt lagen verrostete Badewannen, Ölfässer und Müll. Auch hier schien niemand zu Hause zu sein.

Ich ließ den Wagen an und wendete. Kaum hatte ich die Kuppe des Hügels wieder erreicht und konnte bergab sehen, stieg ich auf die Bremse. Das Tor zum Hof von Liv Steen stand offen. Eben fuhr ein großer schwarzer Wagen mit einem hellen Schriftzug auf das Gelände. Jemand in einem dunklen Kapuzenpulli und dunklen Hosen stieg aus, schloss das Tor wieder, fuhr den Wagen um den linken Schenkel des Us herum und verschwand aus meinem Blickfeld. Ich hatte gerade noch den Schriftzug neben einem Emblem lesen können: IRA.

IRA? Wie Irisch-Republikanische Armee?

Mein Telefon klingelte. Mãe.

«Bela, kannst du bitte nach Hause kommen?» Sie klang gestresst.

«Was ist denn?»

«Dein Vater. Er hat dich wohl gesucht, ist aber bei José im Haus gelandet und hat sich einfach bei ihm ins Bett gelegt. Er will nicht mit nach Hause.»

«Bin schon unterwegs.»

6

Was ich für ein Emblem gehalten hatte, war ein stilisierter Hundekopf. IRA stand für *Intervenção e Resgate de Animais* und war eine Tierschutzorganisation. So weit, so harmlos. Sollte man denken. Aber ich starrte an meinem Laptop auf das Foto einer ganz in Schwarz gehüllten, kräftigen Gestalt, deren Kopf unter einer Kapuze steckte. Das Gesicht bedeckte eine glänzende Maske mit riesigen schwarzen Augengläsern. Ein martialischer Anblick. Harmlos sah anders aus. Der Vermummte sei ein «Irado», las ich auf der Facebook-Seite des Vereins, ein Zorniger. Allzeit bereit, ein geschundenes Tier zu befreien. Wo auch immer. Zum Beispiel nachts von privatem Gelände. Tausenden Facebook-Nutzern gefiel das. Für meinen Geschmack war es reichlich radikal.

Aber anscheinend nicht für den Geschmack der Dänin. Mal vorausgesetzt, dass auf ihrem Hof nicht gerade ihr Pferd entführt wurde. Theoretisch durchaus denkbar, denn diese IRA-Leute befreiten nicht nur Hunde und Katzen, sondern hatten für Großtiere eigens Pferdeanhänger angeschafft, mit denen sie nachts unterwegs waren. Aber einen Anhänger hatte ich heute Abend nicht gesehen. Nein, es schien mir wesentlich wahrscheinlicher, dass die dänische Dame die radikalen Tierrechtsaktivisten unterstützt hatte und nicht nur den Verein, der das Heim für Hunde und Katzen betrieb. Oder gab es da eine Verbindung? Karin Becker konnte ich mir spontan ganz wunderbar bei einer illegalen Tierbefreiung vorstellen. Gut und schön, aber was sollte diese IRA mit dem Tod von Liv Steen zu tun haben? Ich sah mir das Bild des furchterregenden Zornigen lange an, las danach jede Menge zum Thema Tierschutz und natürlich alles, was ich über die Organisation finden konnte. Dann griff ich zum Telefon.

«Mário? Boa noite.»

Zwei Minuten für die Befindlichkeit und das Wetter. Dann fragte ich: «Hast du Lust auf einen Wein bei Ramos?»

Mário ist Soziologe und Hobbyhistoriker, arbeitet in der Bibliothek in Alcoutim und kann phantastisch recherchieren. Noch dazu ist er ein ausgesprochen angenehmer Mensch. Ich kannte ihn seit meinem letzten Besuch in Portugal.

«Jetzt gleich?»

Seine Stimme überschlug sich nicht gerade vor Begeisterung. Was mich vielleicht nicht hätte überraschen sollen. Oder gar enttäuschen. Schließlich hatte er mir bei unserem letzten Treffen vorgeworfen, ihn samt seiner Recherchekünste ausgenutzt zu haben. An dieser Stelle nur zur Klarheit: hatte ich nicht. Zumindest nicht bewusst. Ich hatte ihn lediglich um Hilfe gebeten und war das ein oder andere Mal mit ihm ausgegangen. Ganz unverbindlich. Von meiner Seite. Mário dagegen, nun ja, was soll ich sagen? Wir hatten das aber geklärt und waren freundschaftlich auseinandergegangen.

Vor ein paar Wochen hatte ich angerufen und gesagt, dass ich wieder im Lande sei. Er schien sich gefreut zu haben. Aber möglicherweise war er auch nur höflich gewesen, dachte ich jetzt. Ich vergaß immer wieder, dass Portugiesen nicht gern direkt nein sagen. Das gehört sich nicht im Land der *brandes costumes*, der sanften Sitten. Am Ende des Telefonats hatten wir jedenfalls verabredet, bei Gelegenheit etwas trinken zu gehen. Also zum Beispiel heute.

«Ich dachte, so in einer halben Stunde.»

«Worum geht's denn?»

«Mal abgesehen davon, dass ich dich einfach gern sehen und mit dir ein Glas Wein trinken möchte?»

Schweigen.

«Was willst du, Anabela?»

Misstrauen drang wie eine Duftwolke aus dem Telefon. Also gut. «Ich bin da auf ein Thema gestoßen, über das ich wenig weiß und über das ich mit jemandem sprechen möchte, der sich hier auskennt. Im Gegensatz zu mir.»

«Welches Thema?»

Meine Güte, dieses Gespräch war ja zäher als der zu schnell gebratene Tintenfisch, den ich vor ein paar Tagen gegessen hatte.

«Also, wenn du keine Lust hast, mich zu sehen, dann sag es einfach.» Ich selbst habe es nicht so mit den sanften Sitten. Aber ich bin ja auch keine Portugiesin.

«Welches Thema, Anabela?»

«Es geht um Tierschutz. Ich will als ehrenamtliche Helferin in einem Tierheim anfangen.»

«Was? Du?»

«Na hör mal! Wieso denn nicht ich?»

«Ich kann mich nicht erinnern, dass du auch nur ein Mal die mageren Katzen beachtet hättest, die bei Soeiro an den Tischen betteln. Aber gut, was weiß ich schon von dir?»

Okay, verstanden. Mários Enttäuschung über mein Desinteresse an ihm hatte offenbar noch nicht den Zwölffingerdarm erreicht. Leider sind unverdaute Gefühle nach meiner Erfahrung aber keine gute Basis für ein entspanntes Gespräch bei einem Glas Rotwein. Zeit zum Rückzug.

«Schon gut, Mário. Ist nicht so wichtig. Dann ein andermal.»

«Also gut, in einer halben Stunde. Bis dann.»

Die Verbindung war tot.

Eines sage ich Ihnen: An dem Tag, an dem ich Männer verstehe, mache ich mich auf den Jakobsweg. Und zwar die gesamten siebenhundertfünfzig Kilometer von Vila Real de Santo António bis nach Santiago de Compostela. Auf den Knien.

Eben wollte ich den Laptop herunterfahren, als im Posteingang eine neue Mail angezeigt wurde. So viel Zeit hatte ich noch. Sie war von João Almeida. Endlich! Mein Herz klopfte schneller. Ob er schon etwas herausgefunden hatte? Mein zweiter Gedanke: Besser, Mário erfuhr nie, weshalb ich ins Tierheim ging. Für ihn war ‹der Lächler› schuld daran, dass ich ihn selbst verschmäht hatte.

Querida Anabela, las ich. Liebe Anabela. Das war doch nett, relativ persönlich. Ich hätte Almeida auch «Sehr geehrte Anabela» oder «Dona Anabela» zugetraut.

Leider ist es mir beim besten Willen nicht gelungen, irgendwelche Informationen zum Verbleib Ihres Cousins zu bekommen. Ich habe einige Kontakte spielenlassen und so zumindest prüfen können, ob im Verwaltungsbezirk Bragança in dem fraglichen Zeitraum die Adoption eines Jungen verzeichnet wurde. Das ist nicht der Fall. Ohne weitere Einzelheiten werde ich nicht weiterkommen. Bitte prüfen Sie noch einmal, ob es nicht doch irgendwelche anderen Informationen gibt, die weiterhelfen könnten. Namen von Familienangehörigen aus dem Dorf beispielsweise. Ich habe Freunde im Norden, vielleicht kann sich das als hilfreich erweisen. Aber, wie gesagt, ich brauche mehr. Ich hoffe, es geht Ihnen gut und die ehrenamtliche Arbeit ist Ihnen nicht zu unangenehm. Ich habe noch eine zusätzliche Bitte: Erkundigen Sie sich, wenn möglich, bitte auch nach einer gewissen Renate Cabral. Sie war eine Freundin von Liv Steen und ist auch in dem Heim aktiv.
Ich freue mich darauf, von Ihnen zu hören.
Mit besten Grüßen, João Faria Almeida

Okay, doch nicht so persönlich. Eher ziemlich steif. Und er hatte mit seinem vollen Namen unterschrieben. Ich mache das nur, wenn es unbedingt nötig ist, beispielsweise in einem Brief an meine Bank. Die Nachricht war in jeder Hinsicht ernüchternd. Für eine Antwort blieb mir keine Zeit mehr. Ich fuhr den Laptop herunter und steckte ihn in meine große Tasche, weil ich Mário die Artikel über die IRA zeigen wollte.

Kalter Wind pfiff über die Hügel, durch die der steinige Weg zur Taberna Ramos führte. Sie liegt an der alten Hauptstraße zwischen Mértola und Odeleite, direkt neben der einzigen Tankstelle in unserer Gegend. Ich lief mit einer kleinen Taschenlampe in der Hand querfeldein eine Abkürzung. Nächtliche Spaziergänge habe ich schon immer gemocht. Die Luft roch herrlich frisch und erdig. Während der Viertelstunde, die ich brauchte, zerbrach ich mir den Kopf darüber, ob es irgendeinen Namen gab, der Almeida weiterhelfen konnte. Tatsächlich hatte ich in meiner Datei außer den Namen meiner Tante und meiner Großeltern nur einen anderen notiert: Espirituosa. So hatte die Frau geheißen, die meine Tante damals entbunden hatte. Den hatte ich vor allem deshalb aufgeschrieben, weil er so ungewöhnlich war. Gesprochen wird der Name wie Spirituosa, und natürlich habe ich beim ersten Hören an Schnaps gedacht. Aber was konnte ein Vorname schon nützen, und sei er noch so außergewöhnlich? Zumal diese Espirituosa laut meiner Tante längst tot war. So wie auch alle meine Verwandten, die damals im Norden gelebt hatten.

Bei Ramos angekommen, sah ich durch die Fensterscheibe Mário an einem der Tische sitzen. Er redete mit dem Wirt und schien guter Laune. Wahrscheinlich fachsimpelten die Herren gerade über Wein. Davon gab es bei

Ramos mehr Auswahl als in jedem anderen Restaurant in unserer Gegend. Ich blieb noch einen Moment stehen und beobachtete die beiden. Mário hatte sich nicht verändert. Vielleicht waren die dunklen, lockigen Haare, die er nach wie vor zurückgekämmt trug, ein wenig länger. Aber sonst? Das kantige Gesicht mit der runden Hornbrille war attraktiv wie eh und je. Ich freute mich, ihn zu sehen, und hoffte trotz des schlechten Starts eben am Telefon auf ein entspanntes Gespräch.

Zumindest lächelte er, als er mich auf sich zukommen sah, und stand auf. Küsschen links, Küsschen rechts. Ich setzte mich ihm gegenüber und sah auf das Etikett der Weinflasche, die er ausgesucht hatte. Ein Bombeira do Guadiana aus Mértola. Sehr gut. Und nicht der billigste.

Es war relativ spät, und nur noch zwei andere Tische waren besetzt. In einem offenen Kamin in der hinteren Ecke des Restaurants glühte ein großer Holzklotz. Der in einem kräftigen, warmen Gelb gestrichene Gastraum gefiel mir, nicht nur wegen des Kamins. An den Wänden hingen alte landwirtschaftliche Geräte und gerahmte Aquarelle. Die Tische waren schon für den nächsten Tag eingedeckt, in den Weingläsern steckten farbige Servietten. Ohne die Neonröhren an der Decke hätte ich gesagt: gemütlich. Ich kam gern hierher. Mário hatte einen Tisch in der Nähe des Feuers gewählt.

Zu meinem Erstaunen standen drei Gläser auf dem Tisch, und in alle drei schenkte Mário jetzt ein. Ehe ich fragen konnte, wen er noch erwartete, sah er über meine Schulter hinweg und setzte ein Lächeln auf, für das das Wort strahlend eigens erfunden worden sein muss. Kein

Vergleich zu dem, das er mir gegönnt hatte. Ich drehte mich um und sah eine Schönheit auf uns zukommen. Nein, wirklich, ich übertreibe nicht. Groß, tolle Figur, grüne Augen, hohe Wangenknochen, langes welliges dunkles Haar, voller Schmollmund. Einen Moment lang dachte ich, da stünde das Model Sara Sampaio in Jeans und T-Shirt. Nicht dass ich mich für die Welt der Mode und Models besonders interessiere. Aber ich habe von Berufs wegen schon mehr Frauenzeitschriften gelesen, als gesund sein kann. Und so ist mir natürlich der Erfolg der Portugiesin auf den Laufstegen der internationalen Modewelt nicht entgangen.

«Anabela, darf ich dir Mónica vorstellen?»

Bei näherem Hinsehen sah ich feine Falten im schönen Gesicht. Vielleicht war sie die ältere Schwester von Sara Sampaio? Sei nicht albern, Bela Silva, die Frau sieht ihr nur ähnlich. Ich stand auf, um die obligaten Küsschen zu tauschen.

«Ich habe Mónica gebeten mitzukommen, weil sie sich schon lange im Tierschutz engagiert und auskennt.»

Aha. Ja dann.

Sie setzte sich zu uns, und Mário legte seine Hand auf ihre. Demonstrativer ging's nicht. Von wegen unverdaute Gefühle. So kann man sich täuschen. Wie schön für ihn, zwang ich mich zu denken. Und mich neben Mónica nicht allzu unscheinbar zu fühlen.

Nicht dass ich mich hässlich finde. Meine braunen Augen sind auch ganz schön. Laut Mário sogar sehr schön. Aber welche Frau hat schon Modelmaße? Ich wahrlich nicht. Dafür sind meine Beine entschieden zu kurz. Und mein Busen passt vielleicht zum Körper eines Curvy-Models, aber nicht zu meinem. Ich merkte, dass ich mir mit der Hand durch die Haare fuhr. Die sind auch dunkel wie die von Mónica. Aber nicht annähernd so glänzend. Ich sollte sie nach ihrem Shampoo fragen. Was mochte diese schöne Frau ins Hinterland der Ostalgarve verschlagen haben, wo es vor allem eins gibt: alte Leute? Und warum hatte Mário mir nicht gleich gesagt, dass er sie mitbringen würde? Falls dies sein kleiner Triumph sein sollte – bitte schön.

«Wie geht es deinem Vater?», fragte Mário. Er wusste, warum ich nach Portugal gezogen war.

«Zurzeit ganz gut, die Medikamente schlagen an, die Krankheit verläuft zum Glück langsam, und wir trainieren viel, damit es möglichst lange so bleibt.»

Ich hatte keine Lust zu erzählen, wie mühsam es heute gewesen war, Pai aus dem fremden Haus heraus und in sein eigenes Bett zu bringen. Es gab bessere und schlechtere Tage mit ihm. Ich hoffte sehr, nicht jeder Tag, an dem ich zum Tierheim fuhr, würde ein schlechter werden.

«Und Sie, Mónica?», wechselte ich das Thema. «Was bringt Sie nach Alcoutim, wenn ich fragen darf?»

«Ich bin Lehrerin und an die Schule hier versetzt worden.»

Ursprünglich kam sie aus Tavira, erzählte sie. Und dort, in einer Stadt voller Leben, Menschen und Geschäfte, konnte ich sie mir auch viel besser vorstellen als hier bei uns auf dem Land. Noch besser allerdings in Lissabon.

«Was willst du denn zum Thema Tierschutz wissen?»,

fragte Mário schließlich. «Weißt du eigentlich, dass es in Alcoutim auch Pläne für ein Tierheim gibt? Allerdings kenne ich den aktuellen Stand der Dinge nicht. Du bist wahrscheinlich in dem Canil bei Castro Marim?»

«Genau. Nur ein Mal die Woche, mehr Zeit habe ich einfach nicht.»

«Ich habe in Tavira bei einem Verein mitgearbeitet», sagte Mónica. «Und aus meiner Erfahrung kann ich nur sagen: Jede helfende Hand zählt, egal wie oft.»

Mein Gewissen war so schwarz wie die Rückwand des Kamins. Hier saß eine echte Tierfreundin. Und ich war eine Mogelpackung, die sich in ihrem bisherigen Leben nicht eine Minute lang für leidende Kreaturen eingesetzt hatte. Aber es half nichts, jetzt musste ich weitermachen.

«Ich hab inzwischen eine ganze Menge zur Situation hier in Portugal gelesen. Da hat sich ja einiges getan in den letzten Jahren. Also, dass Tiere vor dem Gesetz keine Sache mehr sind zum Beispiel und Tierquälerei von Haustieren als Verbrechen gilt.»

Mónica nickte, guckte aber eher skeptisch.

«Deshalb verstehe ich das hier nicht», machte ich weiter. «Wartet mal einen Augenblick.»

In der Taberna gab es WLAN. Ich holte den Laptop aus der Tasche und fuhr ihn hoch. Wenig später erschien das Bild des IRA-Aktivisten auf dem Schirm. Und die grünen Augen der schönen Mónica leuchteten auf.

«Die tun richtig was, die trauen sich!»

«Was meinen Sie?»

«Diese Leute hier, die helfen den Tieren wirklich.»

«Na, ich weiß nicht, in fremde Häuser oder Ställe einzubrechen und Tiere zu entführen, scheint mir doch etwas weit zu gehen. Wenn so einer mitten in der Nacht vor einem steht, kriegt man ja einen Herzinfarkt. Aber im Ernst. Ich verstehe diesen Aktionismus nicht. Man kann doch Tierquälerei bei der Polizei anzeigen. Da gibt es eigens Telefonnummern und Mailadressen. Wozu braucht man dann so eine Einsatztruppe?»

Mónica schnaubte verächtlich.

«Und was passiert nach einer Anzeige? Es gibt vielleicht eine Verwarnung. Wenn einer tatsächlich belangt wird, dauert der Prozess Jahre. Und die Tiere bleiben meistens beim Besitzer, weil die Heime voll sind. Die neuen Gesetze sind ja gut und schön, aber sie bringen bisher wenig. Und Pferden oder Eseln bringen sie gar nichts, die gelten nicht als Haustiere.»

«Warum interessiert dich der Verein überhaupt?» Mário hatte den Computer zu sich gezogen und den Text zum Bild gelesen. «Hier steht, die sind im Großraum Lissabon aktiv.»

«Nicht nur», widersprach Mónica. «Nach dem großen Waldbrand haben sich IRA-Leute auch in Monchique hier an der Algarve engagiert und Tierbesitzer unterstützt. Und was ich auch großartig finde: Sie prangern öffentlich Leute an, die mit dem Tierschutz nur Geld machen wollen.»

Das musste ich überlesen haben.

«Mit Tierschutz Geld machen? Wie geht das denn? Ich dachte, da steckt man nur Geld rein?»

«Durch Spendensammeln.»

«Können Sie mir das genauer erklären?»

«Man erfindet ein misshandeltes Tier, postet ein dramatisches Foto im Internet und bittet um Spenden. Ganz einfach. Es gibt genug dumme Leute, die bedenkenlos und ohne Prüfung aus lauter Tierliebe überweisen. Oder sie gründen gleich einen Verein. Ob sie sich dann tatsächlich um Tiere kümmern und wie, wird kaum geprüft.»

Der große gepflegte Hof von Liv Steen stand mir plötzlich vor Augen. Wie sie den wohl finanziert hatte? So als alleinstehende Frau? Durch fingierte Spendenaufrufe? Und das hatte dann die IRA spitzgekriegt?

Plötzlich schämte ich mich. Die arme Frau war tot. Und ich unterstellte ihr wahlweise Pferdemisshandlung oder Spendenbetrug, ohne sie auch nur gekannt zu haben. Für einen Augenblick in meine Gedanken vertieft, bekam ich erst jetzt mit, dass sich der Ton zwischen Mónica und Mário verschärfte.

«Diese Typen sind doch nur machtgeil und benutzen die Tierschutznummer, um sich wichtig zu machen. Guck dir die doch mal an!», sagte Mário gerade. «Alles Kampfsportler. Die genießen das doch, wenn sie die Leute einschüchtern. Die fühlen sich wie eine Guerilla-Truppe. Selbsternannte Rächer der Tiere.»

«Blödsinn. Die tun, was die Behörden nicht schaffen wollen oder können. Du hast doch keine Ahnung!»

Ups. Ich hatte überhaupt keine Lust, den womöglich ersten Streit des jungen Glücks mitzuerleben, griff nach dem Laptop und klappte den Deckel zu. «Ihr habt mir sehr geholfen.»

«Ich weiß immer noch nicht, warum du dich überhaupt für diese IRA interessierst.»

«Ich überlege, einen Artikel über die Situation des Tierschutzes in Portugal zu schreiben.»

Dieses Mal log ich nicht. Der Gedanke war mir tatsächlich gekommen, als ich heute darüber gelesen und gesehen hatte, dass viele der hiesigen Vereine Hunde nach Deutschland vermittelten. Ich konnte mir gut vorstellen, das Thema in meiner tierliebenden Heimat zu verkaufen. Doch, der Gedanke gefiel mir ausnehmend gut. Meine Arbeit im Tierheim würde mir den perfekten Aufhänger für eine Reportage bieten.

«Mário hat erzählt, dass Sie Journalistin sind. Schreiben Sie auch für portugiesische Zeitschriften?»

Wir unterhielten uns noch eine Weile. Mónica war eine angenehme Gesprächspartnerin. Kurz bevor ich aufbrach, erzählte mir Mário von einer Ausstellung, die in ein paar Tagen in der Casa dos Condes, der Bibliothek von Alcoutim, eröffnet würde. Ein mit ihm befreundeter britischer Naturfotograf zeigte Aufnahmen von der Ostalgarve. «Catarina und Júlio kommen auch, die beiden haben nach dir gefragt.» Beide waren ebenfalls Freunde von ihm, und wir vier hatten vor ein paar Monaten einen schönen Abend zusammen verbracht. Catarina war Ärztin und hatte bei meiner ersten Begegnung mit seltsamen Todesfällen eine Rolle gespielt. Nicht zuletzt war sie die Familienärztin meiner Eltern, und ich mochte sie sehr. Aber bisher hatte ich sie noch nicht wieder privat getroffen, nur im Centro de Saúde, gemeinsam mit meinem Vater. Erfreut sagte ich zu. Vielleicht gab es für mich doch noch so etwas wie ein gesellschaftliches Leben. Auch wenn ich jetzt in der Walachei lebte. Oder, wie es in Portugal heißt, Onde o diabo perdeu os calções. Dort, wo der Teufel seine Hosen verloren hat.

Müde war ich noch nicht. Zu Hause holte ich mir noch ein Glas Wein aus der Küche, mummelte mich auf meinem Sofa mit einer Wolldecke ein – um den Ofen anzuheizen, war es zu spät – und zog den Laptop auf meine Knie.

> Lieber João Almeida,
> wie es aussieht, sind wir bisher beide nicht erfolgreich. Ich habe noch mit niemandem über Liv Steen sprechen können, hoffe aber, dass sich das am kommenden Mittwoch ändert. Dann habe ich meinen ersten richtigen Arbeitseinsatz im Tierheim.

Sollte ich ihm von meiner Beobachtung bei Liv Steens Hof berichten? Nein. Meine Spekulationen würden ihm nichts nützen. Und mein Gefühl sagte mir, dass ihm nicht gefallen würde, wenn ich über seine Bitte hinaus recherchierte.

> Vielen Dank für Ihre Erkundigungen bei den Behörden. Es war wohl zu optimistisch, mit so wenigen Angaben auf ein Ergebnis zu hoffen. Und bessere Informationen habe ich nicht, nur den Vornamen einer inzwischen verstorbenen Hebamme, Espirituosa. Ich wüsste nicht, wie Ihnen das weiterhelfen kann. Sollte ich noch etwas erfahren, melde ich mich.
> Mit herzlichen Grüßen, Anabela Silva

Ich hatte mir vorgenommen, noch einmal mit meinem Vater über die alte Geschichte zu sprechen. Auch wenn ihn das aufregen würde und ich vermutete, dass er mir schon alles gesagt hatte, woran er sich erinnerte. Er war die einzige Quelle, die ich hatte. Beim Gedanken an Pai musste ich unwillkürlich seufzen.

Ich las meine mageren Sätze noch einmal durch. Auch nicht gerade ein Meisterwerk, Bela. Egal. Ich schickte die Mail ab, trank mein Weinglas aus und ging ins Bett, um von vermummten Muskelpaketen zu träumen.

7

Mitten im mintgrünen Raum stand jetzt ein Tisch. Die Bank, auf der ich in der vergangenen Woche auf Amália Mendes gewartet hatte, war daran gerückt worden, dazu sechs gräuliche Plastikstühle, die einmal weiß gewesen sein dürften. Amália Mendes saß an einer Kopfseite des Tisches, der Tierarzt an der anderen. Auf der Bank leuchtete Karin Beckers roter Schopf zwischen zwei blonden blassen Köpfen. Die restlichen Stühle waren von drei dunkelhaarigen Frauen mit deutlich dunklerem Teint besetzt. Zwischen ihnen stand noch ein leerer Stuhl. «Setzen Sie sich doch, Anabela.»

Amália Mendes sah mich freundlich an. «Wir besprechen gerade, was heute anliegt.» Ich hielt die Hell-Dunkel-Aufteilung am Tisch eher nicht für Zufall und fragte mich, was es bedeuten mochte, dass mein Stuhl auf der dunklen Seite stand. Sie würden hier die Aufgaben ja wohl kaum nach Haarfarben verteilen. Aber vielleicht nach Nationalitäten.

Amália wechselte ins Englische, stellte mich kurz als neue Freiwillige vor und nannte die Namen der anderen. Die helle Seite stammte den Namen nach samt und sonders aus Deutschland, die dunkle aus Portugal. Karin Becker saß zwischen einer Silke und einer Maren, ich selbst neben den beiden sehr jungen Festangestellten, Antónia und Susana. Die Frau zu meiner Linken mochte in den Vierzigern sein, sie hieß Josélia. Ich war froh, dass die Runde nicht größer war, mit meinem Namensgedächtnis steht es nicht zum Besten.

«Hugo, was liegt heute an?», fragte Amália Mendes, und in den nächsten zwanzig Minuten flogen mir noch mehr Namen um die Ohren, allerdings die von Vierbeinern.

«Anabela, Sie arbeiten heute mit Silke zusammen», sagte sie zum Schluss und beendete die Besprechung. Silke, die mir ein paarmal zugelächelt hatte, war mir auch deutlich lieber als die rote Karin. Jedenfalls für den Anfang. Ich schätzte Silke auf Mitte fünfzig, also etwa in Karins Alter. Sie war klein und etwas füllig, trug einen praktischen Kurzhaarschnitt und verströmte aus jeder Pore fröhliche Energie. Karin und Maren gingen nach links, wir wandten uns nach rechts. Die anderen blieben noch im Besprechungsraum.

«Wo ist denn Beethoven?», fragte ich, sobald wir draußen waren.

«Sie sprechen Deutsch? Ich hätte Sie für eine Portugiesin gehalten.»

«Ich habe portugiesische Eltern, bin aber Deutsche. Zweisprachig.»

«Spannend. Und ich beneide Sie. Ich würde etwas darum geben, endlich vernünftig Portugiesisch sprechen zu können.»

«Wie lange sind Sie denn schon hier?»

«Sechs Jahre. Und glauben Sie mir, ich habe schon viel versucht.» Ein tiefes Seufzen. «Aber in den Kursen für Ausländer, die ich bisher besucht habe, bin ich überhaupt nicht zurechtgekommen. Im letzten waren wir sieben Personen aus sechs Ländern, und jeder war auf einem anderen Sprachlevel. Furchtbar. Aber Sie hatten nach Beethoven gefragt.» Ihre Miene hellte sich auf. «Wir haben ihn endlich vermitteln können. Gestern hat ihn ein englisches Paar abgeholt.» Diese Nachricht erhellte auch mein Gemüt. Ebenso wie die Gesprächigkeit der freundlichen Silke. Es konnte nicht allzu schwer werden, mit ihr über Liv Steen zu sprechen.

Während wir nach und nach Zwinger öffneten, die Hunde auf einem Gelände dahinter laufen ließen, nach einer Weile wieder einsperrten und die nächsten herausließen, erzählte mir Silke, dass sie mit ihrem Mann in einem Apartment in Monte Gordo lebte. «Da ist keine Tierhaltung erlaubt, deshalb komme ich hierher. Ohne Tiere im Leben, das ist doch nichts. Und Sie? Haben Sie Tiere?»

«Noch nicht. Ich bin erst vor ein paar Wochen hier angekommen.» Ich wollte so nah wie möglich bei der Wahrheit bleiben, wenn ich gefragt wurde.

«Wollen wir uns nicht duzen?», fragte Silke nach dem Öffnen von Zwinger Nummer zehn.

«Gern. Du, sag mal, kann ich dich etwas fragen?»

«Nur zu.»

«Ich habe durch einen Bekannten von dem Verein hier erfahren. Der hat mir auch eine ganz schreckliche Geschichte erzählt, von einer Dänin, die hier mitgearbeitet hat und dann gar nicht weit von hier tödlich verunglückt sein soll. Stimmt das?»

Ein bisschen plump vielleicht, aber mir war beim besten Willen kein indirekter Weg eingefallen, um zu meinem Ziel zu kommen.

Silke machte umgehend ein trauriges Gesicht.

«Liv. Ja, das stimmt.»

Gesprächig, wie sie war, hatte ich darauf gesetzt, dass sie von allein weiterreden würde. Aber nein. Schweigen auf dem kargen Hundeauslauf.

«Entschuldige, wie gefühllos von mir. Du magst bestimmt nicht darüber reden, wenn ihr befreundet wart.»

«Liv war …» Sie verstummte wieder und holte tief Luft. «Sie war … besonders.»

Hatte sie das bewundernd gemeint oder nicht? Silkes Tonfall war seltsam neutral.

«Fehlt sie dir sehr?»

Diesen Augenblick wählten zwei der Hunde auf dem Grundstück, um sich ineinander zu verbeißen. Von jetzt auf gleich und ohne erkennbaren Grund.

«Scheiße!» war alles, was Silke dazu sagte. Sie verschwand um die Ecke, und ich stand da und hatte nicht den Hauch einer Ahnung, was ich tun sollte. Dazwischengehen? Sicher nicht. Ich brüllte «Aus!» und «Lasst das!», fühlte mich hilflos und unfähig. Silke tauchte mit einem Schlauch auf, aus dem mit hohem Druck Wasser schoss.

«Du bringst die anderen rein.» Die restlichen fünf Hunde der Gruppe hielten sich abseits des Kampfes, bellten allerdings wie wahnsinnig. Wie auch alle anderen Hunde im Heim. Während Silke den Wasserstrahl auf die

Beißer richtete, lockte ich die anderen fünf mit zitternden Knien zurück in den Zwinger.

«Beeil dich, ich brauch dich hier!»

Ich drehte mich um. Silke hielt die Hunde mit dem Wasser auf Abstand.

«Greif dir den Schwarzen und bring ihn hier raus, da hinten lang!» Sie selbst packte das Halsband des anderen Hundes, eines mittelgroßen braunen Tiers mit kurzem Fell. Beide Tiere geiferten und zitterten und wollten ganz offensichtlich wieder aufeinander losgehen.

«Nun mach schon!»

Ich nahm all meinen Mut zusammen, griff nach dem Halsband, fühlte Feuchtigkeit an meiner Hand, sah nach unten, sah Blut. Mir wurde schlecht, beinahe wären mir die Beine weggeknickt.

«Der blutet», schaffte ich zu sagen.

«Ja, hab ich gesehen, das guckt sich Hugo gleich an.»

Es war vor allem Silkes Gelassenheit, die mir half, mit dem verletzten Tier tatsächlich loszulaufen. Silke ging mit dem anderen in die entgegengesetzte Richtung und leinte ihn am Zaun an. Dann kam sie mit einer zweiten Leine zu mir, nahm mir den Hund ab und meinte: «So wie du aussiehst, muss Hugo wohl auch dich behandeln.»

«Ich kann nicht gut Blut sehen, tut mir leid.»

Wir führten das Tier gemeinsam zu dem Gebäude, in dem Hugo arbeitete.

«Dann wartest du besser draußen, bis der hier behandelt ist.»

Ich nickte nur.

Sobald Silke samt Hund verschwunden war, ließ ich

mich an der Mauer entlang in die Knie sinken. Was tat ich hier? Für so was war ich nicht geeignet, davon war keine Rede gewesen. Ich wollte hier weg. João Almeida, dachte ich, du magst ein anziehender Mann sein, aber so anziehend nun auch wieder nicht. Ob er verstehen würde, wenn ich so schnell aufgab?

Silke kam zurück. «Wir werden Vasco aus dem Rudel nehmen, sonst kann das wieder passieren. Ganz hinten haben wir für solche Fälle Einzelzwinger, wir müssen einen davon in Ordnung bringen. Kommst du?»

Ich nickte und stand auf.

«Geht's wieder?»

«Ja. Passiert so etwas oft?»

«Nein, nicht oft. Aber es kommt halt vor. Wir versuchen, die Gruppen so zusammenzustellen, dass es passt. Aber manchmal verschätzen wir uns. Und die Tiere sind hier natürlich dauernd unter Stress.»

Dann arbeiteten wir schweigend, bereiteten den Zwinger vor und brachten danach noch die Hunde aus den übrigen Zwingern in den Auslauf, wobei ich jedes Mal ängstlich am Rand stand und wahrscheinlich selbst Unmengen von Stresshormonen verströmte. Aber es geschah nichts Außergewöhnliches mehr. Ich war froh, als wir fertig waren, verabschiedete mich von Silke und ging meine Tasche holen, die ich im Besprechungsraum gelassen hatte.

Kurz vor der Tür hörte ich durch das gekippte Fenster Stimmen. Eine davon gehörte unverkennbar Karin Becker. Die andere Amália Mendes. Ich blieb stehen. Karin Becker sprach offenbar hervorragend Portugiesisch.

«Was will die hier?», hörte ich sie fragen. «Das sieht doch ein Blinder, dass die keine Ahnung von Tieren hat.»

Es war nicht schwer zu erraten, von wem sie sprach.

«Was soll das, Karin? Du weißt genau, dass wir Hilfe gebrauchen können – gerade jetzt.»

Gerade jetzt? Karin tat mir nicht den Gefallen, darauf zu antworten. Amália sprach weiter. «Willst du jetzt die Rolle übernehmen, die Leute zu vergraulen?»

«Rede bloß nicht schlecht über Liv! Die hatte mehr Tierverstand als jeder andere hier. Und vielleicht solltest du nicht vergessen, wem ihr es zu verdanken habt, wenn ihr hier demnächst noch klarkommt.» War hier vom Erbe die Rede?

«Das reicht jetzt, Karin.»

Ich hörte das Klappen einer Tür, ging schnell ein paar Meter zurück und tat, als käme ich gerade erst an. Sekunden später ging die Außentür auf, und Karin Becker rauschte grußlos an mir vorbei. Im Besprechungsraum war niemand mehr, Amália musste bei Tierarzt Hugo sein. Die Bank stand wieder an der Wand unter dem Fenster, der Tisch in einer Ecke, die Stühle aufeinandergestapelt daneben. Meine Tasche hatte jemand ins Regal gelegt. Ich legte ein Ohr an die Tür zum Raum des Arztes, den Blick durch das Fenster auf den leeren Hof gerichtet. Aber außer unverständlichem Gemurmel konnte ich nichts hören.

Ich nahm meine Tasche und wollte gehen. Einerseits. Andererseits fragte ich mich, was aus dem schwarzen Hund geworden war. Ich mag ja vielleicht nicht in die erste Reihe der Tierschützer gehören, aber ich bin nicht herzlos. «Entre!», ertönte die Stimme von Hugo auf mein Klopfen.

Der Schwarze lag betäubt auf einem Stahltisch, seine Wunde am Hals war zum Glück schon verbunden.

«Wie geht es ihm?»

«Gut, ich habe ihn mit vier Stichen genäht. Er kommt jetzt für eine Weile auf die Krankenstation, und in ein paar Tagen ist er wieder fit.»

«Das freut mich.»

Ich sah mich im OP-Zimmer um. Fast antik wirkende Metallschränke und Regale, gefüllt mit Akten. An einer Wand schnarrte ein altersschwacher Kühlschrank, in einer Glasvitrine mit Schloss lagen stapelweise Medikamente. Ein Schreibtisch, ein Stuhl. Beide Möbelstücke schienen am Ende ihrer Lebenszeit. Einen Computer sah ich nicht. Geld im Überfluss hatte das Heim auf keinen Fall. Es roch nach Hund und nach einem Desinfektionsmittel. Aus dem Raum führte eine Tür in einen anderen. Sie stand halb offen, und ich sah hinein. Es war ein einfaches Badezimmer. Amália beugte sich über eine Kiste neben der Dusche, und ich hörte leises Maunzen.

Hugo sah zu mir herüber. «Eine kranke Katzenmutter mit neun Jungen. Sie kann nicht selbst säugen.»

«Und das bedeutet?»

«Maren, Antónia und Amália wechseln sich beim Füttern ab.»

«Werden Sie die Kleinen denn vermitteln können?»

Er zuckte mit den Achseln. «Vielleicht.»

Schon während der Besprechung heute Morgen hatte der Arzt nur das Nötigste gesagt. Auch jetzt verfiel er wieder in Schweigen. Aber ich hatte nicht vor, das Tierheim an diesem Tag unverrichteter Dinge zu verlassen.

«Sieht nicht so aus, als würde der Verein in Spendengeldern schwimmen», sagte ich mit Blick auf das klapprige Mobiliar. Er antwortete nicht. Verdammt. Ich brauchte einen anderen Türöffner. «Werden die Tiere eigentlich nur in Portugal und nach Deutschland vermittelt oder auch nach Dänemark?»

Jetzt hatte ich seine Aufmerksamkeit.

«Wie kommen Sie gerade auf Dänemark?»

«Ich habe gehört, dass hier bis vor kurzem eine Dänin mitgearbeitet hat, da liegt das doch nah. Und sie soll sich ja ganz besonders für die Tiere eingesetzt haben.»

«Das ist richtig.»

Ich wartete. Vergeblich. Mehr kam nicht. Oh Mann! Aber das kommt davon, wenn man geschlossene Fragen stellt. Selbst schuld, Frau Journalistin.

Er hob den Hund vom Tisch. «Können Sie mal die Tür aufmachen?»

«Klar.» Ich folgte ihm zur Krankenstation. Ein großes Wort für einen kleinen, vollständig gekachelten Raum in den hinteren Gefilden der Anlage. Aus einer Seitenwand ragte ein Wasserhahn, darunter befand sich ein Abfluss und in einer Ecke ein großer Hundekorb aus Hartplastik. Eine der beiden jungen Festangestellten breitete eben eine Decke darin aus. Antónia, falls ich mich nicht irrte.

Der Arzt legte den Schwarzen auf die Decke und schickte sich an, den Raum zu verlassen. Wenn ich ihm nicht nachlaufen wollte wie ein junger Hund – um einen naheliegenden Vergleich zu bemühen –, musste ich ihm jetzt sofort die nächste Frage stellen. Eine schön offene wohlgemerkt, auf die er nicht mit ja oder nein antworten konnte. Aber welche, zum Teufel? «Was macht denn in Ihren Augen einen guten ehrenamtlichen Helfer aus, also so jemanden wie die dänische Dame?»

Er warf mir einen langen Blick zu. Schien zu überlegen. Dann sagte er sehr langsam: «Sie hat viel Zeit hier verbracht. Die Hunde haben sie geliebt und hatten gleichzeitig Respekt vor ihr. Das ist selten.»

Ganze drei Sätze! Leider auch seine letzten. Er drehte sich um und ging.

«Pffft.» Das kleine Schnauben kam von Antónia, die inzwischen einen Napf mit Wasser neben den Korb gestellt hatte und sich nun auch gen Tür wandte. Aber nicht schnell genug. Ich hatte ihren Gesichtsausdruck gesehen, und der sprach Bände.

«Sie mochten die Frau nicht?»

Von vorsichtiger Gesprächsannäherung hatte ich für heute die Nase voll.

«Wen interessiert das schon?»

«Mich.»

«Und warum?» Okay, dumm war sie schon mal nicht.

«Na ja, ich habe ja von der Frau nur gehört, aber – um ganz ehrlich zu sein – finde ich es seltsam, dass alle bis auf Karin so distanziert von ihr sprechen. Das macht mich halt neugierig.»

«Aber von mir haben Sie das nicht.»

«Kein Problem.»

«Also, das, was Hugo über die Hunde gesagt hat, das stimmt schon. Darum haben sie alle hier beneidet. Aber sonst? Jedem hat sie Vorschriften machen wollen, sogar Hugo. Die war noch keine vier Wochen hier, da haben schon drei Leute aufgehört, die hier jahrelang geholfen haben.»

Interessant.

«Wie lange hat sie hier denn mitgearbeitet?»

«Weiß nicht, ein halbes Jahr oder so. Und wie die hier immer aufgetaucht ist. Alle anderen ziehen sich olle Sachen an, wenn sie herkommen. Aber die? Immer im figurbetonten frisch gewaschenen Overall, immer top geschminkt. Aber die Krönung war, dass sie hier alle runtergemacht hat, die Fleisch essen. Sie war so eine von den ganz Extremen, sie wissen schon, nicht mal Eier und Honig. Also, ganz ehrlich, ich konnte die Zicke nicht leiden. Und da war ich nicht die Einzige. Eigentlich kam nur Karin mit der klar. Aber die war ja auch in die verknallt, wenn Sie mich fragen.»

Das wurde ja immer besser. Da die auskunftsfreudige Antónia kaum mit Dritten über unser Gespräch reden würde, wagte ich mich weiter vor. «Hat Renate Cabral auch ihretwegen aufgehört? Jemand hat mir erzählt, dass sie auch hier arbeitet, aber letzte Woche habe ich sie nicht gesehen und heute auch nicht.»

«Renate? An die hab ich jetzt gar nicht gedacht. Nein, die kommt nicht mehr, seitdem …» Antónias junge Stimme, gerade noch hell und klar, senkte sich zu einem dramatischen Flüstern. «Das wissen Sie wahrscheinlich gar nicht. Die Dänin ist tot. Und die Renate, die hat sie gefunden!»

«Nein!» Diesmal war ich ehrlich geschockt. Almeida

hatte mit keinem Wort erwähnt, wer die Leiche gefunden hatte.

«Doch. Totgetreten im eigenen Pferdestall.» Sie schüttelte sich. «Kein Wunder, dass Renate seitdem nicht mehr kommt, das muss total traumatisch gewesen sein.»

«Dann waren die beiden Freundinnen?»

Jetzt zuckte sie mit den Schultern. «Die haben oft die Hunde zusammen rausgelassen, so wie Sie heute mit Silke. Viel mehr hab ich nicht mitgekriegt. Aber wenn sie bei der Liv zu Hause war, dann müssen die wohl befreundet gewesen sein, denk ich mal.»

Ja, das dachte ich auch. Und ich fragte mich, wie das der verliebten Karin gefallen hatte. Falls denn Antónias Vermutung stimmte.

«Wo wir da jetzt so drüber reden–», sie unterbrach sich, dachte kurz nach. «Eigentlich hatte ich immer das Gefühl, dass die Renate hier nicht richtig mit dem Herzen dabei ist. Die hat das wohl eher aus Langeweile gemacht. Oder vielleicht der Zimtzicke zuliebe. Keine Ahnung. Ist ja jetzt auch gleich.» Sie bückte sich zu dem schlafenden Hund, streichelte ihn kurz und stand wieder auf. «Ich muss dann mal weitermachen, bis dann.»

Tief in Gedanken, verließ ich das Tierheim. War Liv Steen vom anderen Ufer gewesen? Das war natürlich möglich. Aber kaum ein Grund, sie umzubringen. Hör auf, nach einem Motiv zu suchen, Bela Silva. Du sollst nur mehr über sie erfahren. Und das hast du gerade. Die Dame war also nicht annähernd so beliebt gewesen, wie man Almeida hatte glauben machen wollen. Selbst Dr. Hugos lobende Worte hatten eher so geklungen, als bereite ihm die Formulierung Mühe. Von Trauer um den Verlust einer wertgeschätzten Mitarbeiterin keine Spur. Das sagte mir mehr als tausend Worte.

Kaum hatte ich das Auto angelassen, knurrte mein Magen laut. Ich sah auf die Uhr. Fast zwölf. Um pünktlich um neun hier zu sein, war ich früh aufgestanden und hatte nur einen Kaffee gefrühstückt. Doch mein leerer Magen musste warten. Es gab noch zu tun.

8

Am Hof von Liv Steen hing ein großes Schild. «VENDESE», zu verkaufen. Dazu Name und Nummer einer an der Algarve weitverbreiteten Immobilienfirma sowie ein offenes Tor. Meine innere Wandlung zur Kaufinteressentin dauerte keine Minute. Ich fuhr auf den Hof und stieg aus dem Wagen. Etwas spät fiel mir ein, dass mein alter Twingo mich nicht gerade als Frau mit Geld auswies. Und die alten Jeans sowie meine nach der Arbeit im Tierheim schmuddelige Hemdbluse erst recht nicht. Egal. Wenn ich auf jemanden vom Maklerbüro stieß, würde mir schon etwas einfallen.

Türen und Fenster der Gebäude waren genauso verschlossen wie neulich Abend. Inzwischen war die abgestorbene Palme abgesägt worden, nur ein trauriger Stumpf zeugte noch von ihrer früheren Existenz als Namensgeberin des Hofes. Vielleicht war ein Gärtner hier und das Tor deshalb offen? Ich sah keinen Wagen, aber in einer Ecke des Hofes stand ein schmutzbespritztes Motorrad.

Im Tageslicht sah man erst richtig, wie liebevoll und edel hier restauriert worden war. Alles wirkte, als wären die Maler gerade erst vom Hof gefahren. Die Gebäude waren nicht wie üblich weiß gekalkt, sondern in einem hellen Braunton gestrichen. Um die dunkelrot lackierten Fenster herum hoben sich steinerne weiße Profile vom Farbton der Mauern ab. Schick. Ich entdeckte weitere Details wie eine erkennbar handgemalte Fliesenplatte, die in eine der Wände eingelassen war. Das Motiv zeigte drei Rehe unter einer Palme. Die Blumen in den Töpfen dufteten betörend. Aber ich roch noch etwas anderes. Geld. Viel Geld. So viel war unmöglich mit gefälschten Fotos von misshandelten Tieren zu verdienen. Vielleicht stammte Liv Steen aus einer reichen Familie. Oder war eine wohlhabende Witwe. Sei nicht so frauenfeindlich, Bela. Womöglich ist sie in einem früheren Leben eine erfolgreiche Unternehmensberaterin oder so was gewesen.

Vertieft in den Anblick eines Brunnens aus Naturstein, über dem an einem frisch lackierten Bügel höchst dekorativ ein alter Eimer an neuem Seil hing, realisierte ich erst mit einem Moment Verspätung, dass die Ruhe auf dem Hof von einem Klappern unterbrochen wurde. Hufklappern, um genau zu sein. Also doch! Ich drehte mich um und sah einen jungen Mann mit einem prächtigen Rappen auf mich zukommen. Bei meinem Anblick blieben Mann und Pferd abrupt stehen.

Die stoppelkurzen Haare des Mannes und das Fell des Pferdes glänzten im gleichen Farbton. Der Mann mochte Ende zwanzig sein, vielleicht auch etwas älter. Sehr buschige Augenbrauen, ein offener Blick, mittelgroßer bulliger Körper in einem grauen Arbeitsoverall. War das derselbe, den ich mit dem IRA-Wagen gesehen hatte? Im Geiste stülpte ich ihm eine schwarze Maske über den Kopf. Sie passte perfekt.

«Kann ich Ihnen helfen?»

Ich setzte mein schönstes Lächeln auf. «Da bin ich mir sicher. Ein Freund von mir sucht nach einer Quinta, und ich sehe mich für ihn um. Was für ein prächtiges Tier.»

«Ja, das ist er.»

Ich überwand mich, ging auf das reichlich große Pferd zu und streichelte seine samtige Nase.

«Wie heißt er denn?»

«Amigo.»

«Ist das ein Hengst?»

«Ein Wallach.»

Das Tier stand ruhig, scharrte nur ein bisschen mit einem Huf über das Pflaster.

«Wegen der Quinta müssen Sie mit dem Makler sprechen, die Nummer steht auf dem Schild. Hier ist keiner außer mir.»

«Schon, aber Sie können mir doch sicher sagen, warum eine so schöne Anlage zum Verkauf steht. Das sieht ja alles aus, als sei es gerade erst fertig geworden.» Innerlich drückte ich mir selbst die Daumen. Wenn er jetzt weiterredete, hatte ich so gut wie gewonnen, dann gehörte er wie Antónia zur gesprächigen Sorte, das sagte mir meine Erfahrung.

«Die Besitzerin ist vor kurzem tödlich verunglückt.»

Ja, ja, ja!

Ich ließ ein paar Sekunden vergehen und dämpfte meine Stimme. «Wie schrecklich! Was ist denn passiert? Ein Autounfall?»

Sein Gesicht verdüsterte sich.

«Sie ist irgendwie unter Amigos Hufe geraten. Hinten, im Stall.»

Ich trat unwillkürlich zwei Schritte zurück.

«Aber er kann ganz sicher nichts dafür, der ist lammfromm! Hm, mein Guter. So einen wie dich hatte die Alte gar nicht verdient», sagte er, strich Amigo über die glänzende Mähne und sah ihm in die großen braunen Augen. «Gleich kommt dein neuer Besitzer und holt dich ab. Keine Sorge, das ist ein Guter.» Mich schien der Mann für den Moment komplett vergessen zu haben.

«Das war bestimmt nicht leicht, ihn zu verkaufen nach so einem Unfall», brachte ich mich in Erinnerung. «Und Sie versorgen das Tier seitdem?»

«Nee, schon vorher.»

«Dann waren Sie hier, als das passiert ist? Wie furchtbar!»

«Nö, da hatte ich frei. Komm, Amigo.» Er führte das Pferd zum letzten Gebäude an der linken Seite des Hofes und band es an einem Ring in der Wand fest. Daneben stand ein Gestell mit einem schwarzen Ledersattel.

«Ich muss jetzt hinten weitermachen.»

«Als Kind bin ich auch geritten. Ich bin übrigens Anabela.»

«Nuno.»

«Kann ich mir den hinteren Bereich vielleicht ansehen? Für meinen Freund? Der will auch Pferde halten.»

«Von mir aus.»

«Die Frau, die verunglückt ist, die konnte mit Pferden wohl nicht gut umgehen?», fragte ich, während wir nebeneinander hergingen.

«Doch», sagte Nuno. «Mit Amigo war sie schon gut.» Es klang widerwillig. «Die ist früher Dressur geritten, drüben in Spanien bei Jerez, soweit ich weiß. Hat sie mit Amigo auch gemacht. Aber alles auf die sanfte Tour. Nur so mit Körpersprache und ohne Gewalt. War echt beeindruckend. Deshalb versteh ich auch nicht, wie das passieren konnte.»

Ich hielt erst einmal den Mund. Hinter den Gebäuden der Quinta erstreckte sich eine riesige eingezäunte Koppel. Vielleicht zwanzig Meter von uns entfernt stand ein einzelnes flaches Gebäude aus Holz mit breitem Tor. Der Stall. Auf einem Platz davor waren Strohballen gestapelt. Daneben stand ein staubiger alter Pferdeanhänger. Nuno ging in das Gebäude, ich hinterher. Auch hier lagerten noch Strohballen. Nuno griff nach einem davon und brachte ihn nach draußen.

Staub und Strohpartikel tanzten im Licht, das durch das Tor fiel. Ich sah mich um und schauderte. Hier war vor kurzem ein Mensch gestorben. Meine Phantasie zeigte mir üble Bilder. Tatsächlich war nicht mehr zu sehen als zwei leere Pferdeboxen auf der linken Seite und die paar Strohballen auf der rechten. Ich ging wieder nach draußen, ließ den Stallgeruch und die imaginären Bilder von zermalmten Gliedern hinter mir. An einen der runden Holzbalken des Zaunes gelehnt, schaute ich auf die Wiese und einen dampfenden Haufen Pferdeäpfel.

Mein Gefühl sagte mir, dass ich nur noch abwarten und das richtige Stichwort finden musste, dann würde mir der redselige Pferdepfleger schon noch mehr über Liv Steen erzählen.

Fünf Minuten.

Zehn.

Wie konnte ein kräftiger junger Mann so lange für das bisschen Stroh brauchen? Deus me dê paciência e um pano para a embrulhar. Gott gebe mir Geduld und ein Tuch, um sie einzuwickeln. Diesen Spruch hatte meine Großmutter einst sehr schön auf Leinen gestickt. Inzwischen hing er in einem Rahmen an meiner Wohnzimmerwand. Nicht ohne Grund. Hör auf, mit den Fingern auf dem Zaun herumzutrommeln, Bela Silva. Nuno stapelte und stapelte. Ich holte mein Handy aus der Tasche und surfte ein Weilchen durchs Internet.

Irgendwann merkte ich, dass sich die Geräuschkulisse verändert hatte, und drehte mich um. Nuno fegte inzwischen den Stall aus. Und fluchte gerade laut. «Verdammte Jäger.» Er hob etwas vom Boden auf. Was, konnte ich nicht erkennen. Endlich stellte er den Besen weg und kam zu mir.

«Fertig. Das Stroh holt dann morgen der Nachbar ab.» Er nahm ein Päckchen rote Português aus der Brusttasche seines Overalls. «Zigarette?»

«Gerne.» Ich bin Gelegenheitsraucherin. Und dies war ja wohl die perfekte Gelegenheit. Noch dazu half Nikotin gegen Hungergefühle.

«Warum haben Sie eben auf die Jäger geschimpft?», fragte ich, als wir entspannt nebeneinander am Zaun lehnten und Rauch in die frische Luft bliesen. «Mögen Sie keine Jäger?»

«Nicht besonders.» Er griff in die Tasche seines Overalls, förderte ein paar kleine Metallkugeln zutage und zeigte sie mir. Schrot. Damit kenne ich mich aus. Mein Vater hat bis vor einiger Zeit ebenfalls gejagt, und ich habe oft genug auf so ein Kügelchen gebissen, wenn meine Mutter es beim Putzen eines Rebhuhns übersehen hat. Diese hier waren etwas größer als die, die mein Vater benutzt hatte.

Nuno machte eine ausholende Bewegung in Richtung der vor uns liegenden Landschaft. «Das ist fast alles Jagdgebiet hier. Und manchmal ballern die Idioten so dicht an den Gebäuden, dass die Kugeln sogar auf dem Hof landen. Aber dass die jetzt schon in den Stall fliegen … na, ist ja jetzt auch egal.»

«Jäger, so nah am Stall? Wie hat denn das Pferd darauf reagiert?»

«Der Amigo war dann gar nicht hier. Die Chefin ist an den Jagdtagen immer mit ihm an den Strand gefahren und ausgeritten. Die stand mit den Jägern sowieso total auf Kriegsfuß.»

Nuno warf die Kugeln auf die Wiese.

«Wie auch immer. Ich schließ hier gleich ab, und sobald Amigo weg ist, war's das dann für mich.»

«Und? Haben Sie schon einen neuen Job?»

«War eh nicht mein einziger. Aber ich hab bei Tavira was Neues in Aussicht.»

«Stelle ich mir schlimm vor, auf so eine Weise die Chefin zu verlieren.»

«Um ehrlich zu sein: Um die ist es nicht besonders schade.»

Ich sah ihn von der Seite an, er spürte es und machte ein betretenes Gesicht.

«'tschuldigung, das ist mir so rausgerutscht. Man soll ja nicht schlecht über Tote sprechen.»

«Man soll auch nicht lügen.» Ach ja, Bela Silva? «Sie mochten Ihre Chefin nicht besonders. Warum sollten Sie einen Hehl daraus machen? Sie werden Ihre Gründe haben.»

«Die hat sich sonst was eingebildet, die arrogante Kuh», brach es aus ihm heraus. «Aus Dänemark kam die. Und wenn man sie reden hörte … als ob Portugal ein Entwicklungsland wär und wir hier alle minderbemittelte Deppen. Ich hab überhaupt nicht kapiert, was andere Kerle an der finden konnten. Zumal sie die behandelt hat wie ein Stück Scheiße.»

«Sie selbst auch?»

«Ich wollt ja nix von der Alten, die war nicht gerade meine Altersklasse. Da konnte die sich noch so anmalen und mit den dicken Titten wackeln.»

Sein Blick fiel auf meine Bluse, und er wurde rot. Schnell sah er wieder geradeaus auf die leere Koppel.

«Solange ich Amigo gut versorgt hab, hatte ich mit ihr kein Problem. Und ich hab ihn gut versorgt, das ist mal sicher.»

«Woher wissen Sie dann, wie sie Männer behandelt hat?»

Einen Moment lang dachte ich, ich sei zu weit vorgeprescht. Statt einer Antwort kam erst mal nur noch Rauch aus seinem Mund. Dann, mit starrem Blick nach vorn: «Ich weiß gar nicht, warum ich Ihnen das alles erzähle. Aber irgendwie kotzt es mich an, wie jetzt alle so tun, als wär die Jungfrau Maria persönlich gestorben.»

Sag jetzt nichts, Bela, lass ihn einfach reden.

«Ist schon ein paar Monate her, da hat sie mit ein paar Leuten gefeiert. Auf dem Hof, vorm Haupthaus. Waren fast alles ältere Frauen. Die von dem Neubau dahinten war auch dabei.» Er zeigte auf einen weißen, kastenartigen Bau, der in ziemlicher Entfernung im Sonnenschein erstrahlte. «Und dazwischen saß Álvaro, der einzige Portugiese in der Runde. Die haben gegrillt und ordentlich getankt. Mittags war das. Konnte mir ja egal sein, ich hab hier hinten meinen Job gemacht. Aber irgendwann hat Dona Liv mich rübergeholt, ganz die großzügige Arbeitgeberin, die den Knecht mitessen lässt. Na ja, war ja eigentlich ganz nett von ihr. Wobei, da gab's nur Gemüsespieße und Salat und so 'n komisches weißes Zeug. Wie soll ein Mann davon satt werden?»

«Ich hab auch lieber ein Stück Fleisch auf dem Teller.» Mir tut allerdings auch jeder Vegetarier leid, der bei uns auf dem Land essen gehen will. Da gibt es Fisch und Fleisch und Fleisch und Fisch. Außer Pommes, Salat und Omelette wüsste ich nicht, was der bestellen könnte. Nuno erzählte weiter.

«Die meiste Zeit haben die englisch geredet und wahrscheinlich gedacht, dass ich kein Wort verstehe. Hab ich aber. Nicht alles natürlich, so toll ist mein Englisch nicht. Was halt so von der Schule hängengeblieben ist. Jedenfalls hat der alte Álvaro die ganze Zeit die Chefin angehimmelt. Das war fast nicht mit anzusehen, viel fehlte nicht, und der hätte gesabbert. Dabei war der fast zwei Köpfe kleiner als sie. Ich hab mich eh gefragt, warum die was mit ihm hatte.»

Nuno trat seine Zigarette aus, und ich tat es ihm nach. «Noch eine?»

«Nein, danke.»

Er selbst zog eine weitere Zigarette aus der Packung. «Die Chefin hat sich voll über den lustig gemacht. Was er für ein nützlicher kleiner Kerl wäre, wie denn der Fleck auf sein Hemd käme, ob der Álvaro denn nicht ordentlich essen könnte, so was. Und dann hat sie ihm über den Kopf gestreichelt, als wär er ein Welpe.» Das Thema Hunde schien mich zu verfolgen. «Echt schlimm. Und Álvaro saß da und grinste noch. Dann hat sie ihm ganz feierlich ein Geschenk überreicht. Er hat's ausgepackt, und alle haben sich ausgeschüttet vor Lachen. Wissen Sie, was sie ihm geschenkt hat? Eine portugiesische Grammatik – einem Portugiesen!»

Nuno sah mich an, in seinen Augen stand blanke Empörung.

«Also echt. Dabei war ihr eigenes Portugiesisch alles andere als perfekt. Und Álvaro ist ja kein ungebildeter Trottel. Ich an seiner Stelle hätte ihr eine gescheuert. Und dieser verliebte Idiot lacht auch noch mit.» Er schüttelte den Kopf. «So viel zur Jungfrau Maria. Ihre Tochter ist zum Glück ganz anders.»

Ihre *was*?

Lautes Motorengeräusch verhinderte jegliche Nachfrage. Nuno sah auf seine Armbanduhr. «Das werden die Leute sein, die Amigo abholen.» Er trat seine Kippe aus und lief zügig los in Richtung Hof. Ich folgte ihm langsam. Als ich um die Ecke kam, dirigierte Nuno bereits den Fahrer eines dunkelgrünen Landrovers mit einem hochmodernen Pferdeanhänger in die richtige Position, bis der Hänger mit der Rückseite günstig zum Pferd stand. Und leider ungünstig für mich. Meine Abfahrt konnte ich erst einmal vergessen, das Gespann parkte meinen Twingo zu. Außer mir schien das niemanden zu stören. Also gut, das würde ja wohl nicht ewig dauern. Unter der Korkeiche stand eine Bank. Ich setzte mich, dachte wieder an den Spruch an meiner Wohnzimmerwand und überlegte. Hatte Almeida von einer Tochter gesprochen? Nein, das wäre mir kaum entfallen. Und er hatte doch gesagt, der Tierschutzverein würde den Hof erben. Hatte ich das falsch verstanden? Verwirrend.

Dem Landrover entstieg ein schlankes Paar in den Vierzigern. Beide dunkelhaarig, in Jeans und gleichfarbigen Sweatshirts. Der Mann öffnete die Klappe des Hängers und redete mit Nuno. Die Frau stand schon bei Amigo und klopfte ihm mit leuchtenden Augen den Hals. Ein zweiter Wagen fuhr durch das Tor, in der Ecke der Windschutzscheibe klebte das Schild einer Mietwagenfirma. Hinter dem Steuer saß eine große blonde junge Frau. Groß, blond, jung – dänisch?

Sie stieg aus dem Wagen, zog ein Schlüsselbund aus der Tasche, begrüßte das Paar und schloss das Haupthaus auf. In die Richtung, in der meine Bank stand, sah sie nicht. Die drei gingen hinein. Ich hatte kaum noch Zweifel, wer da in einem feinen grauen Hosenanzug und rosafarbener Bluse eingetroffen war.

Nuno führte den Rappen in den Hänger, schloss die Klappe und lief wieder Richtung Stall. «Das ist sie», sagte er leise, als er an meiner Bank vorbeiging. Dann war er um die Ecke verschwunden. Ich harrte der Dinge, die da kommen sollten. Ging ja auch nicht anders. In den Tiefen meiner Handtasche entdeckte ich nach einigem Suchen einen eingeschweißten Keks. Nach vielleicht fünfzehn Minuten erschienen die drei wieder an der Tür. Tochter Steen gab den Pferdekäufern die Hand, sie bestiegen den Landrover und fuhren vom Hof.

«And who are you?»

Sie hatte mich auf meiner Bank entdeckt.

Kennen Sie Kairos, den griechischen Gott der günstigen Gelegenheit? Der hatte angeblich ein lockiges Vorderhaupt und einen kahlen Hinterkopf. Weshalb man eine Gelegenheit sofort beim Schopfe greifen soll, ehe man ins Leere fasst. Was man so alles lernt, wenn man Kolumnen schreibt. Tatsache ist: Dies war mit ein bisschen Geschick meine Chance, in Liv Steens Haus zu kommen.

Wieder stellte ich mich als Freundin eines Pferdefreundes auf der Suche nach einer Quinta vor. Glücklicherweise ist mein Englisch nicht schlecht. «Sind Sie die Maklerin?»

«Nein. Die Besitzerin.»

Ich streckte meine Hand aus. «Anabela Silva.»

«Inken Joergensen.» Als wir uns die Hände schüttelten, sah ich den schmalen Ehering an ihrem Finger.

«Ich habe das Verkaufsschild heute zufällig entdeckt und glaube, dass dieses schöne Anwesen dem, was mein Freund sucht, sehr nahekommt. Natürlich konnte ich mir bisher nur von außen einen Eindruck verschaffen. Und es hängt natürlich vom Preis ab.»

«750 000.»

Ich gab mir große Mühe, so auszusehen, als hätte ich Freunde, die mal eben 750 000 Euro ausgeben könnten, und zuckte nicht mit der Wimper.

«Das kommt durchaus in Frage.»

«Wie Sie ja bereits wissen, habe ich einen Makler beauftragt. An den müssten Sie sich bitte wenden.»

«Ja, schon, aber wissen Sie, jetzt bin ich schon mal hier, und wenn ich mich vielleicht kurz innen umsehen könnte, dann wüsste ich sehr schnell, ob es sich lohnt, einen Termin mit dem Makler zu vereinbaren. Mein Freund hat sehr konkrete Vorstellungen, was die Bäder und die Raumaufteilung angeht.»

«Also gut, von mir aus. Ich muss hier sowieso noch nach ein paar Unterlagen suchen. Dann sehen Sie sich halt um.»

Und einmal mehr an diesem denkwürdigen Tag hätte ich laut jubilieren mögen.

Ich folgte ihr ins Haus und betrat einen hellen, freundlichen Flur mit einer sorgfältig aufgearbeiteten antiken Standgarderobe und weiß gerahmten Aquarellen an den Wänden. Alle zeigten Pflanzenmotive, und jedes einzelne wurde von einem kleinen Strahler beschienen. Inken Joergensen ging weiter, durchquerte ein großes Wohn-Esszimmer mit einer Sitzlandschaft in blassem Grau. In die Wände waren Schränke mit Sprossenfenstertüren eingelassen, das Rahmenholz glänzte in einem hellen Grünton. Vor einem bodentiefen Fenster stand ein Massivholztisch mit lederbezogenen Stühlen für acht Personen. Mehrere leere Bodenvasen, milde Beleuchtung aus verdeckten Lichtleisten. Im Raum hing ein leicht muffiger Geruch. Joergensen steuerte zielstrebig auf eine Tür zu.

«Verkaufen Sie möbliert?»

«Das wäre mir am liebsten. Die persönlichen Sachen meiner Mutter werden in den nächsten Tagen verpackt. Ich habe das Haus erst kürzlich geerbt.»

«Mein Beileid.»

«Danke.» Ihre Miene blieb unverändert. «Ich bin im Arbeitszimmer, wenn Sie Fragen haben. Die Küche ist dort drüben.» Sie zeigte nach rechts. «Links geht es in den Trakt mit den Schlafzimmern und den Bädern. Ach, warten Sie einen Augenblick, ich mache die Fensterläden auf.» Sie ging in das Arbeitszimmer, kam kurze Zeit später mit einem Tablet zurück, tippte darauf herum, und wie von Zauberhand ward Tageslicht. Wow.

Dann blieb ich mir selbst überlassen. Eine Viertelstunde später war der Eindruck, den ich vom Äußeren des Hofes gewonnen hatte, bestätigt: Liv Steen mochte eine unangenehme Person gewesen sein, aber eine mit Geld und Geschmack. Es gab drei Schlafzimmer mit jeweils eigenem Bad. In jedem waren die Betten abgezogen. In einem der Bäder standen noch Parfümflakons und Schminkutensilien, also war dies wohl das persönliche Bad von Liv Steen gewesen. Ich wollte es gerade verlassen, als ich vom anderen Ende des Hauses die Stimme Nunos hörte. Er rief nach Joergensen. Kurzes Gemurmel, dann das Klappen der Haustür. Kurz darauf jaulte der Motor eines Motorrades auf, ging in ein ratterndes Geräusch über und verebbte. Sehr schön. Inken Joergensen würde nicht erfahren, dass ich mit ihm über ihre Mutter gesprochen hatte und wusste, wie sie gestorben war.

Als ich ins Arbeitszimmer kam, fluchte die junge Frau gerade aus tiefstem Herzen. Nicht dass ich Dänisch verstehe, aber der Ton war eindeutig und «For satan! Fuck portugisisk» nicht schwer zu übersetzen. Sie stand über einen Stapel von Unterlagen gebeugt und hatte mich noch nicht bemerkt. Mehrere Ordner lagen aufgeschlagen, teilweise übereinandergeschoben, auf einem großen Schreibtisch. Ich räusperte mich. Sie fuhr herum und sah mich an wie einen Geist.

«Sie hatte ich ganz vergessen.» Völlig problemlos wechselte sie wieder ins Englische. Es klang, als wäre es ihre Muttersprache. «Sagen Sie, sprechen Sie Portugiesisch?»

«Ja. Kann ich Ihnen irgendwie helfen?»

«Der Makler sagt, ihm fehlen für die Unterlagen noch Kopien, irgendein Auszug aus dem Steuerkataster und ein Energiezertifikat. Das Zertifikat habe ich gefunden, aber dieser dämliche Auszug ist nirgendwo. Und ich habe den Zettel nicht mehr, auf dem er den portugiesischen Begriff notiert hat.»

«Den Begriff kenne ich auch nicht, aber wenn Sie wollen, blättere ich mal durch und schaue, ob etwas nach einem Katasterausdruck aussieht.» Ich sah Erleichterung in ihren Augen. Hoffentlich sah sie in meinen nicht ein glückliches Leuchten. Mal ehrlich, das hier war mehr als eine Chance, das war Weihnachten und Geburtstag am selben Tag.

Ich fand den Auszug ziemlich schnell. Aber das musste

sie ja nicht wissen. Der Ordner mit dem gesuchten Dokument wanderte nach unten in den Stapel; ich würde ein bisschen später wieder auf ihn stoßen.

Während die Erbin weitere Ordner in einem Regal durchsah, blätterte ich durch Liv Steens Unterlagen auf dem Schreibtisch. Inken Joergensen war ganz schön vertrauensselig, sogar zwei kleinformatige Pappordner mit Kontoauszügen lagen offen dort. Da sie mir den Rücken zukehrte, sah ich schnell hinein. 80 000 Euro auf dem Sparkonto, nicht schlecht. Auf dem Girokonto noch mal gut zehntausend. Barabhebungen in normaler Höhe, dazu Versicherungsbeiträge, der Mitgliedsbeitrag für den Tierschutzverein, Abbuchungen für Strom und Wasser. Und keine Einnahmen. Wovon hatte die Frau gelebt? Vielleicht hatte sie auch noch Wertpapiere. Und noch ein Konto in Dänemark. Diese Auszüge hier waren von einer portugiesischen Bank. Ich fand eine große Überweisung an einen Malerbetrieb. Aber keine Kreditraten. Wie es aussah, war die schicke Quinta voll bezahlt. Ich sah mich nach einem Safe um, sah aber keinen. Genauso wenig wie einen Computer oder einen Laptop.

«Sie finden es auch nicht?» Schnell nahm ich mir den Ordner vor, den ich nach unten befördert hatte.

«Noch nicht, aber dieser hier ist noch übrig.»

«Die hier im Regal sind alle voller Zeitungsausschnitte und Ausdrucke. Ich frage mich, wozu sie das alles aufbewahrt hat.» Mehr zu sich selbst sagte sie: «Das meiste dreht sich natürlich um Tierschutz. Typisch, die Viecher waren ihr ja schon immer wichtiger als alles andere. Viecher und Männer.»

Ich zog es vor, zu schweigen. Sie murmelte weiter vor sich hin. Die restlichen Papiere auf dem Tisch waren für mich uninteressant. Es schien mir an der Zeit, den Katasterauszug zu ‹finden›. Ich hatte ihn eben in die Hand genommen, als ich sie fragen hörte: «Was ist denn das hier? Sagen Sie, was heißt cadáver afogado?»

«Wie bitte?»

«Hier ist eine ganze Reihe von Zeitungsartikeln. Da geht es um einen cadáver afogado. Heißt cadáver das, was ich glaube?»

«Wenn Sie an einen toten Körper denken, dann ja. Cadáver afogado heißt Wasserleiche.»

Sie hatte sich zu mir umgedreht und sah, dass ich ein einzelnes Blatt in der Hand hielt.

«Oh, Sie sind fündig geworden?»

«Äh, ja.»

Es fiel mir nicht ganz leicht, von der Wasserleiche auf den Katasterauszug umzuschalten. Inken Joergensen schon. Sie klappte den schmalen Ordner zu, der sie gerade noch beschäftigt hatte, und stellte ihn zurück ins Regal. «Das ist ja wunderbar. Vielen Dank für Ihre Hilfe.»

Wasserleiche. Wo war mir unlängst eine Wasserleiche untergekommen?

«Dann kann ich hier jetzt Schluss machen.» Ihr fiel offenbar wieder ein, warum ich überhaupt da war. «Haben Sie alles gesehen?»

Ich wollte in diese Mappe schauen. Unbedingt. Mit dem Fuß schob ich meine Tasche, die ich vor dem Schreibtisch abgestellt hatte, unter den Tisch.

«Ja, vielen Dank. Ich werde meinem Freund berichten

und denke, dass er sich mit dem Makler in Verbindung setzen wird. Es war ganz großartig, dass Sie mich das Haus so spontan haben besichtigen lassen.»

«Keine Ursache.»

«Sie selbst leben nicht in Portugal?»

«Nein. Ich bin zum ersten Mal hier. Der Anwalt … ich musste kommen, um mich um alles zu kümmern, nachdem …» Sie brach ab und ging aus dem Raum. Das klang nicht nach einer flauschigen Mutter-Tochter-Beziehung. Dazu passte auch, dass sie offensichtlich nicht in dem Haus übernachten mochte, in dem ihre Mutter gelebt hatte.

Im Wohnzimmer nahm sie das Tablet vom Esstisch und schloss die Fensterläden. Kurz vor der Haustür sagte ich: «Ach, wie dumm, ich habe meine Handtasche im Arbeitszimmer vergessen.» Ein bisschen abgegriffen, der Trick, ich weiß. Aber er funktionierte. Inken Joergensen sagte: «Dann gehen Sie sie schnell holen.» Sie sah auf eine kleine goldene Armbanduhr an ihrem Handgelenk.

Keine Minute später zog ich die Mappe aus dem Regal und blätterte sie in Sekundenschnelle durch. Der erste Bericht war tatsächlich der, dessen Schlagzeile ich vor kurzem im Internet gesehen hatte. Die Wasserleiche in den Salinen von Castro Marim. Der jüngsten Schlagzeile zufolge war der Tote identifiziert worden. **War Daniel C. ein Drogendealer?** stand da in großen Lettern. Die Mappe kam zurück ins Regal, ich griff mir meine Tasche, ging zurück zu Joergensen, die an der Tür ungeduldig auf mich wartete, und verabschiedete mich.

Ich musste Almeida anrufen. Sofort. Also, sofort nachdem ich etwas im Magen und in Ruhe nachgedacht hatte. Am besten am Wasser. Ich überlegte. Bis nach Cacela Velha waren es nur zwanzig Minuten.

9

Der kleine Parkplatz vor dem malerischen Örtchen war nur halbvoll. Mit wenigen Ausnahmen sind Autos in Cacela Velha verboten. Sie hätten auch kaum Platz in den kleinen Gassen. Seit Jahren war ich nicht hier gewesen. Nichts schien sich geändert zu haben. Wie auch, in einem denkmalgeschützten Dorf? Da konnte höchstens mal eines der immerhin drei Restaurants den Besitzer wechseln oder schließen.

Aber die *Casa Azul*, an die ich mich von meinem letzten Besuch erinnerte, gab es noch. Damals war ich mit meiner Freundin Marlis hier gewesen. Wir hatten lange auf der Dachterrasse gesessen, viel getrunken und viel gelacht. Heute hatte ich den phantastischen Blick über das Dörfchen mit seiner kleinen Festung bis zur Halbinsel Cacela, die sich fast weiß vom türkisfarben schillernden Atlantik abhob, für mich allein. Cacela ist Teil der Lagunenlandschaft Ria Formosa. Kurz vor meinem letzten Besuch hier war dieser riesige Naturpark, der sich bis nach Faro erstreckt, zu einem der sieben Naturwunder Portugals gekürt worden. Meine Eltern hatten es mir damals voller Stolz erzählt. Ob Almeida wohl manchmal an der Ria spazieren ging?

Der Kellner, ein Jüngling mit tiefhängenden Hosen, war übellaunig. Wahrscheinlich passte ihm nicht, dass er nur meinetwegen die Treppe hoch- und runterlaufen musste. Ich lächelte extra freundlich und bestellte ein Thunfischsteak auf geröstetem Brot, Wasser und ein Glas Weißwein. Dann rief ich meine Mutter an. Zu Hause war alles in Ordnung. «Lass dir ruhig Zeit, Filha», sagte Mãe. Ein bisschen drückte mich mein Gewissen. Sie wähnte mich zu Studienzwecken in der gut ausgestatteten Bibliothek von Vila Real. «Ja, gut, ich mache gerade Mittagspause. Dann bis nachher.»

Um mich von meinem knurrenden Magen abzulenken, holte ich schließlich einen Notizblock aus der Tasche, schrieb den Namen Liv Steen in die Mitte eines Zettels, darum herum zeichnete ich einen Kreis. Dann notierte ich die anderen Personen, die ich im Zusammenhang mit ihr kannte, und umringte sie ebenfalls. Ich verband alle Kreise durch Linien mit dem von Liv Steen und notierte jeweils, in welcher Beziehung sie zu ihr und zueinander standen und was ich über sie wusste. So ähnlich war ich immer vorgegangen, wenn ich für eine Kolumne meine Gedanken fließen lassen und sie gleichzeitig ordnen wollte.

Als der Jüngling endlich mit den Getränken kam, war ich mit meinen Notizen fertig. Und nahezu verhungert. «Was ist mit meinem Essen?»

«Kommt gleich.» Dazu schenkte er mir einen Blick, der ihn das Trinkgeld kostete.

Ich betrachtete mein Werk. Ohne groß nachzudenken, hatte ich drei Personen besonders dick umkringelt: die

Nachbarin, die auf dem Grillfest gewesen war, den verliebten Verehrer und Daniel C. Alle anderen Namen hatte mein Unterbewusstsein mich nur mit dünnen, kleinen Kreisen umgeben lassen. Was sagte mir das? Genau. Von denjenigen, mit denen ich gesprochen hatte, würde ich kaum mehr erfahren, als ich heute bereits erfahren hatte.

Liv Steen war im Tierheim nicht annähernd so beliebt gewesen, wie man es Almeida hatte weismachen wollen. Okay. Aber machte sie das zu einem Mordopfer? Kaum. Zumal sich das Thema Erbe erledigt hatte. Wenn die Tochter die Haupterbin war, hatte Steen den Tierfreunden vermutlich irgendeine festgelegte Summe vermacht. Und kein riesiges Vermögen. Der Verein konnte jeden Cent gut brauchen, keine Frage. Verständlich, dass niemand dort offen schlecht über sie sprach. Aber das war's auch schon. Einen Mord für die Vereinskasse traute ich keinem von den Leuten zu. Nicht einmal Karin Becker. Deren mögliche Verliebtheit in Liv Steen konnte auch kaum eine Rolle spielen. Es wäre ja ziemlich dämlich, das Ziel des Begehrens umzubringen. Es sei denn, aus enttäuschter Liebe. Na gut, vielleicht sollte ich Karin Becker doch noch im Auge behalten. Ich malte ihren Kreis dicker.

Auch der Name Renate Cabral hatte einen dünnen Kringel. Sie war zu vernachlässigen, fand ich. Überhaupt stand sie nur auf meinem Zettel, weil Almeida explizit nach ihr gefragt hatte. Sie war mit der Toten befreundet gewesen. Wie eng, schien mir nicht entscheidend. Und dass sie den Fund der Toten nicht gut verkraftet hatte, war ja wohl verständlich.

Inken Joergensen, die Tochter, konnte ich eigentlich

ganz streichen. Selbst wenn sie kein enges Verhältnis zu ihrer Mutter gehabt hatte und nun um einiges reicher wurde – für einen Muttermord hätte sie schon vor Ort gewesen sein müssen.

Endlich brachte mir der Kellner mein Essen. Der Junge war zwar lahm und blöd, aber das Thunfischsteak ein Gedicht. Innen noch roh, genau wie ich es mag, und mit Knoblauch und Thymian phantastisch gewürzt. Meine Laune stieg. Schließlich schob ich den leeren Teller zur Seite und sah wieder auf den Notizblock.

Neben Nunos Name stand natürlich die Abkürzung IRA. Noch einmal ging mir die Frage durch den Kopf, ob er der Mann mit dem Aufkleber auf dem Wagen gewesen sein konnte. Von der Statur würde es zwar passen, aber traute ich ihm zu, für den radikalen Zweig der IRA aktiv zu sein? Vielleicht. Falls es denn inzwischen tatsächlich einen radikalen Zweig an der Algarve gab. Pferdevernarrt genug war er auf jeden Fall. Doch beim besten Willen fand ich keinen Zusammenhang zwischen ihm, der IRA und Liv Steen. Er und seine verhasste Chefin gemeinsam an der Tierschützerfront? Undenkbar. Steen konnte auch nicht Ziel der Gruppe gewesen sein, dafür hatte sie ihr Pferd zu gut behandelt, sogar in Nunos Augen. Das passte alles nicht. Mein Gefühl sagte mir, dass diese ganze Tierschutznummer eine Sackgasse war. Wobei das natürlich nicht ich zu entscheiden hatte.

Noch ein Wort stand neben Nunos Namen: Schrot. Und das gab mir nun wirklich zu denken. Es mochte ja sein, dass die Jäger so nah ans Gelände der Quinta kamen, dass mal eine Ladung Schrot auf dem Platz landete.

Aber im Stall? Das war mehr als merkwürdig. Um nicht zu sagen: ausgeschlossen. Wie sollte das gehen? Ich war gespannt, was Almeida dazu sagen würde.

Ich suchte ihn in meiner Kontaktliste.

«Chegou à caixa de correio de …» Die Mailbox. Mist. Ich brach den Anruf ab, bezahlte und machte mich auf den Weg zum Wasser.

Eine lange Steintreppe führte zwischen Kakteen mit bunten Früchten, Oleanderbüschen und struppigen Gewächsen abwärts. Unten angekommen, fühlte ich mich fast in die Südsee versetzt. Das Wasser in der Lagune changierte zwischen Grün und Blau, umspülte zu meiner Linken die Spitze der Halbinsel und vor mir breite Sandbänke. Über allem strahlte ein Himmel, den gerade nicht eine einzige Wolke trübte. Fehlten nur die Palmen.

Ich zog die Schuhe aus und lief an der von getrockneten Algen gesäumten Wasserkante entlang. Kleine Krebse flitzten in ihre Löcher, wenn ich auftrat. Tief sog ich die Seeluft in meine Lungen und steckte einen Fuß ins flache Nass. Schön warm. Ich hatte große Lust, durch die Lagune zum eigentlichen Strand zu waten. Aber das Wasser lief auf, und ich würde riskieren, mindestens bis zur Hüfte im Wasser zu stehen, wenn ich zu spät zurückging. Ein Wassertaxi konnte ich nicht entdecken, vor Anker lagen nur verlassene kleine Fischerboote, die gerade aufschwammen. Ich blieb, wo ich war, setzte mich auf ein trockenes Stück Treibholz, sah eine Weile zu, wie die Strömung von Minute zu Minute stärker wurde, und holte meine Notizen und mein Telefon wieder aus der Tasche.

Die Nachbarin, der Verehrer, Daniel C. Die dicken Kringel.

Im Internet waren die Artikel über Daniel C. schnell gefunden. Aber viel stand nicht drin. Der fünfundvierzigjährige Mann war ertrunken, bei der Autopsie war festgestellt worden, dass er unter Drogen gestanden hatte. Alles andere war reißerische Spekulation der Boulevardpresse, unterfüttert mit ein paar Informationen über den lebhaften Drogenschmuggel an der portugiesisch-spanischen Grenze. Die verläuft mitten im Fluss Guadiana, in dessen Seitenarm die Leiche angespült worden war. Was um alles in der Welt hatte Liv Steen dazu veranlasst, die Artikel über diesen Toten zu sammeln? Auf meinem Zettel führte eine Linie von ihrem Namen zu dem unterstrichenen Wort Geld?. Sehr schade, dass ich die Tochter nicht hatte fragen können, wie ihre Mutter zu ihrem Vermögen gekommen war. Oder wovon sie gelebt hatte.

Ich zog noch eine Linie von *Drogenhandel?* neben dem Namen *Daniel C.* zu *Liv Steen* und *Geld?*. Eine dreiundfünfzigjährige Dänin mit Herz für Tiere im Drogengeschäft? Hör schon auf, Bela.

Blieb der Verehrer. Den fand ich spannend. Was, wenn dieser Álvaro, den sie gedemütigt hatte – und anders konnte ich das, was Nuno mir erzählt hatte, nicht bezeichnen –, doch nicht so amüsiert gewesen war? Aber vom sabbernden Verliebten zum Mörder, und das wegen einer portugiesischen Grammatik? Auch nicht gerade überzeugend. Damit konnte Almeida seinem Lieblingsstaatsanwalt bestimmt nicht kommen. Mir kam der Moment in den Sinn, in dem Almeida mir zum ersten Mal von Liv

Steen erzählt hatte. Ich erinnerte mich sehr gut an die Wut in seinen Augen, sobald die Rede von dem jungen Staatsanwalt gewesen war. Und dachte unvermittelt an die ineinander verbissenen Rüden heute im Tierheim. Mit abstrusen Theorien würde ich Almeida kaum helfen, seinen Kampf zu gewinnen. Aber wer sagte denn, dass da nicht noch mehr gewesen war als ein unverschämtes Geschenk? Ich musste wissen, wer der Mann war.

Langsam stieg ich die lange Treppe hinauf zurück in den Ort. Oben angekommen, versuchte ich es noch mal bei Almeida. Wieder nichts. Er musste doch sehen, dass ich angerufen hatte. Warum rief er nicht zurück? Weil er Wichtigeres zu tun hat, Anabela Silva, stell dir vor. Weil seine Gedanken auch noch um andere Dinge kreisen als um dich und deine Recherche. Vermutlich ist er gerade mit einem hübsch eindeutigen Mord beschäftigt. So einfach ist das, du eitle Kuh. Noch einmal ging ich mit dem Handy ins Internet. Das kastenförmige Haus der Nachbarin von Liv Steen war auf dem Satellitenbild leicht zu finden.

Am Briefkasten stand der Name Gerda Schneider. Ein ziemlich deutscher Name. Und nicht der einzige Hinweis darauf, dass ich vor keiner urportugiesischen Wohnstatt stand. Portugiesen schreiben ihre Namen normalerweise nicht auf Briefkästen. Oder auf Klingelschilder. Soweit ich weiß, ist das ein Überbleibsel aus der Zeit der Diktatur mit Salazars gefürchteter Geheimpolizei PIDE. Im Land der Spitzel galt: je anonymer, desto besser. Auch Gerda Schneiders Haus fiel aus dem ländlich-portugiesischen Rahmen. Große Fensterscheiben in einem Würfel aus weiß verputztem Stein und grauem Granit. Modern. Nicht hässlich, fand ich, aber in dieser Gegend wirkte es wie ein Fremdkörper.

Okay, Bela Silva, nun mach dir mal keine Gedanken über Architektur, überleg dir lieber, was du der Dame erzählen willst. Ich hatte heute wahrlich schon reichlich gelogen, aber so langsam gingen mir die Ideen aus. Ein Stück rechts von der Hausklingel klebte eine kleine blau-weiße Keramikfliese, aus der sich das Profil eines Hundes hervorhob. «Cuidado com o cão», Vorsicht vor dem Hund. Ging doch. Bei einer Hundebesitzerin sollte es für mich als ehrenamtliche Mitarbeiterin in einem Tierheim doch ein Leichtes sein, um eine kleine Spende zu bitten. Und dann würde ich weitersehen. Beherzt drückte ich auf den Klingelknopf.

Die Frau, die kurz darauf aus der Haustür trat, musste um die siebzig sein, wirkte mit ihrer sportlichen Figur aber ausgesprochen fit. Ein Gesicht mit feinen Zügen. Die weißen Haare trug sie kurz. Links und rechts von ihr standen zwei große Hunde. Struppige Mischlinge, die offenbar perfekt erzogen waren. Jedenfalls bellten sie nicht und machten auch keine Anstalten, mich anzuspringen, als ich auf sie zuging. «Sim?»

Sie sprach das «M» mit, wie im Deutschen. Und kein bisschen nasal. «Boa tarde.» Oder sollte ich gleich deutsch sprechen? Nein, erst einmal wollte ich wissen, wie gut sie Portugiesisch verstand. Ich sagte meinen Spruch auf, wurde aber schnell unterbrochen. «Ich spende bereits seit Jahren regelmäßig, junge Frau. Und diese beiden hier», sie deutete auf die Hunde, «kommen aus dem Tierheim.» Okay, ihre Aussprache war nicht perfekt, aber die Grammatik sauber. Ich wechselte aus taktischen Gründen ins Deutsche. «Dann, äh, dann danke, und entschuldigen Sie die Störung.»

Ein erstaunter Blick. «Wo haben Sie so gut Deutsch gelernt?» Zwanzig Minuten später saßen wir in ihrer schicken, neuen Küche beim Kaffee. Taktik aufgegangen.

«Früher war ich auch regelmäßig im Tierheim», erzählte Gerda Schneider. «Bis zum Tod meines Mannes. Er hatte einen Herzinfarkt, vor etwas mehr als einem Jahr.» Sie schaute auf ein Foto an der Wand neben dem Tisch, das einen lächelnden Mann mit Glatze und grauem Schnauzer zeigte. Dann sah sie wieder zu mir und sagte nachdenklich: «Vielleicht sollte ich mal wieder hingehen. Manchmal denke ich, es ist an der Zeit, dass ich wieder mehr unter Menschen komme.» Sie lachte auf. «Oder wenigstens unter Tiere.» Ich mochte die Frau. Sie schien Humor zu haben.

Die Küche, in der wir saßen, war zwar mit viel Edelstahl und hochglanzlackierten dunkelgrauen Schrankflächen einen Tick zu edel für meinen Geschmack, aber nicht ungemütlich. Wenn ich mich auf meinem Stuhl bewegte, erzeugte das helle Rattangeflecht jedes Mal ein leises Knarren. Vor einem bodentiefen Fenster, das auf einen Garten mit schönem altem Baumbestand und Pool hinausging, standen dichtbepflanzte Kräutertöpfe. Die Hunde lagen auf dicken bunten Kissen nebeneinander in einer Ecke. Einer der beiden schnarchte vernehmlich.

«Das ist sicher nicht einfach, so allein hier? Haben Sie nie daran gedacht, nach Deutschland zurückzugehen?»

«Warum? Portugal ist mein Zuhause. Seit mehr als fünfundzwanzig Jahren. Wir haben lange im Monchique-Gebirge gelebt. Aber die vielen Brände dort ... und um uns herum Eukalyptuswälder. Ich hatte im Sommer immer Angst.»

Das konnte ich bestens verstehen. Erst in diesem August hatten dort tagelange Brände eine enorme Fläche vernichtet und viele Menschen ihre Häuser verloren.

«Wir haben dann verkauft und dieses Haus gebaut. Es war gerade erst fertig, als Klaus-Peter gestorben ist.» Wieder wanderte ihr Blick zu dem Bild. «Ja. Jetzt liegt er in Castro Marim auf dem Friedhof.»

«Haben Sie keine Kinder?»

«Doch. Mein Sohn lebt mit seiner Familie in Olhão.» Während sie von ihren beiden Enkeln erzählte, zermarterte ich mir das Hirn. Langsam sollte ich den Bogen zu Liv Steen kriegen, hatte aber keine Ahnung, wie. Das Tierheim taugte als Verbindung ja leider nicht; Gerda Schneider hatte vor mehr als einem Jahr aufgehört, dort mitzuarbeiten, also bevor die Dänin ihren ersten Auftritt im figurbetonten Overall hatte. Meine Gastgeberin stand auf, um ein Foto von einem rötlich schimmernden Holzregal zu holen. Nur auf dem mittleren Regalbrett standen Bilderrahmen, alle anderen waren voller Kochbücher. Und das Regal reichte bis zur Decke. Mein Blick streifte über die Titel. Anscheinend kochte Gerda Schneider gern international. Italien war ebenso vertreten wie die Provence und Polen. Daneben las ich, wenig verwunderlich,

«Portugiesische Küche» und «Küche der Algarve». Aber auch «Vegetarische Rezepte aus aller Welt». Das dickste Buch, das ich sah, hieß: «Vegan kochen».

Klingeling!

«Sie sind Veganerin?», fragte ich, nachdem ich die Enkel angemessen gewürdigt und sie das Bild zurückgestellt hatte.

Sie folgte meinem Blick zum Bücherregal und lachte kurz auf. «Nein, bin ich nicht. Das Buch habe ich von einer Bekannten geschenkt bekommen.»

«Kann es sein, dass Ihre Bekannte auch im Tierheim engagiert war? Ich habe von einer Veganerin gehört, die kürzlich verunglückt ist, wohl eine Dänin.» Wie schön, dass die junge Antónia mir von Liv Steens veganer Lebensweise erzählt hatte.

«Liv, ja.» Sie sagte das ganz sachlich, ohne jede Regung im feingeschnittenen Gesicht. Wenn der Tod der Frau sie erschüttert hatte, dann ließ sie sich das zumindest nicht anmerken.

«Nach dem, was ich gehört habe, war sie in dem Punkt wohl ziemlich missionarisch.»

«Sie … ich möchte nicht über sie sprechen.» Ihre Miene blieb starr, und der Ton ließ keinen Widerspruch zu. Zu blöd. Kaum hatte ich die Tür geöffnet, da war sie auch schon wieder zu.

«Ja, natürlich, das verstehe ich.»

Schon wieder gelogen. Bisher hatte noch jeder etwas zum Thema Liv Steen zu sagen gehabt, wenigstens eine Bemerkung wie ‹schreckliche Geschichte›. Warum also nicht sie? Ich fand das zumindest merkwürdig. Eine Folge von Trauer? Nein, traurig hatte sie ausgesehen, als sie von ihrem Mann gesprochen hatte. Aber nicht, als die Rede auf ihre ‹Bekannte› gekommen war.

Sie begann das Geschirr zusammenzuräumen. Das war deutlich. Mir blieb nichts anderes übrig, als mich zu verabschieden. Leider ohne den winzigsten Hinweis auf den Verehrer von Liv Steen. Nach wie vor kannte ich lediglich seinen Vornamen, Álvaro. Und der ist in Portugal ungefähr so selten wie Olivenbäume. Jetzt hatte ich nur noch zwei auf meinem Zettel, die ich nach ihm fragen konnte. Renate Cabral und Karin Becker. Die beiden, die mit Liv Steen befreundet gewesen waren. Aber für heute hatte ich genug.

10

Als ich in der Dämmerung nach Hause kam, saß mein Vater mit vorwurfsvollem Blick auf der kleinen Bank neben meiner Tür und hielt ein Paket Spielkarten in der Hand. Wir gingen in die Küche.

Früher hatte Pai regelmäßig mit Freunden Karten gespielt. Sogar bei Turnieren. Wie oft hatte er meiner Mutter stolz ein lebendes Ferkel präsentiert, sein Preisgeld. Mãe hatte mir dann am Telefon davon erzählt. Meist mit einem Seufzen. «Schon wieder eins.»

Aber dann waren ihm immer häufiger Fehler unterlaufen. Den falschen Trumpf gespielt, nicht richtig bedient, was weiß ich. Und wenn die Freunde ihn darauf aufmerksam gemacht hatten, war er ausgeflippt. Bis sie sich einen anderen Vierten gesucht hatten. Für uns hatte ich die Spielregeln so angepasst, dass wir zu zweit spielen konnten. Und wenn Pai falsch bediente, war das eben so. Wir spielten vielleicht eine halbe Stunde, dann wurde er müde. Ich brachte ihn zu meinem Sofa, deckte ihn mit der Wolldecke zu und ließ ihn schlafen. Ich selbst ging unter die Dusche, schlüpfte in einen Jogginganzug und checkte danach meine Mails. Almeida hatte weder zurückgerufen noch geschrieben.

Es war seltsam, von meinen Freunden und Freundinnen aus Hannover zu lesen. Immer wenn sie mir schrieben, wurde mir wieder bewusst, wie sehr sich mein Leben verändert hatte. Sie hatten Stress im Job, gingen zu Partys, zu Ausstellungen, in die Oper, ins Kino. Und ich? Jammere nicht, Bela Silva, du hast es so gewollt. Und immerhin bist du zu einer Ausstellungseröffnung eingeladen.

Mein Ausbildungsinstitut erinnerte mich daran, dass ich mich noch nicht zu meinem ersten Präsenzseminar angemeldet hatte. In drei Monaten musste ich für eine Woche nach Deutschland. Nach dem Seminar würde es eine Prüfung geben. Ich musste dringend mehr dafür tun.

«Pai, aufwachen. Zeit zum Essen.»

«Gibt es endlich Frühstück?»

«Nein, Abendessen, es ist gleich acht.»

«Warum ist deine Zeit immer die richtige und meine die falsche?»

Ich konnte nur hilflos und traurig mit den Schultern zucken und mich darüber ärgern, dass ich ihn korrigiert hatte. Das brachte nichts, außer Frust für ihn.

«Mãe macht Bacalhau à Brás.» Das war eines seiner Lieblingsgerichte. Stücke vom Kabeljau, Zwiebeln und dünn geschnittene Kartoffelstifte in Rührei. Ich mochte es auch, würde aber heute nicht mit meinen Eltern essen. Nach dem üppigen Thunfischsteak reichte mir ein kleiner Salat, den ich mir selbst machen wollte.

Nachdem ich meinen Vater bei meiner Mutter abgeliefert hatte, heizte ich den Ofen an. Noch etwas, das meine

Mutter nicht verstand. Wenn sie überhaupt heizte – mit einem Ölradiator und einem kleinen Elektroheizer –, dann erst bei wirklich klirrender Kälte. Frühestens im Dezember, meist erst im Januar, wenn die Temperaturen auch an der Algarve schon mal unter null Grad fallen. Aber ich bin nun mal ein deutsches Zentralheizungskind. Sobald das Thermometer im Haus unter siebzehn Grad fällt, wird bei mir geheizt. Punkt.

Ich setzte mich an den Schreibtisch und zwang meinen Kopf in die Tiefen der portugiesischen Juristensprache. Ohne zwischendurch auf mein Handy zu starren. Als es dann tatsächlich klingelte, schrak ich zusammen.

«Tou?» Vielleicht wurde aus mir doch noch eine anständige Portugiesin. Inzwischen meldete auch ich mich nicht mehr mit meinem Namen, sondern mit einem abgekürzten «Estou», was so viel heißt wie: Ich bin hier.

«Boa noite, Anabela, ich hoffe, ich störe nicht? Wie geht es Ihnen?»

«Danke gut, und selbst?»

«Viel Arbeit. Deshalb komme ich auch jetzt erst dazu, zurückzurufen.»

«Macht doch nichts.»

«Ich wollte mich heute ohnehin bei Ihnen melden.»

«Ja?»

«Ja. Ich bin mit Hilfe des ungewöhnlichen Vornamens der Hebamme ein bisschen weitergekommen.»

«Was? Ehrlich?» Damit hatte ich nun wirklich nicht gerechnet. «Wie das?»

«Ich habe Ihnen doch von meinen Freunden im Norden erzählt. Sie wohnen tatsächlich ganz in der Nähe des

Dorfes, das Sie mir genannt haben. Einer von ihnen, Eduardo – er ist übrigens auch Polizist – ist auf den Friedhof dort gefahren und hat den Grabstein dieser Espirituosa gefunden. Und damit natürlich auch den Familiennamen und das Geburts- und Sterbedatum. Damit war es dann für ihn leicht, nach Angehörigen zu suchen.»

«Und?» Mein Mund wurde ganz trocken, ich trank schnell einen Schluck Wasser aus dem Glas, das neben meinem Laptop stand.

«Sie hat eine Schwester, die noch lebt. In Spanien, in einem Kloster. Das ist aber schon alles. Anabela? Sie sagen ja gar nichts.»

«Das kann nicht sein, es sei denn, die Frau ist weit über hundert.»

Lachend sagte Almeida: «Das habe ich zuerst auch gedacht. Sie hatten ja von Espirituosa als alter Frau gesprochen. Aber so alt war sie noch gar nicht, als das Kind geboren wurde, das Sie suchen. Laut Eduardo war sie Jahrgang 1909 und das älteste von zwölf Kindern. Ihre jüngste Schwester kam als Nachzügler zur Welt, sie ist jetzt 89. Und seit sechzig Jahren Nonne.»

«Ich bin sprachlos.» Nie im Leben hätte ich geglaubt, dass sich mit dem Namen der alten Hebamme etwas anfangen ließe. Und schon gar nicht, dass es noch lebende Verwandte gab.

«Hatte sie keine Kinder? Die Hebamme, meine ich.»

«Leider nein.»

Man kann im Leben nicht alles haben. Und ich hatte jetzt immerhin eine fast neunzigjährige Ordensschwester. Besser als nichts. Vielleicht.

«Das – das ist großartig, wirklich. Haben Sie eine Anschrift von dem Kloster? Ich rufe da an, gleich morgen früh.»

«Maile ich Ihnen noch.»

Morgen würde ich mit jemandem sprechen, der vielleicht etwas über die alte Geschichte wusste. Endlich, ein kleiner Zipfel Hoffnung. Vor Aufregung lief ich mit dem Telefon in meinem Wohnzimmer hin und her, mit meinen Gedanken schon bei den Fragen, die ich der Nonne stellen wollte.

«Anabela?»

«Was? Oh, entschuldigen Sie, ich kann noch gar nicht fassen, dass sich da vielleicht ein Weg auftut.»

«Ich würde mir an Ihrer Stelle nicht zu viel davon versprechen.»

«Nein, natürlich, Sie haben recht.» Aber mein Herz sagte etwas anderes.

«Und Sie?» Und ich was? Zum Glück fragte ich nicht laut. Konzentriere dich, Bela.

«Warum haben Sie mich heute erreichen wollen?»

«Ich habe auch Neuigkeiten. Eine ganze Menge.»

Auf dem Wohnzimmertisch lagen meine Notizen. Zuerst schilderte ich ihm das Gespräch mit Antónia, erzählte von der angeblich in Liv Steen verliebten Karin, erwähnte auch Silke, die Steen «besonders» genannt hatte. Almeida war ein guter Zuhörer. Ich hatte den Eindruck, dass er mitschrieb.

«Es gibt da noch so einen Pferdepfleger.» Jetzt kam der schwierige Teil. Der Teil, der nicht im Tierheim spielte.

«Die haben doch nur Hunde und Katzen.»

«Ähm, ja, ich habe mich ein bisschen auf dem Hof von Liv Steen umgesehen.» Schnell weiterreden. «Also dieser Pferdepfleger, er heißt Nuno, hat Schrotkugeln im Stall gefunden. Und er sagt, die Steen hätte einen Liebhaber gehabt. Einen, den sie schlecht behandelt hat. Ach ja, und in ihrem Haus hat sie eine Mappe mit lauter Artikeln über einen ertrunkenen Drogenhändler. Also, vielleicht war der Drogenhändler. Das stand zumindest in der Zeitung. Und Nuno ist vielleicht bei den radikalen Tierschützern, da gibt es eine Organisation namens IRA, das steht für Intervenção e Resgate de Animais, ich glaube aber eher nicht, dass das eine Rolle spielt.»

«In ihrem Haus.»

«Ja.» Ich hatte nicht vor, ihm Details über meinen Auftritt auf der Quinta zu liefern, wenn ich nicht musste.

Almeida schwieg. Lange. Plötzlich erinnerte ich mich an eine Szene vor ein paar Monaten in Alcoutim. Damals war er ziemlich sauer auf mich gewesen und hatte auch so beredt geschwiegen. Um mich dann auf die Größe einer Briefmarke zusammenzufalten. Doch anstatt der erwarteten scharfen Stimme hörte ich nur ein tiefes Atmen.

«Darüber reden wir noch. Jetzt mal ganz langsam. Wie war das mit dem Schrot und mit dieser Mappe?» Ich erzählte ihm in allen Einzelheiten, was ich gehört und gesehen hatte.

«Aber ich denke, dass wir vor allem den Liebhaber finden sollten.»

«*Wir* finden gar nichts, Anabela.» Da war er jetzt doch, der scharfe Ton.

«Aber ...»

«Kein Aber. Bitte keine weiteren Eigenmächtigkeiten.»

Ich schwieg.

«Sie haben mir wirklich sehr geholfen, und ich möchte mich herzlich bei Ihnen bedanken. Mehr von Ihrer Zeit muss ich auch nicht in Anspruch nehmen, ich denke, Sie können Ihre Mitarbeit im Tierheim beenden.»

Das dachte ich ganz und gar nicht, hielt aber wohlweislich den Mund.

«Um alles Weitere kümmere ich mich. Anabela?»

«Gedenken Sie mir freundlicherweise mitzuteilen, wie die Sache weitergeht?» Mein Ton geriet ein wenig spitz.

«Ich würde Sie gern zum Mittagessen einladen. Als kleines Dankeschön.»

Mir lag ein böser Satz über passende Örtlichkeiten auf der Zunge. Unter anderem. Reiß dich zusammen, Bela. «Ich habe doch selbst zu danken, Ihnen und Ihrem Freund im Norden.»

«Keine Ursache. Also, wann hätten Sie Zeit?»

«Am Mittwoch.»

Nach meinem Einsatz im Tierheim.

«Gut, dann am Mittwoch. Ich könnte Sie abholen, wenn Sie nicht selbst fahren möchten. Ich denke an ein Restaurant am Strand von Manta Rota.»

«Nein, nein. Ich kann direkt nach Manta Rota kommen, kein Problem. Sie müssen ja eh schon weit fahren.»

«Also gut, dann gute Nacht.»

«Gute Nacht.»

Unmittelbar bevor die Verbindung abbrach, hörte ich ihn noch murmeln: «Die Frau ist unmöglich.» Mit einem Lachen in der Stimme.

Am nächsten Morgen fand ich im Posteingang tatsächlich die versprochene Mail mit der Anschrift des spanischen Klosters und dem Namen der Nonne. Sie war als Beatriz Santos geboren worden, trug aber den Ordensnamen Gracia del Espírito Santo.

II

Es war ein verdammtes Dilemma: Endlich hatte er etwas, das die Wiederaufnahme der Ermittlungen zum Tod von Liv Steen rechtfertigte, konnte es aber niemandem sagen. Er durfte nichts wissen. Nichts vom Schrot, nichts von der Artikelsammlung im Regal. Faktisch hatte er gar nichts in der Hand.

Seit dem Morgengrauen saß Almeida in seinem Büro und trank einen Espresso nach dem anderen. Auf seinem Schreibtisch lagen die mageren Berichte über die Zeugenvernehmungen zum Tod der Dänin. Er stand auf, zu unruhig zum Sitzen. Hätten sie gleich den Stall abgesucht und das Schrot gefunden … er trat gegen seinen Schreibtisch, ein altes Stück aus massivem Holz, und schrie leise auf. Scheiß drauf. Sie würden auch jetzt noch etwas finden, auf dem Boden des Stalles, im Holz der Wände oder in der Decke.

Almeida sah vor sich, wie jemand nah an der Box ein Gewehr abfeuerte und das Pferd durchdrehte. Die Szene war so deutlich, als säße er vor einer Kinoleinwand. Es war die einzig schlüssige Erklärung. Und bedeutete Mord. Davon war er überzeugter denn je. Aber wer und warum? Dieser Jäger, den die Dänin angezeigt und den

Pinto befragt hatte, war an dem Tag zwar tatsächlich auf der Jagd gewesen. Aber in einem anderen Gebiet, zusammen mit einer Gruppe, die das bezeugt hatte.

Er hatte auch die Akte Daniel Castro aus dem Intranet der Polícia Judiciária gezogen und die Ergebnisse der Kollegen, die in der Sache ermittelt hatten, überflogen. Nie im Leben war es ein Zufall, dass Liv Steen die Zeitungsartikel über diesen Toten gesammelt hatte.

Doch sollte je herauskommen, dass er Anabela losgeschickt hatte, war ihm ein Disziplinarverfahren sicher. Selbst wenn er nicht direkt für ihren Besuch auf dem Hof verantwortlich war. Er ließ sich wieder in seinen Schreibtischsessel fallen. Dieses verrückte Weib. Anabela machte einfach, was ihr gerade in den Kopf kam.

«Was bringt dich denn schon am frühen Morgen zum Grinsen?»

Paulo Pinto stand in der Tür. Almeida schloss mit einem schnellen Klick auf seine Tastatur die Dateien zum Fall Castro.

Paulo Pinto. Sein Kollege. Sein Freund. Der nichts von seinem Alleingang wusste. Er konnte ihn da nicht hineinziehen. Pinto mochte aussehen wie eine kleinere Ausgabe von Jean-Claude Van Damme in dessen jungen Jahren, aber in ihm steckte die Seele eines Buchhalters. Pinto verhielt sich korrekt. Immer. Und wenn der Staatsanwalt «Tod durch Unfall» auf eine Akte schrieb, dann war es für Pinto auch ein Unfall. Ende der Geschichte. Doch in diesem Fall ging es nicht nur um Pintos inniges Verhältnis zu den Dienstvorschriften. Pinto hatte seine Zweifel von Anfang an nicht geteilt.

«Darf man darauf hoffen, dass deine Laune sich bessert?»

«Meine Laune ist phantastisch.»

Almeida wusste selbst, wie albern er sich verhielt. Seit dieser Sache schmollte er wie ein Fünfjähriger. Und wie ein Fünfjähriger hätte er Pinto jetzt am liebsten mit einem Ätsch-Bätsch erzählt, was er erfahren hatte. Wirklich sehr albern. Billige Genugtuung half ihm nicht weiter. Und er hätte einiges dafür gegeben, sich mit Pinto beraten zu können. Sie mochten so verschieden sein wie Ebbe und Flut, aber mit niemandem sonst aus seinem Team arbeitete er besser zusammen. Und niemand in der gesamten Behörde kannte ihn besser.

«Was liegt an?», fragte er stattdessen.

«Nichts Besonderes. Der abschließende Bericht des Gerichtsmediziners ist gekommen. Keine Überraschungen.»

Almeida nickte.

Sie hatten den gestrigen Tag bis in den Abend hinein bei einem Wohnungsbrand ermittelt, den ein Achtundvierzigjähriger nicht überlebt hatte. Allem Anschein nach hatte der Mann selbst das Feuer verursacht, als er versucht hatte, brennendes Fett in einer Pfanne mit Wasser zu löschen. Keine gute Idee, die entstandene Stichflamme hatte laut der ersten Untersuchung des Sachverständigen auf eine Holzverkleidung in der Nähe des Herdes übergegriffen, dann die gesamte Küche und schließlich die ganze Wohnung in Flammen aufgehen lassen. Fremdverschulden schloss der Fachmann aus. So wie es der Herr Staatsanwalt gernhat, dachte Almeida säuerlich. Pinto und er würden heute die meiste Zeit mit dem Verfassen ihrer Berichte zubringen. Wenn nichts Aktuelles reinkam. Almeida musste sich außerdem auf seine morgige Zeugenaussage in einem Prozess wegen Totschlags vorbereiten. Und einen Ausweg aus seinem Dilemma finden.

Pinto stand noch immer in der Tür. Er wirkte jetzt angespannt.

«Ist noch was?», fragte Almeida.

«Luísa kommt zurück.»

Almeida brauchte einen Augenblick, bis er begriff.

Luísa. Pintos große, verlorene Liebe. Verloren durch die Wirtschaftskrise vor ein paar Jahren. Die arbeitslose Chemielaborantin hatte in Portugal keine Perspektive mehr gesehen, als die Sparpolitik der Troika das Land regierte, und mit Hilfe eines Verwandten in Hamburg Arbeit gefunden. Die Liebe hatte die Trennung nicht überlebt, und Pinto hegte seitdem einen Widerwillen gegen alles Deutsche. Wenn er getrunken hatte, hörte sich das so an: Angela Merkel hat mir die Frau gestohlen. Spätestens nach diesem Satz pflegte Almeida ihn in ein Taxi zu setzen. Natürlich konnte Pinto auch Anabela Silva nicht leiden. Noch ein Grund, nicht mit ihm über ihren Einsatz in Sachen Liv Steen zu reden. Aber darum ging es jetzt nicht. Jetzt ging es um Pinto, der an den Türrahmen gelehnt auf seine Reaktion wartete.

«Für immer?»

«Sieht so aus. Sie hat eine Stelle in Gambelas, im Hospital Particular.» Das HPA war das Privatkrankenhaus im Universitätsviertel von Faro. «Sie hat mir geschrieben, dass sie im Dezember dort anfängt.»

«Heute Abend bei Zeca?», fragte Almeida.

Pinto lächelte kurz, nickte und verschwand im Flur. Es würde das erste Mal seit Wochen sein, dass sie zusammen in ihre Stammkneipe gingen.

Almeida machte sich noch einen Kaffee. Die Espressomaschine der gehobenen Preisklasse auf dem Tisch neben der Tür hatte er auf eigene Kosten angeschafft. Von Automatenkaffee bekam er Sodbrennen. Während er den Kaffeesatz aus dem Siebträger klopfte und ihn reinigte, die Bohnen mahlte und schließlich wartete, bis der Kaffee durchgelaufen war, fragte er sich, wie Pinto mit der Rückkehr seiner ehemaligen Freundin umgehen würde. Schwer zu sagen. Almeida seufzte. In Beziehungsdingen war er so ziemlich der Letzte, der jemandem raten konnte.

Luísa war im selben Jahr gegangen, in dem Almeidas Frau die Scheidung eingereicht hatte. Seitdem war Pinto – von gelegentlichen Affären abgesehen – allein. Genauso wie er. Was ihn selbst anging, machte er sich keine Illusionen. Er taugte nicht zum Lebenspartner. Er war zu egoistisch, stellte seine Arbeit und seine Bedürfnisse an die erste Stelle. Daran war seine Ehe gescheitert, daran würde auch jede andere Beziehung scheitern. Einmal noch hatte er sich auf einen Versuch eingelassen. Vor gut zwei Jahren. Anfangs schien Mariana mit seiner Arbeit und seinen Eigenarten zurechtzukommen. Doch am Ende standen dieselben Vorwürfe wie am Ende seiner Ehe und ein weiteres bitteres Zerwürfnis. Zweimal reichte.

Und genau deshalb würde er auch weiterhin Distanz zu Anabela Silva halten. Sie war anders als alle Frauen, die er kannte. Erfrischend anders. Und sie war attraktiv, keine Frage. Schmale Figur und ein toller Busen. Aber attraktiv oder nicht, er hatte seine Lektion gelernt. Ein Essen. Mehr nicht. Plötzlich lachte er laut auf. Was bildest du dir eigentlich ein, alter Mann? Wieso sollte sie überhaupt mehr von dir wollen? Er wurde wieder ernst.

Bei diesem Essen musste er ihr unzweifelhaft klarmachen, dass das Thema Liv Steen für sie erledigt war. Denn wenn er recht hatte, wenn die Frau ermordet worden war und wenn tatsächlich Drogen im Spiel waren, dann … er wollte sich lieber nicht vorstellen, was für Leuten Anabela mit ihrem vorlauten Mundwerk in die Quere kommen konnte.

Almeida nahm den Kaffee mit zum Schreibtisch und öffnete erneut die Akte Castro. Sie trug den Vermerk «NR», Não Resolvido. Ungelöst.

Ein merkwürdiger Fall. Zunächst waren die ermittelnden Kollegen von Selbstmord ausgegangen, weil es keine Anzeichen für äußere Gewalteinwirkung gab. Allerdings auch keinen Abschiedsbrief. Es hatte nicht festgestellt werden können, wo und wie der Mann in den Fluss geraten war. Er hatte ein Boot besessen. Aber das lag ordentlich vertäut im Hafen von Vila Real de Santo António, als die Leiche gefunden wurde.

Der Fünfundvierzigjährige war Sohn einer Spanierin und eines Portugiesen, verheiratet und Vater zweier Söhne. Gelebt hatte er in Vila Real. Laut seiner Familie eine echte Frohnatur, stets gut gelaunt. Als Anwalt für Bau- und Immobilienrecht erfolgreich, finanziell gutgestellt. Von Depressionen oder Problemen keine Spur. Niemals mit der Polizei in Konflikt gekommen. Auch dieser Fall wäre zu den Akten gelegt worden, hätte es keine Obduktion gegeben. Daniel Castro hatte gekokst. Und nicht zu knapp, wie Schleimhautverätzungen und Leberschäden bewiesen. So viel zur ständig guten Laune, dachte Almeida. Interessanter aber war, dass er zum Zeitpunkt seines Todes nicht Kokain, sondern reines Heroin im Blut gehabt hatte. Mit hoher Wahrscheinlichkeit war er bewusstlos gewesen, als er ertrank.

Die Kollegen hatten tiefer gegraben. Und siehe da, der unbescholtene Anwalt war der ältere Bruder des durchaus bescholtenen Diego Castro, 31, seines Zeichens Teil eines vor kurzem aufgeflogenen internationalen Drogenhändlerrings. Aktueller Aufenthaltsort: das Centro Penitenciario, die Strafanstalt von Huelva, Andalusien. Und dort schwor er Stein und Bein, seit Jahren keinen Kontakt zu seinem Bruder gehabt zu haben. Bisher hatten die Kollegen nicht das Gegenteil beweisen können, zumal die Familie des Toten seine Aussage bestätigte.

Almeida las die Protokolle diverser Vernehmungen von Diego Castro, die sich aber vor allem um den Drogenring drehten. Er selbst war ein Kurier, der das Pech gehabt hatte, bei Loulé in eine normale Polizeikontrolle zu geraten. Die Verkehrspolizisten hatten sich über sein nervöses Verhalten sowie die große Zahl von Hundefutterdosen in seinem Kofferraum gewundert und einen Drogenhund mit unbestechlicher Nase angefordert. Almeida grinste. Gar nicht so dumm, die Idee mit dem Koks im Futter. Die Festnahme von Diego Castro war zum Anfang vom Ende des Drogenrings geworden. In der Hoffnung auf eine milde Strafe hatte Castro die Drogenermittler auf die

Spur der Hintermänner gebracht, die in Zusammenarbeit mit der spanischen Guardia Civil den Ring schließlich gesprengt hatten. Schön für die erfolgreichen Kollegen, aber wenig hilfreich für ihn selbst. Obwohl … er sah sich die Namen derjenigen an, die Castro befragt hatten. Und grinste noch breiter. Sah aus, als hätte er Glück. Almeida griff zum Telefon.

«Bruno? João Almeida hier, wie geht's? Und der Familie? Freut mich zu hören.»

Bruno und er waren vor ewigen Zeiten gemeinsam auf der Polizeischule in Loures bei Lissabon gewesen, hatten später in unterschiedlichen Abteilungen der PJ Karriere gemacht und standen nach wie vor in lockerem Kontakt.

«Hör mal, du warst doch an dieser großen Drogengeschichte vor ein paar Monaten beteiligt. Glückwunsch übrigens. Also, was mich interessieren würde: Ist in dem Zusammenhang mal der Name einer Dänin aufgetaucht? Nein? Auch nicht, als es um diesen toten Anwalt mit dem Heroin im Blut ging?»

Während Bruno ihm erzählte, dass die Ermittlungen zum Tod des Anwalts mangels neuer Spuren auf Eis lagen und derzeit wieder von einem Selbstmord ausgegangen wurde, drehte sich im Kopf von Chefinspektor Almeida nur eine Frage: ja oder nein?

«Warum fragst du nach einer Dänin?»

Nein. Er würde sich nicht mit seinen Vermutungen aus dem Fenster hängen. Es war eine dumme Idee gewesen, den Kollegen anzurufen. Auch wenn er ihm vertraute. Der Einzige, mit dem er zu diesem Zeitpunkt wirklich über alles reden wollte, war Paulo Pinto.

«Kann ich dir jetzt nicht erklären, hat mit einer anderen Sache zu tun, ist aber nicht spruchreif.»

«Wie du meinst.»

Brunos Stimme klang jetzt deutlich frostiger.

Almeida verabschiedete sich mit wenigen Worten und legte auf.

«Olá, João, lange nicht gesehen!» Zeca, der Wirt, stand hinter der Theke und hob grüßend das Glas, das er eben polierte. «Sagres?» Almeida grüßte zurück und nickte. Ein Bier war genau das, was er nach diesem langen Tag brauchte. Und vor dem Gespräch mit Pinto. Mindestens eins. Er war absichtlich zu früh dran, brauchte einen Moment außerhalb des Büros für sich. Um nach Hause zu fahren, hatte die Zeit nicht gereicht. Seit seiner Scheidung wohnte er in Estoi in einer Altbauwohnung über der Apotheke am Jardim Ossónoba. Er liebte die Wohnung und den kleinen Platz direkt neben dem Haus mit den alten Bäumen, aber für diese Liebe zahlte er mit einem zwölf Kilometer langen Weg zur Arbeit. Die er an diesem Abend in einem Taxi zurücklegen würde.

Almeida setzte sich an einen Zweiertisch am Fenster. Mit einem Auge verfolgte er das Fernsehprogramm auf dem großen Flachbildschirm in der Ecke neben der Theke ohne echtes Interesse. Zeca kam mit dem Bier und stellte ein Schälchen mit tremoços, Lupinenkernen, dazu. Die Gespräche der anderen Männer im Raum drehten sich um Politik und Fußball. Ihre Stimmen waren wie eine warme Decke, die ihn umhüllte und entspannte. Genau wie das Klirren von Flaschen und Gläsern und der Geruch nach gebratenem Fleisch. *Zeca's* war eine Snackbar mit einer übersichtlichen Auswahl einfacher Gerichte.

Pinto bemerkte er erst, als der schon mit zwei Bierflaschen an seinem Tisch stand. Die Bar hatte sich gefüllt. Auch der Lärmpegel war angestiegen, ohne dass Almeida es registriert hatte. Er schob sein leeres Sagres zur Seite. Pinto setzte sich, sie stießen an, tranken.

Am Nebentisch war die Rede von der Champions League. Benfica würde in ein paar Tagen gegen Bayern München spielen, das Hinspiel hatten die Lissabonner 0:2 verloren. Pinto grinste schief. «Vielleicht ist Luísa ja jetzt Bayern-Fan.»

«Dann hättest du ein echtes Problem, was?» Pinto brannte für Benfica.

«Ich hab auch so eins, das kannst du mir glauben.»

«Weißt du, wann genau sie zurückkommt?»

«Nächstes Wochenende. Verdammt, João, ich hab keine Ahnung, was ich tun soll. Ich weiß nicht mal, ob sie allein ist.»

Almeida kannte Luísa nicht persönlich. Er wusste nur, dass Pinto das langsame Sterben der Beziehung nicht gut verkraftet und sich danach nie wieder verliebt hatte. Ob das auch für Luísa galt? Eher unwahrscheinlich, glaubte Almeida. Andererseits hatten die zwei bis heute lockeren Kontakt. Was auch immer das bedeutete.

«O Mann, ist das eine Scheiße», sagte Pinto. «In meinem ganzen Leben war ich noch nicht so unsicher.»

«Noch ein Bier?»

«Klar.»

Almeida hob zwei Finger in Richtung Theke.

«Erst mal gar nichts. Machen, meine ich. Warte ab.»

«Bis was?»

«Bis sie sich bei dir meldet. Immerhin hat sie dir geschrieben, dass sie zurückkommt. Also wird sie über kurz oder lang schon von sich hören lassen.»

«Meinst du?»

«Meine ich, Paulo. Und wenn sie nicht allein wäre, hätte sie dir das vermutlich auch geschrieben. Es sei denn, sie neigt zu seelischer Grausamkeit.»

«Tut sie nicht!»

«Dann mach dir nicht so viele Sorgen.» Almeida grinste. «Abwarten und Bier trinken.»

Mehr gab es nicht zu sagen. Nicht zum Thema Luísa.

Zeca kam mit den neuen Flaschen.

«Was wollt ihr essen?»

Beide bestellten Bitoque, ein kleines Rindersteak mit Pommes und Spiegelei.

Almeida sah auf den Bürgersteig. Viel gab es da nicht zu sehen. Nur die vor dem *Zeca's* geparkten Autos und auf der anderen Straßenseite zwei von diesen neuen zylinderförmigen Metalltonnen für Recyclingmüll, die jetzt überall in der Stadt standen. Sie glänzten unter der Straßenbeleuchtung. Pinto schien derweil das Etikett seiner Bierflasche zu studieren.

«Was anderes», sagte Almeida schließlich. Pinto sah auf.

«Nur mal angenommen, ein Kollege hätte Informationen, die reichen könnten, um einen toten Fall wieder aufzurollen, könnte sie aber nicht verwenden.»

Pinto zog die Augenbrauen hoch. Seine Miene verlor den düsteren Ausdruck, mit dem er den bisherigen Abend bestritten hatte. Jetzt stand Neugier in seinem Blick.

«Wieso könnte der Kollege sie nicht verwenden?»

«Sagen wir mal, er hätte die Informationen von jemandem, der sie nur zufällig bekommen und mit dem Fall nichts zu tun hat. Und der offiziell mit dem Kollegen nicht in Verbindung steht.»

«Welche Art von Informationen?»

«Kenntnis von Unterlagen, die mit einem anderen großen Fall zusammenhängen. Und Hinweise auf eine Mordwaffe.»

«Wenn's um Mord geht, ist doch scheißegal, von welcher von mir aus anonymen Quelle der Tipp stammt.»

«Und wenn es – rein hypothetisch gesprochen – um einen Mord ginge, der als Unfall klassifiziert wurde?»

Pinto sah ihn scharf an.

Zeca brachte das Essen.

Eine Weile aßen sie schweigend. Zwischen zwei Bissen sagte Pinto: «Ich würde davon ausgehen, dass der hypothetische Kollege das Problem mit seinem Partner bespricht.»

«Vielleicht ist der Partner kein Freund von unkonventionellen Ermittlungswegen am Staatsanwalt vorbei.»

«Vielleicht fehlt es dem unkonventionellen Kollegen an Vertrauen.» Pinto schob seinen leeren Teller von sich. «Also, nun sag schon, was du hast.»

12

«Buenos dias. Es posible hablar con la hermana Gracia del Espírito Santo? Mi nombre es Anabela Silva. No, con ella personalmente. Es un asunto privado.»

Mein Spanisch ist zwar nicht perfekt, aber für ein einfaches Telefongespräch reicht es allemal. Und es ging ja nur um eine erste Kontaktaufnahme. Eine junge, warme Frauenstimme bat mich zu warten.

«Sí, espero.»

Fast eine Woche war vergangen, ehe ich dazu kam, in dem Kloster anzurufen. Am Morgen, nachdem Almeida mir die Daten gemailt hatte, verschluckte Pai sich beim Frühstück derart schwer, dass wir den Krankenwagen rufen mussten. Er röchelte, bekam kaum noch Luft. Faro, Krankenhaus, Gefahr einer Lungenentzündung und am Ende wieder eine neue Verschreibung: Schlucktherapie beim Logopäden. Inzwischen war er wieder zu Hause, und es ging ihm besser.

Der zisterziensische Nonnenkonvent, bei dem ich jetzt also endlich anrief, lag eine gute halbe Autostunde von dem Ort entfernt, in dem meine Tante ihr Kind geboren hatte.

Die warme Stimme kam zurück. Und bedauerte.

«No? Pero es muy importante! – Entiendo. Vale. Gracias.»

Mist, Mist, Mist. Schwester Gracia del Espírito Santo war nicht zu sprechen. Ob ich nun persönliche Dinge zu bereden hatte oder nicht. Sie telefoniere grundsätzlich nicht. Mit niemandem. Großartig, wirklich ganz großartig.

Dabei hatten die Nonnen dort nicht etwa ein Schweigegelübde abgelegt und verbrachten ihre Tage ausschließlich im Zwiegespräch mit ihrem Herrgott. Das hatte ich vor dem Anruf geprüft und war auf eine ganz weltliche Webseite mitsamt Besichtigungsterminen für das Klostergebäude und einer Übersicht über den Verkauf selbsthergestellter Süßigkeiten gestoßen.

Und nun das.

«Versprechen Sie sich nicht zu viel davon», hörte ich Almeida in meinem Kopf sagen. Der hatte gut reden. Natürlich war ich enttäuscht. Doch was konnte ich jetzt schon machen? Auf gut Glück nach Nordspanien fahren, um dann vielleicht auf eine Nonne zu treffen, von der ich noch nicht einmal wusste, ob sie noch klar im Kopf war? Immer vorausgesetzt, ich könnte zu ihr vordringen. Und selbst wenn: Ich hatte doch keine Ahnung, ob sie überhaupt das Schicksal meiner Tante oder ihres Sohnes kannte. Die Wahrscheinlichkeit war nicht höher als der Flor des Teppichs unter meinem Sofatisch. Wenn du das machst, Anabela Silva, kann es mit deiner eigenen geistigen Klarheit auch nicht weit her sein.

Was blieb mir jetzt noch? Mit meinem Vater hatte ich schon vor zwei Wochen noch einmal über die Vergangenheit gesprochen. Doch obwohl er einen guten Tag gehabt hatte, war nichts Neues dabei herausgekommen. Ich stand wieder dort, wo ich angefangen hatte. Bei null.

Im Nachhinein glaube ich, ich hätte meine so offensichtlich aussichtslose Suche an diesem Tag aufgegeben. Hätte mir eingestanden, dass ich meinen Schwur nicht würde halten können. Hätte, hätte. Tja. Hätte ich am Abend dieses Tages nicht ferngesehen.

Die entscheidenden Worte fielen, als ich gerade von meinem Sofa ins Bett umziehen wollte. Ich hatte einen amerikanischen Spielfilm mit portugiesischen Untertiteln mehr an mir vorbeirauschen lassen als gesehen, nebenbei eine lange Mail an meine beste Freundin in Hannover geschrieben, in einem Alzheimer-Ratgeber geblättert und war hundemüde. Während ich nach der Fernbedienung suchte, die in den Falten der Wolldecke verschollen war, hörte ich den Sprecher der Spätnachrichten sagen: «Im Prozess um Spaniens gestohlene Kinder wurde heute in Madrid ein erstes Urteil gesprochen.» Gestohlene Kinder? Spanien? Drei Worte mit der Wirkung eines nassen Waschlappens mitten ins Gesicht. Wo war die verdammte Fernbedienung? Endlich. Ich stellte den Ton lauter und konnte kaum glauben, was ich hörte. Das Gericht hielt es für erwiesen, dass ein fünfundachtzigjähriger Gynäkologe vor knapp fünfzig Jahren einer jungen Mutter ihr Kind weggenommen und an ein kinderloses Ehepaar verkauft habe. Der Arzt sei dennoch freigesprochen worden, die Tat verjährt. Die Zahl der insgesamt in Spanien gestohlenen Babys werde auf 30 000 bis 300 000 geschätzt.

Wie bitte?

Um zwei Uhr früh brannten meine Augen vom stundenlangen Starren auf den Computerbildschirm. Ich hatte mir jede Dokumentation zu dem Thema angesehen, die ich hatte finden können. Und das waren nicht gerade wenige. Sogar 3sat und Spiegel-TV in Deutschland hatten über das Thema berichtet, auch schon im vergangenen Jahr. Es gab zahlreiche Zeitungsberichte. Jetzt erinnerte ich mich auch, davon schon einmal gelesen zu haben. Hängengeblieben war aber nur, dass unter dem Regime des Diktators Francisco Franco Kinder von Oppositionellen zwangsadoptiert worden waren. Die Verwicklung der Kirche dagegen war mir ebenso wenig im Gedächtnis geblieben wie das Ausmaß dieser Tragödie.

Begonnen hatte sie Ende der 1930er Jahre als politische Säuberung, las ich. Kinder von «roten Müttern» kamen in regimetreue Familien mit Kinderwunsch. Gegen Bezahlung und von Anfang an mit praktischer Unterstützung der katholischen Kirche. Die betrieb die meisten Geburtskliniken und verdiente laut der Berichte kräftig mit. Ärzte wie Nonnen weiteten das Geschäft später aus und machten noch lange nach Franco damit weiter.

Nonnen!

Mein Herz klopfte.

In ganz Spanien hatte es offenbar ein gutfunktionierendes Netz gegeben, in manchen Berichten war von mafiösen Strukturen die Rede. Vielen Müttern wurde erzählt, ihre Kinder seien totgeboren. Und während im Nebenraum die Adoptionseltern den Säugling in Empfang nahmen, legte man den leiblichen Müttern mancherorts eine tiefgefrorene Babyleiche in die Arme.

An dieser Stelle wurde mir schlecht.

Tausende Eltern suchten seit Anfang der 80er Jahre, seitdem diese Geschichte erstmals ans Licht gekommen war, ihre Kinder; Kinder forschten nach ihren leiblichen Eltern. Bis zum heutigen Tag. Und bis zum heutigen Tag war keine der Nonnen vor Gericht gestellt worden, viele inzwischen gestorben. Die wenigen, die über die Vorgänge sprachen, waren noch immer davon überzeugt, ein gutes Werk getan zu haben. Hatte es so etwas auch in Portugal gegeben? Ich suchte, fand aber nicht den winzigsten Hinweis. Übermorgen war die Ausstellungseröffnung in der Casa dos Condes. Vielleicht ergab sich eine Gelegenheit, meinen Lieblingsbibliothekar danach zu fragen. Aber selbst wenn nicht: Konnte Gracia del Espírito Santo zu dem spanischen Netzwerk gehört haben? Was, wenn sie ihr ‹gutes Werk› auch für ein portugiesisches Baby getan hatte, das von ihrer Schwester gleich hinter der Grenze auf die Welt geholt worden war?

Was wäre, wenn?

Mit dieser Frage schlief ich ein.

Mit dieser Frage stand ich auf.

Der nächsten Morgen. Neun Uhr. Einsatzbesprechung im Tierheim. Es ging um eine geplante Spendenaktion. Ich hörte nur mit halbem Ohr zu.

Was wäre, wenn?

Futtersäcke schleppen, mit Silke Bestände zählen.

Was wäre, wenn?

Hunde rauslassen.

Was wäre, wenn?

«Du bist heute aber still», sagte Silke. «So abwesend.»

«Entschuldige. Ich war tatsächlich mit meinen Gedanken woanders.»

«Bist du am Samstag dabei?»

«Wobei?»

«Na, bei der Spendenaktion in den großen Supermärkten in Vila Real, über die wir eben in der Besprechung geredet haben.»

«Nein, tut mir leid. Am Wochenende fahre ich für ein paar Tage in den Norden.»

«Verwandte besuchen?»

«So ähnlich.»

Wann ich das beschlossen hatte? Keine Ahnung. Irgendwann zwischen Zwinger vier und fünf.

«Du, Silke?»

«Ja?»

«Ich wollte dir noch etwas sagen. Das ist mein letzter Tag hier heute. Ich sage es nachher auch noch Amália.»

«Ach! Das ist ja schade.»

«Ja.»

Sah aus, als steckte ich heute voller Überraschungen. Vor allem für mich selbst.

«Ich schaffe das zeitlich doch nicht. Und wenn ich ganz ehrlich bin», ich zeigte auf die Hunde, «die Beißerei neulich …»

«Versteh schon. Da kommt nicht jeder mit klar.»

«Ich dachte, ich kann vielleicht von zu Hause aus was

für den Verein machen, mit der Homepage helfen oder so. Das liegt mir eher.» Und es war mein voller Ernst.

«Das ist auch ganz wichtig», sagte die freundliche Silke, und wir brachten den nächsten Schwung Hunde an die frische Luft. Die unfreundliche Karin war heute nicht erschienen.

Eine Stunde später sprach ich mit Amália Mendes. Auch sie reagierte verständnisvoll, bedankte sich für mein Angebot in Sachen Homepage. «Das trifft sich gar nicht schlecht, Anabela. Die Frau, die sich bisher um unseren Internetauftritt kümmert, kommt im Augenblick nicht recht dazu. Ihr Mann ist krank. Vielleicht könnten Sie sich mal mit ihr zusammensetzen oder zumindest telefonieren?»

«Ja, natürlich.»

«Warten Sie, ich suche Ihnen die Adresse heraus. Darf ich ihr auch Ihre Kontaktdaten geben?»

«Sicher.» Ich gab ihr meine Karte, dann ging sie in den Arbeitsbereich des Tierarztes, in dem der Schreibtisch stand, und kam mit einem Zettel wieder. Renate Cabral, las ich. Castro Marim, Urbanização Cercado do Poço da Ordem 38. Dazu eine Festnetznummer.

Renate Cabral. Die Frau, nach der ich eigentlich hatte suchen wollen. Und an die ich heute noch nicht eine Minute gedacht hatte. Erst jetzt, da ich beschlossen hatte, die Frage in meinem Kopf durch eine Fahrt in den Norden zu vertreiben, erinnerte ich mich daran, warum ich überhaupt hier im Tierheim war. Beschämend. Und untypisch für mich. Dinge, die ich anfange, bringe ich normalerweise auch zu Ende. Wenn mir keine kinderstehlenden

Nonnen dazwischenkommen. Jetzt war ich dem Zufall dankbar, der mir den Weg zu Renate Cabral aufzeigte.

Amália Mendes wunderte sich offenbar über mein Lächeln. «Kennen Sie Renate?»

«Nein, noch nicht. Aber ich kann gleich mal bei ihr vorbeifahren.»

Es war noch genug Zeit bis zu meiner Verabredung mit João Almeida. Zuerst allerdings ging ich in das inzwischen katzenfreie Badezimmer neben dem Operationsraum und tauschte meine nach Hund riechenden Arbeitssachen gegen Rock und Pulli. Erstaunlich, dass ich heute früh überhaupt daran gedacht hatte, Sachen zum Wechseln mitzunehmen. Sogar meine Wildlederstiefeletten lagen im Auto. Schon interessant, Anabela, welcher Teil deines Hirns trotz allem funktioniert hat, dachte ich, schminkte mir die Lippen und grinste mich im Badezimmerspiegel an.

«Suchen Sie jemanden?»

Ich stand in einer Reihenhaussiedlung vor der Nummer 38 und hielt vergeblich nach einer Klingel Ausschau. Das zweistöckige Haus wirkte unbewohnt und abweisend. Aber das taten die anderen Häuser auch. Jedes hatte einen von einer hohen weißen Mauer umschlossenen Vorhof mit einer Metalltür. Ob dahinter Leben war oder nicht, ließ sich nicht sagen.

Die Frau, die mich ansprach, hatte eben ihren Wagen vor dem Haus mit der Nummer 40 geparkt und eine volle Einkaufstüte aus dem Kofferraum genommen. Die Tüte stand nun zu ihren Füßen, die Frau hielt einen Hausschlüssel in der Hand und wartete auf meine Antwort. Selbst fünf Meter von ihr entfernt konnte ich ein süßliches Parfüm riechen. Sie war mittleren Alters und schwitzte in ihrem Mantel, den sie besser eine Nummer größer gekauft hätte.

«Ja, ich suche Dona Renate Cabral.»

«Die ist nicht da.»

«Sie wissen nicht vielleicht, wann ich sie antreffen kann?»

«Da müssten Sie schon nach Faro fahren.»

Sie schaute nach rechts und links und raunte: «Da ist ihr Mann in der Klapse! Der ist depressiv und hat versucht, sich den Kopf wegzuschießen.» Und wieder lauter: «Sie will in seiner Nähe sein, pfft. Und ich muss ihre Blumen gießen. Eine Zumutung ist das!»

Damit ließ sie mich stehen, schloss die Tür zum Hof ihres Hauses auf und war verschwunden. Nette Nachbarschaft.

Der Anblick des Restaurants, zu dem der Chefinspektor mich gelotst hatte, verhieß nichts Gutes. Eine asymmetrische Holzkiste auf Stelzen, allein auf weiter Flur, direkt neben einem Weg, der durch Dünen zum Strand von Manta Rota führte. Und dann der Name: *Chá com Água Salgada*. Tee mit Salzwasser. Almeida hatte wirklich einen Hang zu bizarren Treffpunkten. Não se pode pedir uma ópera a um major. Man kann von einem Major keine Oper verlangen. Und von Chefinspektor Almeida wohl keine ansprechende Location.

Er erwartete mich in einem lichtgrauen Anzug mit

schwarzem Stehkragenhemd am Eingang. Der bedeckte Himmel riss kurz auf und schickte einen Sonnenstrahl durch die Wolken auf sein Silberhaar. Und wieder einmal fand ich ihn unglaublich anziehend.

«Darf ich Ihnen die Jacke abnehmen?»

«Gern.»

Es war nur ein Zufall. Ein Versehen. Ganz sicher. Aber er berührte kurz meinen Hals – und mein Körper benahm sich, als hätte ich anstelle von Blutbahnen elektrische Leitungen. Oh, oh. Ich floh geradezu ins Restaurant.

Stühle und Tische aus Teakholz, an einer Wand silbern und weiß gerahmte Spiegel, gegenüber eine breite Fensterfront, die den Blick auf den Wolkenhimmel über den Dünen freigab. Nicht eine einzige Neonröhre. Weiße Stofftischdecken. Schlicht, aber edel. Anders die Speisekarte. Die war nur edel. Kabeljau-Carpaccio, Jakobsmuscheln an Erdbeerjus, Rehfilet mit Broccoli, Risotto mit Garnelen und Seezunge, um nur einige Gerichte zu nennen. Muss ich mehr sagen? Das hatte herzlich wenig mit der deftigen, regionalen Küche zu tun, die ich von den Restaurants bei uns im Hinterland gewohnt war. Allerdings galt das auch für die Preise. Ganz schön gesalzen. Aber dies hier war eben Manta Rota, eine der Touristenhochburgen der Ostalgarve. Ich war mehr als froh über meine schicken Stiefeletten sowie den einigermaßen eleganten Pulli, den ich trug. Und leistete beschämt Abbitte bei João Almeida. Innerlich, versteht sich.

Mein Begleiter benahm sich derweil, als hätte er unlängst ein Seminar für gepflegte Konversation belegt. Kein Wort von Mord. Keine Zurechtweisung für eigenmächtige Recherchen. Stattdessen Geplauder über Wein und Wetter. Aber wir waren ja auch erst bei der Vorspeise, die – nebenbei bemerkt – die reinste Gaumenfreude war. Und ein Fest für die Augen.

Almeida wartete tatsächlich bis zur Nachspeise.

«Ich möchte ganz genau wissen, wie Sie es geschafft haben, in das Haus von Liv Steen zu kommen.»

Was blieb mir übrig? Auch das Gespräch mit Nuno musste ich noch mal Revue passieren lassen.

«Und er hat gesagt, er habe einen neuen Job in Tavira?»

«In Aussicht.»

«Da kommt nicht allzu viel in Frage», sagte er mehr zu sich selbst. Um mich gleich danach mit strengem Blick zu mustern.

«Was ich jetzt sage, meine ich sehr ernst, Anabela. Ich weiß, dass ich selbst Sie da hineingezogen habe, auch wenn nie von dem die Rede war, was Sie getan haben. Und ich bin Ihnen wirklich dankbar. Aber jetzt müssen Sie die ganze Sache vergessen.»

«Werden die Ermittlungen wiederaufgenommen? Was hat der Staatsanwalt gesagt?»

«So weit sind wir noch nicht. Aber diese Geschichte könnte Dimensionen haben, die wir im Moment noch nicht überblicken. Und gefährlich sein. Verstehen Sie mich? Das ist nichts für …»

«… für eine neugierige Journalistin?»

«Ja. Anabela, ich bitte Sie inständig: keine weiteren Fragen in dieser Sache. An niemanden. Haben wir uns verstanden?»

Ich tupfte mir mit der Stoffserviette die Mundwinkel

ab und betrachtete angelegentlich die Lippenstiftflecken, die ich produzierte.

«Anabela. Bitte.»

«Ohne mich wüssten Sie gar nichts von diesen Dimensionen, wie Sie es nennen.»

«Das stimmt zwar, ändert aber nichts.»

«In welche Richtung werden Sie jetzt ermitteln?»

Almeida antwortete mit einem tiefen Seufzen. Aber da war auch wieder dieses kleine Lächeln im Mundwinkel, das mir nicht mehr vergönnt gewesen war, seit er den letzten Bissen von seinem Erdbeer-Ingwer-Tiramisu gelöffelt hatte.

«Ich verspreche, Ihnen mehr zu erzählen, wenn wir Ergebnisse haben. Nach Abschluss der Untersuchung. Wenn Sie mir jetzt endlich versprechen, den Namen Liv Steen so lange zu vergessen.»

«Ich habe heute im Tierheim aufgehört.»

In Joãos Gesicht ging die Sonne auf.

Ach, dachte ich, wenn es doch immer so einfach wäre, einen Mann glücklich zu machen. Ich lächelte zurück.

«Möchten Sie einen Kaffee?»

Ich nickte.

«Café cheio?» Also Espresso mit etwas mehr Wasser.

«Nein, normal bitte.»

Almeida gab der Kellnerin ein Zeichen. Während wir warteten, fragte er, was ich im Kloster erreicht hätte.

Die Leichtigkeit, die ich für einen Moment empfunden hatte, war wie weggewischt. Weggewischt von einer eiskalten Babyhand. Ich wartete, bis die Kaffeetassen auf dem Tisch standen, und sammelte mich.

«Was wissen Sie über Spaniens gestohlene Kinder?»

«Das, was in den Zeitungen gestanden hat. *Público* hat ziemlich ausführlich berichtet. Wie kommen Sie jetzt darauf?»

Ich erzählte es ihm.

Almeida schüttelte den Kopf.

«Das halte ich für fast ausgeschlossen.»

«Warum?»

«Bei der ganzen Aufmerksamkeit, die das Thema inzwischen bekommen hat, wäre es längst bekannt, wenn das grenzübergreifend gelaufen wäre.»

«Und wenn es ein Einzelfall war? Ein Gefallen, den diese Gracia ihrer Schwester getan hat? Können Sie das ausschließen?»

«Nein, das kann ich natürlich nicht. Aber die Wahrscheinlichkeit …»

«Wie groß war die Wahrscheinlichkeit, dass die Hebamme eine noch lebende Schwester hat?»

Er hob die Hände. «Ich gebe mich geschlagen. Also, was haben Sie vor?»

«Ich fahre hin und klopfe so lange ans Klostertor, bis die mich zu der Nonne lassen.»

«Das ist doch verrückt. Die Chance …»

«Sie brauchen gar nicht weiterzureden, das weiß ich alles selbst. Aber ich weiß auch, dass ich keine Ruhe finden werde, ehe ich mit der Frau gesprochen oder es zumindest versucht habe. Gerade Sie müssten das doch verstehen!»

«Gerade ich?»

«Wie war das noch? ‹Vielleicht sehe ich einen Wald,

wo nur ein paar Bäume sind.› Sie hatten doch auch nicht mehr als ein ungutes Gefühl, als Sie mich losgeschickt haben.»

«Sie wollen, dass ich mitkomme?»

«Was? Nein!»

Das hatte ich damit ganz bestimmt nicht sagen wollen. Daran hatte ich nicht mal gedacht. Wirklich nicht.

«Die Idee ist gar nicht schlecht. Ich habe Eduardo und seine Familie ewig nicht gesehen.»

«Das können Sie nicht ernst meinen.»

«Auf jeden Fall kämen Sie in meinem Auto sicherer an als mit Ihrer alten Kiste.»

«João, mir ist gerade nicht nach Scherzen zumute.»

Ebenso gut hätte ich mit meiner leeren Kaffeetasse sprechen können.

«Wann wollen Sie denn fahren?»

Der meinte das wirklich ernst. Ich wusste nicht, was ich denken sollte.

«Samstag. Das Kloster ist sonntags morgens und nachmittags für Besucher geöffnet. Ich will Sonntagabend wieder zu Hause sein.»

Er nickte nur. «Das ginge bei mir auch.»

«João, bis dahin sind es mehr als sechshundert Kilometer.»

«Ich weiß. Wird meinem Wagen guttun, mal wieder ordentlich Strecke zu machen.»

Almeida entschuldigte sich bei mir, zog sein Telefon aus der Brusttasche, suchte einen Moment nach einer Nummer und telefonierte.

«Eduardo? João hier. Du, hör mal, bei mir ergibt sich

gerade eine Fahrt zu euch in den Norden. Ja, jetzt am Wochenende. Ich dachte, wir könnten uns vielleicht sehen. Ihr seid da? Perfekt. Okay, irgendwann am Samstag gegen Abend. Eventuell bringe ich eine Bekannte mit. Nein, nein, wir übernachten im Hotel, aber danke.»

In einer Situation wie dieser muss der Ausdruck «sich überfahren fühlen» entstanden sein. Was heißt hier überfahren? Überrollt von einem Achttonner. Ich hätte sauer sein müssen. Gegen diese Fremdbestimmung protestieren. Und zwar vehement. Stattdessen ertappte ich mich bei einem breiten Lächeln. Und fragte mich im nächsten Augenblick, wie ich das alles meiner Mutter erklären wollte.

13

Das geschwungene Tor vor dem Gelände des Anbieters von Reitausflügen war geschlossen, doch der Riegel nicht vorgelegt. Ein glänzendes Vorhängeschloss hing offen nach unten. João Almeida drückte das Tor auf. Paulo Pinto folgte ihm mit Abstand. Kies knirschte unter ihren Schuhen, als sie auf ein kleines weißes Haus zugingen, vorbei an einer Reihe großer Agaven bis zu einer prächtigen und sichtlich gesunden Palme vor dem Eingang. Noch beeindruckender allerdings fand Almeida eine bestimmt zwölf Meter hohe Norfolktanne, deren Zweige sich in einigem Abstand zum Haus in fast perfekter Symmetrie vor dem frühen Abendhimmel abzeichneten. Sie waren spät dran.

Auch an der Tür des schlichten Hauses hing ein Vorhängeschloss, dieses allerdings war eingerastet. Von rechts drang das Wiehern von Pferden an ihre Ohren. Almeida drehte sich um und blickte auf mehrere voneinander durch Holz- und Elektrozäune getrennte Koppeln. Auf der größten stand eine Herde. Das Wiehern galt offensichtlich einem Mann mit rotem Basecap, der gerade aus einer offenen Scheune an der Seite der Koppel kam, in der Hand einen Stapel von Plastikschalen.

Almeida beobachtete, wie die Pferde sich ohne irgendein Kommando nebeneinander in eine Reihe stellten. Drei Fohlen, zwei Shetlandponys und Hauspferde unterschiedlichster Größe und Farbe. Insgesamt zählte er vierzehn Tiere, die geduldig und leise schnaubend warteten, bis die Schalen verteilt waren, der Mann nach einem weiteren Gang zur Scheune mit einem Eimer zurückkam und jedem einzelnen Tier Kraftfutter in die Schale schüttete. Für jedes hatte er ein Wort, manchem klopfte er den Hals. Es war ein beschauliches Bild.

«Sie haben wirklich ein Händchen für Pferde», rief Almeida über den Zaun. Der Mann sah auf.

«Wir haben schon geschlossen. Ausritte nur nach Absprache. Auf dem Schild am Zaun steht die Telefonnummer. Und zwar draußen am Zaun.»

«Nuno Albuquerque?»

«Wer will das wissen?»

«Wir möchten kurz mit Ihnen reden.»

«Wir?»

Almeida drehte sich um und suchte mit den Augen das Gelände hinter sich ab. Pinto stand in der Nähe des Tors, ganz vertieft in den Anblick eines Motorrades. Jedem das Seine, dachte Almeida und musste grinsen.

«Paulo!» Sein Kollege kam auf ihn zu.

«Das ist eine Suzuki GT185. Davon ist die letzte 1979 gebaut worden. Zweitakter. Wahnsinn. Und toll in Schuss.»

«Die ist von '78», sagte der Mann mit Stolz in der Stimme.

«Ist die Farbe original?» Der Tank der Maschine glänzte golden.

«Nein. Also, worum geht's? Und wer sind Sie?»

Nuno Albuquerque war nach dem Unfall von Liv Steen nicht verhört worden. Er hatte auf Almeidas Liste gestanden, die er nicht mehr hatte abarbeiten können.

«Chefinspektor Almeida und Inspektor Pinto von der PJ Faro.» Sie zeigten ihre Dienstmarken. «Sie haben bis vor kurzem für eine Dänin namens Liv Steen gearbeitet?»

«Stimmt. Warten Sie einen Augenblick. Ich bin hier gleich fertig.»

Sie sahen zu, wie er Eimer und Schalen einsammelte und zurück in die Scheune trug. Die Herde verteilte sich wieder auf der Koppel. Als Nuno zurückkam, trug er eine Motorradjacke und hielt einen Helm in der Hand.

«Kann man hier irgendwo in Ruhe reden?», fragte Almeida.

«Im *A Esquina*, das ist gleich vorn an der N125. Direkt gegenüber der Ausfahrt.»

Almeida erinnerte sich, die Bar gesehen zu haben, als sie ein paar Kilometer hinter dem Ort Conceição abgebogen waren.

«Gut. Wo können wir den Wagen wenden?» Sie hatten ein Stück vom Tor entfernt am Rande des schmalen und ausgefahrenen Sandweges geparkt, der zu dem Pferdehof führte, und bisher keine Wendemöglichkeit entdeckt. «Wir stehen da vorn.»

«Immer geradeaus, da kommt eine breitere Stelle. Aber nicht weiterfahren, sonst wird's wieder eng, und Sie stehen direkt an der Ria, da geht's dann nicht mehr weiter.»

An der breiten Stelle hielt Almeida kurz an. «Ich geh mal eben das Stück zur Ria, Paulo.» Nach vielleicht fünfzig Metern stand er im Duft von Nadelbäumen und Meerwasser direkt an der Lagune, zu der ein schmaler Pfad hinunterführte. Er stellte sich vor, auf einem Pferd zu sitzen, direkt ins flache Wasser zu reiten. Und versprach sich, genau das bald zu tun. Ob Anabela Silva reiten konnte? Seit er sich selbst mit dem Vorschlag überrascht hatte, sie in den Norden zu begleiten, war sie ständig in seinem Kopf. Das musste aufhören. Kurz darauf saß er wieder im Wagen, wendete und fuhr zwischen Orangenplantagen zurück zur Nationalstraße.

Nuno Albuquerque wartete schon vor der *Taberna A Esquina*, vor sich auf dem Tisch ein Bier und eine Zigarette in der Hand.

«Was trinkst du, Paulo?»

«Auch ein Bier.»

Almeida ging in die Bar und blieb erstaunt stehen. Hier war offensichtlich erst kürzlich renoviert worden. Nagelneue Tische und Stühle, deren Holzfurnier nur so glänzte, füllten den Raum. Die Wände über einem Fliesenspiegel waren hellgelb und rosafarben gestrichen, ungetrübt von jeglichem Schmutz. An den Wänden hingen trendige Bilder, im Glasaufsatz der Theke spiegelte sich das Licht. Drei alte Männer saßen verteilt im Gastraum, schauten auf ein unter der Decke hängendes Fernsehgerät und wirkten in dem modernen Ambiente etwas verloren. Er bestellte bei einer jungen Frau mit einem frechen Kurzhaarschnitt, die deutlich besser in den Raum passte, Bier, Kaffee und Wasser. Während er dem Zischen der Kaffeemaschine zuhörte, dachte der Inspektor darüber nach, dass die Algarve mit solchen Modernisierungen einen Teil ihres Charmes verlor. Jedenfalls für ihn. Er mochte Bars mit Patina, solche wie das *Zeca's*. Aber vielleicht war er auch einfach nur altmodisch. Die junge Frau stellte Getränke und Gläser auf ein Tablett.

Draußen fand er Pinto und Nuno in ein Gespräch über die Suzuki vertieft. Er stellte das Tablett auf den Tisch, setzte sich dazu und ließ sie reden. Es war Pinto gewesen, der vorgeschlagen hatte, den Pferdepfleger zu befragen. «Der hat doch keine Ahnung, ob wir offiziell kommen oder nicht», hatte er argumentiert. «Oder glaubst du, er ruft den Staatsanwalt an? Wir müssen ihn nur dazu bringen, dass er uns von sich aus von dem Schrot im Stall erzählt.»

Der Verkehr auf der Straße direkt vor ihnen riss kaum ab, der Lärm war enorm. Sobald ein Lastwagen vorbeifuhr, konnte Almeida kaum noch hören, was die beiden anderen sagten. Er schmunzelte. Paulo und Nuno hätten Brüder sein können, so ähnlich waren ihre kräftigen Staturen. Die Gesichter unterschieden sich vor allem durch die Nasen, die des Pferdepflegers war auffallend schmal für sein breites Gesicht. Insgesamt machte der Mann auf Almeida einen guten Eindruck, wirkte gradlinig und offen. Pinto erzählte ihm gerade mit leuchtenden Augen von der Restaurierung seines eigenen Motorrades.

Almeida dachte zurück an den Abend bei Zeca. Niemals hätte er geglaubt, dass Pinto seinen Alleingang kommentarlos und ohne jeden Vorwurf hinnehmen würde. Nur von wem seine Informationen stammten, hatte Almeida für sich behalten. Und er würde Pinto auch nicht erzählen, mit wem er am Wochenende in den Norden fahren wollte. Was hatte er sich bloß dabei gedacht? Er neigte doch sonst nicht zu spontanen Entscheidungen.

Plötzlich registrierte er, dass die beiden anderen verstummt waren und Nuno ihn ansprach.

«Also, was will die Kripo von mir?»

Almeida räusperte sich.

«Wie lange haben Sie für Liv Steen gearbeitet?»

«Knapp ein Jahr. Warum?»

«An dem Tag, an dem sie verunglückt ist, waren Sie nicht dort. Was haben Sie gedacht, als Sie von dem Unfall erfuhren?»

«Warum interessiert Sie das jetzt noch?»

«Antworten Sie einfach», schaltete Pinto sich ein. Er hatte inzwischen seinen Notizblock auf den Tisch gelegt.

«Na ja, ich hab gedacht, dass das gar nicht sein kann. Amigo, also ihr Pferd, ist normalerweise echt nicht nervös. Ich hatte nie Probleme mit ihm. Und die Chefin auch nicht. Bin froh, dass er nicht eingeschläfert wurde.»

«Was noch?», hakte Almeida nach.

«Wie, was noch?»

«Was haben Sie noch gedacht? Das wird ja wohl nicht alles gewesen sein.»

Nuno überlegte einen Augenblick und zündete sich eine weitere Zigarette an. «Ich hab überlegt, ob ihn irgendwas doll erschreckt haben kann.»

«Und was zum Beispiel?»

Nuno zuckte mit den Schultern.

«Keine Ahnung.»

«Die Quinta liegt in einem Jagdgebiet. Könnte ein Schuss ihn erschreckt haben?»

«Schüsse hat er nicht gemocht, das stimmt schon. Also, wenn die sehr nah waren. Deshalb ist die Chefin an den Jagdtagen ja immer mit ihm weg. Am Tag von dem Unfall können aber keine Jäger in der Nähe gewesen sein. Sonst wären Amigo und sie ja gar nicht im Stall gewesen.»

«Ist sie nur an Jagdtagen mit dem Pferd weggefahren?»

«Nicht nur. Manchmal ist sie mit ihm zum Reiten nach Spanien rüber. Da hatte sie Freunde, mit denen ist sie ausgeritten, soweit ich weiß.»

«Was wissen Sie sonst noch über ihr Privatleben?»

«Nichts. Das ging mich schließlich nichts an.»

«Ihnen sind keine Männer aufgefallen, die sie öfter besuchten?»

«Nein.»

Almeida ließ es ihm durchgehen. «Noch mal zu den Jägern. Wie nah sind die dem Hof gekommen?»

«Viel zu nah für meinen Geschmack. Manchmal hab ich am nächsten Tag Schrot auf dem Hof gefunden.»

«Auf dem Hof?»

Nun sag's schon, dachte Almeida und wechselte einen schnellen Blick mit Pinto.

«Jetzt, wo Sie danach fragen: Neulich, als ich das Stroh rausgeräumt und ausgefegt hab, da war sogar Schrot im Stall. Das war an meinem letzten Tag. Aber da war sie ja schon längst tot.» Er trank den letzten Schluck von seinem Bier.

«Vorher haben Sie nie Jagdmunition im Stall gefunden?»

«Nein, nie.»

«Kam es Ihnen nicht seltsam vor, dass Schrot im Stall war?»

«Ich hab nicht weiter darüber nachgedacht. Wie gesagt, war mein letzter Tag da.»

«Wo lag das Schrot?», fragte Pinto. «Vorn am Eingang?»

«Sie stellen ja Fragen.»

«Denken Sie bitte nach, das könnte wichtig sein. Noch ein Bier?»

Der junge Mann nickte. «Eins geht noch.»

Diesmal ging Pinto in die Bar.

Almeida wartete, ließ das Dröhnen eines weiteren Lastwagens verklingen.

«Also, wo genau?»

«Na ja, wie gesagt, ich habe die Ballen rausgeräumt, und beim Fegen waren da die Kugeln, nur ein paar. Wo genau die vorher lagen, kann ich nicht sagen, tut mir leid.»

«Okay. Etwas anderes: Hatten Sie immer an einem bestimmten Tag frei?»

«Mittwochs. Und immer dann, wenn die Chefin nach Spanien wollte, nachmittags und bis zum nächsten Mittag. Sie hat mich nach Stunden bezahlt.»

«Gut?»

«War okay.» Das Thema war ihm sichtlich unangenehm. Er griff zur Bierflasche und sah auf die Straße. Schwarzarbeit, vermutete Almeida.

«Ich müsste dann auch mal los.»

«Einen Moment noch. Kam es oft vor, dass Dona Steen nach Spanien fuhr?»

«Zweimal im Monat, manchmal dreimal.»

«Fuhr sie dann allein?»

«Woher soll ich das wissen?»

«Okay. Was sagt Ihnen die Abkürzung IRA?»

«Was?»

«IRA.»

Almeida beobachtete die Reaktion im Gesicht des jungen Mannes genau. Was er sah, war ein Ausdruck von Ratlosigkeit.

«War das nicht diese irische Terrorgruppe?»

«Hat Liv Steen mal von der IRA gesprochen?»

«Mit mir nicht.»

«Haben Sie ein Auto?» Diesmal kam die Frage wieder von Pinto.

«Mann, was glauben Sie eigentlich, wie viel ich verdiene?»

«Also nicht?»

«Nein. War's das jetzt?»

«Was meinst du, João?»

«Schreib dir bitte Adresse und Telefonnummer von Senhor Albuquerque auf.»

«Hab ich schon.»

«Es kann sein, dass wir noch eine formale Zeugenaussage von Ihnen brauchen», sagte Almeida.

«Wieso denn? In der Zeitung stand doch, dass es ein Unfall war. Was ist hier eigentlich los?»

«Wie gesagt, wir melden uns gegebenenfalls noch mal bei Ihnen. Danke für Ihre Zeit. Schönen Abend noch.»

Sie sahen ihm zu, wie er zu seinem Motorrad ging, den Helm aufsetzte und startete, verzogen ob der stinkenden Abgase, die zu ihnen wehten, unisono die Nasen und grinsten. Wenig später verklang das leicht scheppernde Motorgeräusch der Maschine auf der N125.

Almeida und Pinto blieben sitzen und schwiegen.

Nach einer Weile fragte Almeida: «Was meinst du?»

«Ich würde sagen, wir haben einen glaubwürdigen Zeugen.»

«Dafür, dass Schrot im Stall war. Denkst du, das reicht für meinen speziellen Freund von der Staatsanwaltschaft?»

«Schwer zu sagen. Eher nicht.»

«Diese Fahrten nach Spanien …»

«Du denkst an die Drogengeschichte, von der Bruno dir erzählt hat. Und an die Artikel, die die Steen gesammelt hat.»

«Ja. Ich kann einfach nicht glauben, dass sie die zufällig im Regal hatte.»

«Vielleicht war Daniel Castro ihr Anwalt, oder sie hat ihn persönlich gekannt. Und deshalb die Berichterstattung verfolgt.»

«Wäre natürlich möglich. Diese ganzen Wenns und Vielleichts machen mich wahnsinnig. Ich will einfach verdammt noch mal wissen, was mit der Frau los war und warum sie tot ist. Wie weit bist du eigentlich mit ihren Finanzen?»

«Mein Kontaktmann bei der Bank sagt, sie hatte ziemlich viel auf dem Sparkonto, nach und nach bar eingezahlt. Sonst nichts Auffälliges. Die letzte Bareinzahlung war Anfang September. Alle zwei Monate hat sie eine bestimmte Summe von ihrem dänischen Konto auf ihr portugiesisches überwiesen. Und an das dänische kommen wir nicht ran, jedenfalls nicht ohne offizielle Ermittlungen. Also wissen wir auch nicht, woher ihr Geld kam. Oder wie und wovon sie die Quinta bezahlt hat.»

Wieder versanken sie minutenlang in Schweigen. «Bareinzahlungen auf ein Sparkonto», nahm Almeida schließlich den Faden wieder auf. «Würde schon passen.»

«Du meinst, die Steen könnte im Hafersack Drogen transportiert haben?»

«Klingt schräg, ich weiß. Andererseits: Wer kontrolliert schon einen Pferdeanhänger? Weißt du, welche Summen sie jeweils eingezahlt hat?»

«Mein Kontakt hat sich geweigert, genauer zu werden. Ich bin schon froh, dass ich überhaupt was erfahren habe. Aber Bargeldeinzahlungen über zehntausend Euro sind meldepflichtig, mehr kann es also nicht auf einmal gewesen sein.»

«Stimmt.»

«Lass uns fahren», sagte Almeida schließlich und nahm den Autoschlüssel aus der Tasche.

Während der Fahrt nach Faro redeten sie wenig miteinander. Almeidas Gedanken waren bei der Dänin, die nach allem, was Anabela erzählt hatte, durchaus nicht die reizende Person gewesen war, als die man sie ihm geschildert hatte. Sie hatte arrogante Seiten gehabt, ein herrisches Auftreten. Und laut Anabela einen Liebhaber. Spielte das eine Rolle? Wenn der Liebhaber Castro geheißen hätte, dann schon.

Sie mussten Zugriff auf den Hof und das Grundstück bekommen, damit er seine Theorie vom Schuss im Stall bestätigen und nach Spuren von Drogen suchen konnte. Er wusste selbst, wie dünn die Verbindung zwischen Liv Steen und dem Thema Drogen war. Nicht mehr als ein Seidenfaden. Ihr Blut war sauber gewesen, es gab keinen Hinweis auf Abhängigkeit. Und ihr eine Rolle als Drogenkurierin zuzuschreiben, war lächerlich. Nur weil sie viel Bargeld zur Bank gebracht und vielleicht den toten Bruder eines Kuriers gekannt hatte? Blödsinn. Da hatte Pinto ganz recht.

Almeidas Blick glitt kurz zur Seite. Pinto starrte reglos durch die Windschutzscheibe, die Finger seiner linken Hand trommelten den Rhythmus der Musik im Radio auf den Oberschenkel. Eric Clapton sang unplugged von einer alten Liebe, die ihn nicht losließ. Almeida vermutete Pintos Gedanken bei der Rückkehr der famosen Luísa und sah wieder auf die Straße. Kaum war der letzte Ton von Claptons Gitarre verklungen, fragte Pinto: «Dieser Pferdeanhänger, ist der noch auf dem Hof?»

Almeida hob überrascht die Augenbrauen.

«Keine Ahnung, wieso?»

Pinto nahm sein Telefon aus der Jackentasche.

«Nuno? Hier noch mal Inspektor Paulo Pinto. Sagen Sie, was ist mit dem Pferdeanhänger passiert, den Ihre Chefin hatte? Ist der mit dem Pferd verkauft worden? Nicht? Die Spanier hatten ihren eigenen? Dann steht er noch auf dem Hof? Okay, danke.»

«Nuno sagt, der Hänger sei alt, und als er zuletzt auf dem Hof war, stand er noch da.»

«Und jetzt?»

«Jetzt besorge ich uns einen Hund.»

14

Freitag. Morgen früh würde ich in den Norden fahren. Mit João Almeida. Stundenlang mit ihm im Auto sitzen. Mit ihm in einem Hotel übernachten. Er hatte zwei Zimmer in der Altstadt von Chaves gebucht. Von dort aus war es nur eine Dreiviertelstunde bis zum Kloster hinter der spanischen Grenze. Ich würde ihn an meiner Seite haben, wenn ich einsehen musste, dass wir für nichts und wieder nichts einmal längs durch Portugal gefahren waren. Wann immer ich ernsthaft über das nachdachte, was ich vorhatte, zweifelte ich an meinem Verstand. Zweifelsohne sollte ich die Fahrt abblasen. Noch war es früh genug. Aber leider bin ich Anabela Silva. Die Frau mit einer Vernunft, so groß wie Mikroplastik, sobald ihr Bauch etwas anderes sagt als ihr Hirn.

Mãe kam in mein Schlafzimmer, als ich gerade einen kleinen Koffer und eine Auswahl von Kleidungsstücken auf mein Bett gelegt hatte. «Wozu brauchst du denn bei deinem Wochenendseminar so ein schickes Kleid?» Ich musste dringend mal mit ihr über das Thema Privatsphäre reden.

Lange hatte ich mich mit der Frage gequält, wie ich ihr die Reise in den Norden erklären sollte, und sie schließlich auf bewährte Weise gelöst: gar nicht. Obwohl es mir gehörig gegen den Strich ging, meine Mutter dauernd zu belügen. Aber ich wollte sie nun mal nicht beunruhigen und ihr erst von meiner Suche erzählen, wenn es sich nicht mehr vermeiden ließ. Wenn ich wusste, was aus dem Kind geworden war. Also wahrscheinlich nie.

Das Kleid, auf das sie zeigte, war eigentlich nichts Besonderes. Gerade geschnitten, mit einem einfachen schwarzen Oberteil und einem aparten asymmetrischen Blumendruck auf dem Rock. Na gut, der Stoff glänzte seidig. Aber die Spitzenverzierung am V-Ausschnitt war wirklich ganz schmal und dezent. «Das habe ich nur rausgelegt, weil es in die Reinigung muss.»

«Dann nehme ich es mit nach drüben, ich habe auch noch ein paar Sachen für die Reinigung.»

«Nein! Ich meine – nein, nicht nötig, Mãe, ich kümmere mich schon selbst darum. Nächste Woche. Ich bin ja schon groß.»

Sie sah mich an, als offenbarte ich nach mehr als vierzig Jahren plötzlich ein geistiges Defizit. «Was ist denn nur los mit dir, Filha? In letzter Zeit verhältst du dich wirklich seltsam.»

«Ich bin nur ein bisschen angespannt.»

«Wolltest du heute nicht zu einer Ausstellungseröffnung?»

«Ja, ich fahr gleich los, wenn ich hier fertig bin.»

«Ich freue mich, dass du mal rauskommst und was anderes siehst. Immer nur deine alten Eltern und die Lernerei. Dafür bist du viel zu jung. Und wer weiß, vielleicht triffst du dort einen netten …»

«Mãe!»

«Jaja, schon gut.»

Meine Mutter war nicht glücklich über meine Entscheidung, nach Portugal zu ziehen. Den Vorschlag hatte mein Vater gemacht, nicht sie. Ihrer Ansicht nach würde sie auch allein mit meinem demenzkranken Vater zurechtkommen. Aus ihrer Sicht brachte ich mich um eine glänzende Zukunft in Deutschland und – schlimmer – um die Chance, wieder einen gutsituierten deutschen Ehemann zu ergattern. Am liebsten wäre ihr gewesen, ich hätte mich von meinem untreuen Gatten gar nicht erst scheiden lassen. Wie gesagt, wir sind uns nicht besonders ähnlich. Unsere Ansichten schon gar nicht.

«Was ziehst du an?»

«Den Hosenanzug. Und die blaue Bluse.»

«So wird das nie was», hörte ich sie noch murmeln, ehe sie mein Schlafzimmer verließ.

Lächelnd packte ich das schwarze Kleid unten in den Koffer und bedeckte es mit Jeans und Pulli.

Ich war zu früh dran. Um Punkt 17.30 Uhr, dem offiziellen Veranstaltungsbeginn, trat ich durch die Tür der Bibliothek und war der erste Gast. Ich musste über mich selbst lachen. Die deutsche Pünktlichkeit, ja, ja. So schnell wurde ich die wohl nicht los. Portugiesen sind da deutlich entspannter. Ich hatte hier in Alcoutim mal fast eine Stunde auf den Beginn eines Konzertes gewartet. Im Fernsehen wurde ein wichtiges Fußballspiel übertragen, und die Musiker warteten die Spielzeit ab. Als sie schließlich begannen, waren dennoch kaum Leute im

Saal. Die kamen erst, nachdem auch das Elfmeterschießen vorbei war.

Mário, der Künstler und dessen Frau sowie eine Kollegin von Mário waren noch damit beschäftigt, Häppchen nach oben zu tragen. Die Bilder wurden im ersten Stock gezeigt. Ich begrüßte Mário mit Küsschen, nickte den anderen zu und ging hoch, um mir die Ausstellung in Ruhe anzusehen.

Filigrane Naturaufnahmen hinter Glas, die meisten in Schwarz-Weiß. Wassertropfen auf einem Zweig, das zarte Skelett eines verwitterten Blattes im Gegenlicht. Ich ging von Bild zu Bild, nahm mir vor, bei meinem nächsten Spaziergang auch auf die kleinen Schönheiten der Natur zu achten. Und irgendwann mal im Morgengrauen an den Rio Guadiana zu fahren. Lange stand ich vor einem Foto, das den Fluss an einem Herbsttag im ersten Licht zeigte. Aus einem Nebelteppich über dem Wasser schälten sich Bootsrümpfe und Masten. Sie schienen zu schweben. Schön. An der Kopfwand des Raumes aber hing ein einzelnes Foto, das mich schaudern ließ. Vor einem düsteren, blaugrauen Himmel mit bizarr geformten Wolkenfetzen streckte ein Baum einige wenige Äste aus, schwarz und kahl. Was für ein bedrückendes Bild. Ich wandte mich ab.

Inzwischen war ich nicht mehr allein, nach und nach kamen Besucher nach oben, schlenderten durch die Ausstellung, bedienten sich an dem Tisch mit Häppchen und Wein. Neben der Wand mit dem düsteren Bild führte eine zweite Treppe nach unten in den Lesesaal. Ich ging hinunter.

Hier in diesem Raum war ich vor gar nicht langer Zeit im wahrsten Sinne des Wortes mit Mário zusammengestoßen, als mir ein Stapel Bücher aus den Armen gefallen war. Damals hatte ich nach Informationen über die 40er Jahre gesucht. Jetzt ging ich wieder an den Regalen entlang, suchte nach Titeln über die Geheimpolizei Salazars und ihre Opfer. Tatsächlich fand ich ein Buch mit dem Titel *PIDE A História Da Repressão*. Während ich über mir immer mehr Schritte hörte, blätterte ich darin, fand aber nichts über die Kinder der Regimegegner. Auch im Inhaltsverzeichnis gab es keinen Verweis zu dem Thema.

«Anabela. Wieder auf den Spuren des unrühmlichen Teiles unserer Vergangenheit?» Ich hatte Mário nicht kommen hören. Wir sahen uns an, lächelten beide, hatten wohl die gleiche Erinnerung im Kopf. Ich jedenfalls wusste noch genau, wie sehr mir seine kaffeebraunen Augen hinter der Hornbrille und sein Grübchen in der linken Wange gefallen hatten. Es verging ein langer Moment.

«Ja, tatsächlich. Musst du gleich wieder nach oben, oder hast du eine Minute? Vielleicht kannst du mir helfen.»

«Worum geht's?» Sein Ton war entspannt.

«Ich habe kürzlich eine Sendung über Francos gestohlene Kinder gesehen. Sagt dir das was?»

«Sicher.»

«Weißt du, ob es so etwas auch in Portugal gegeben hat? Also Zwangsadoptionen der Kinder von Regimegegnern?»

«Jedenfalls nicht so organisiert wie in Spanien, das wäre längst bekannt.»

So hatte auch Almeida argumentiert, und so war es wahrscheinlich auch.

«Du meinst, Einzelfälle könnte es gegeben haben?»

«Nicht auszuschließen. Warum willst du das wissen? Was willst du diesmal ausgraben?»

«Nichts. Es interessiert mich einfach. Was da in Spanien passiert ist, geht mir nicht mehr aus dem Kopf, seit ich vor ein paar Tagen eine Dokumentation darüber gesehen habe. Diese Grausamkeit lässt mich nicht los.»

Er nickte. «Wenigstens das hat Salazar wohl nicht auf sein Schuldkonto geladen.»

«Was ist denn in Portugal mit den Kindern derjenigen passiert, deren Eltern verhaftet wurden?»

«Soweit ich weiß, blieben die bei den Familien, Onkel, Tanten, Großeltern.»

Eine Frauenstimme unterbrach uns. «Mário, kommst du? Wir wollen anfangen.» Wir sahen nach oben. Seine Kollegin beugte sich über das Treppengeländer.

«Komme!» Zu mir sagte er: «Ich schaue mal, was ich rausfinden kann.»

Ich schätzte die Zahl der inzwischen eingetroffenen Besucher auf knapp vierzig. Der kleine Raum war gut gefüllt. Catarina und Júlio standen in der Nähe der vorderen Treppe. Catarina winkte mir zu, schenkte mir ein kirschrotes Lächeln. Ich winkte zurück und sah nicht weit von ihr auch die schöne Mónica.

«Ruhe bitte!» Mários Kollegin begann mit der Vorstellung des Künstlers. Zwanzig Minuten später war der offizielle Teil der Vernissage vorbei, der Applaus verklungen, abgelöst von Gläserklirren und Geplauder.

«Anabela! Schön, Sie wiederzusehen.» Mónica sprach mich an, als ich zum zweiten Mal vor dem einen Bild stand, dessen Wirkung ich als bedrückend empfand und das mich dennoch anzog.

«So düster, dass man Gänsehaut bekommt», sagte sie.

«Ja, genauso geht es mir auch.»

«Wie ein Galgenbaum.»

«Das ist eine ziemlich gruselige Assoziation.» Ich lachte leise, nicht ahnend, was kommen würde.

«Ich habe vor kurzem erfahren, dass ein Freund meines Vaters versucht hat, sich zu erhängen. Wahrscheinlich deshalb.»

Oh. Ich wusste nicht, was ich darauf sagen sollte. Am besten erst mal nichts.

«Entschuldigen Sie bitte, was erzähle ich Ihnen davon, noch dazu hier. Kommen Sie, lassen Sie uns einen Wein trinken.»

Wir bahnten uns den Weg durch die Menge.

«Hat der Freund Ihres Vaters überlebt?»

«Ja, knapp. Seine Frau hat ihn rechtzeitig gefunden. Jetzt ist er in der Psychiatrie. Aber bitte, lassen Sie uns von etwas anderem sprechen. Was macht die Arbeit im Tierheim?»

Ich erzählte ihr von der Beißerei der Hunde und dem schnellen Ende meiner Mitarbeit vor Ort.

«Ich hab mich überschätzt, fürchte ich. Aber ich werde den Verein auf anderem Weg weiter unterstützen.»

Ehe wir das Thema vertiefen konnten, stießen Mário,

Catarina und Júlio zu uns, und das Gespräch wandte sich der Ausstellung und künftigen Veranstaltungen in der Bibliothek zu. Gut so.

Auch später, als wir alle zusammen noch auf ein Glas in die nächste Bar gingen, drehten sich die Gespräche um alles Mögliche, nur nicht um Selbstmörder, gestohlene Kinder und Tiere. Wir lachten viel. Und erst als ich zu Hause in meinem Bett lag, merkte ich, wie gut mir dieses Lachen getan hatte. Wie sehr ich es genossen hatte, mal wieder nur zum Vergnügen unter Leuten zu sein. Bald, schwor ich mir, bald lasse ich alle trüben Themen hinter mir und werde öfter ausgehen. So oder so.

Meine Gedanken wanderten zu Mário und Mónica. Waren sie nun ein Paar oder nicht? Heute hatte ich kein Händestreicheln oder andere Gesten der Verliebtheit bemerkt. Das kann dir doch egal sein, Anabela. Du fährst in ein paar Stunden mit Almeida in den Norden. Besser, du siehst zu, dass du ein bisschen Schlaf kriegst. Kurz bevor mir die Augen zufielen, musste ich plötzlich noch mal an das Bild vom Galgenbaum denken. Und an den verhinderten Selbstmörder in der Psychiatrie. Irgendetwas klingelte bei mir. Aber ehe ich darauf kam, war ich eingeschlafen.

15

Um kurz vor sieben stellte ich meinen Twingo neben der Bushaltestelle in Santa Marta an der Landstraße ab und hob mein Rollköfferchen aus dem Kofferraum. Almeida wollte mich hier aufsammeln. Die Bushaltestelle in Balurcos de Baixo, näher an meinem Dorf, war mir zu riskant erschienen. Ich wollte nicht, dass irgendein Nachbar womöglich meiner Mutter erzählte, ich sei zu einem Mann ins Auto gestiegen.

Vor uns lagen etwa acht Stunden Fahrt. Über Land. Darauf hatte ich bestanden. Schlimm genug, dass Almeida behauptete, er habe schon lange mal wieder in den Norden gewollt, und weder die Benzin- noch die Hotelkosten teilen wollte. Ich dürfe das auch gern als Ausgleich für meine Zeit und meine Kosten während meiner Recherche verstehen, hatte er gesagt. Ihn auch noch die teuren Autobahngebühren bezahlen zu lassen, kam nun wirklich nicht in Frage. Davon abgesehen: Wenn wir auf Landstraßen fuhren, würden wir zwar länger brauchen. Aber auch mehr sehen. Wer wusste schon, wann ich das nächste Mal die Gelegenheit bekam, das Land, in dem ich leben wollte und von dem ich nur einen kleinen Teil des Südens kannte, besser kennenzulernen? Also.

Wo blieb er denn? Langsam bekam ich kalte Füße. Nein, nicht bildlich gesprochen. Zwanzig Minuten später tauchte sein schwarzer Audi endlich auf. Ich verkniff mir jede Bemerkung über die Verspätung. João Almeida stieg aus, in Jeans, weißem Leinenhemd und dunkelbrauner Lederjacke.

«Bom dia, Anabela. Como está?»

Almeida ohne Anzug. Für einen Augenblick verschlug es mir die Sprache, und ich vergaß meine kalten Füße.

«Bom dia. Estou bem, obrigada.»

Natürlich sagte ich, es gehe mir gut. Was hätte ich sonst sagen sollen, ohne unhöflich zu sein?

Er nahm meinen kleinen Koffer, verstaute ihn im Kofferraum und hielt mir die Beifahrertür auf. Als er am Steuer saß, drückte er einen Knopf in der Mittelkonsole, der Motor startete mit einem satten Brummen, und links vor mir fuhr ein Bildschirm aus den Tiefen der Verkleidung. Fast hätte ich gekichert, so groß war der Gegensatz zu meinem altersschwachen Auto.

«Sieht aus, als hätten wir Glück mit dem Wetter», sagte Almeida. Zwar waren Regenschauer vorausgesagt, aber bisher zeigte sich am Himmel kaum eine Wolke.

«Warten wir's ab.» Damit war für die nächste halbe Stunde alles gesagt. Mir war es recht, morgens bin ich nie sehr gesprächig. Und ich hatte genug damit zu tun, mich an das merkwürdige Gefühl zu gewöhnen, neben dem privaten João Almeida zu sitzen. Er wirkte so anders. So … ja, fast schon jungenhaft. Ein großer Junge mit dunkler Brille und Silberhaar. Mein Gott, Anabela, was denkst du schon wieder für einen Unsinn. Vielleicht war es auch die ungewohnte Nähe zu ihm in diesem Auto, diese … nein, Intimität wäre zu viel gesagt. Aber eben sehr nah, so persönlich. Der privateste Moment, den ich bisher mit ihm erlebt hatte.

Kurz hinter Mértola, der ersten kleinen Stadt, die wir im Alentejo passierten, räusperte sich Almeida. Ich sah zu ihm hinüber, er hielt den Blick starr auf die Straße gerichtet.

«Haben Sie gestern TVI gesehen?»

«Nein, ich war bei einer Ausstellungseröffnung. Wieso fragen Sie?»

«Gegen die Tierschutzorganisation IRA wird wegen Terrorismusverdachts ermittelt. TVI hat eine Reportage gebracht. Harte Bilder, das muss ich schon sagen.»

Vergiss das mit dem Privaten, Anabela, dachte ich mit einem Anflug von Enttäuschung. Jeans oder nicht, er ist immer noch derselbe distanzierte Mann. Und wenn du ein privates Gespräch möchtest, dann führe es gefälligst, statt stumm wie ein Stock dazusitzen und zu warten, dass er anfängt. Seit wann bist du schüchtern? Leider immer schon, wenn es um Männer geht. Mein Ex Justus war in der Zeit unseres Kennenlernens an dieser Schüchternheit fast verzweifelt. Lange her. Der Inspektor an meiner Seite redete weiter.

«Angeblich gehört auch eine Abgeordnete der PAN zur IRA. Die stehen jetzt mächtig unter Druck.»

Die PAN, Abkürzung für Pessoas-Animais-Natureza, übersetzt die Natur-, Menschen- und Tierschutzpartei, war erst seit relativ kurzer Zeit im portugiesischen Parlament vertreten und hatte das neue Tierschutzgesetz durchgesetzt, demzufolge Haustiere in Portugal keine Sache mehr waren. Ich hatte während meiner Recherche über die IRA von der PAN gelesen.

«Aber wieso Terrorismus?»

«Auch wenn man bei dem Wort automatisch zuerst an al-Qaida oder den IS denkt – erst einmal heißt Terrorismus nichts anderes als kriminelle Gewaltaktionen gegen Menschen oder Sachen, um ein Ziel zu erreichen, zum Beispiel ein ideologisches. Terror als Druckmittel. Und wenn ich an die Bilder denke, die ich gestern gesehen habe, dann passt das Wort Terror schon ganz gut.»

Ich dachte an meine eigene Reaktion auf die maskierten Männer bei Facebook. Die war ähnlich gewesen.

«Sagen Sie mir das wegen Liv Steen?»

«Ich dachte, es würde Sie interessieren, weil Sie mir kürzlich von der IRA erzählt haben.»

«Aber für die Ermittlungen spielt es keine Rolle?»

«Im Moment nicht. Musik?»

Ohne auf meine Antwort zu warten, drehte er an einem Rad in der Mittelkonsole, und auf dem Bildschirm erschienen Namen und Musiktitel. Almeida scrollte durch die Liste, zu schnell, als dass ich die Namen von Interpreten oder Titeln hätte lesen können. Schließlich stand *Café Atlantico* auf dem Display.

«Mögen Sie Musik von den Kapverden? Cesaria Evora?»

«Habe ich lange nicht gehört. Ja, gerne.»

Kurz darauf drang die tiefe, samtige Stimme der Sängerin aus den Lautsprechern. Ich überlegte, was diese Musikauswahl über ihn aussagte. Nicht viel. Er unterbrach meinen Gedanken.

«Welche Ausstellung haben Sie gesehen?»

Während ich erzählte, kam mir das Bild vom Galgenbaum wieder in den Sinn. Und plötzlich wusste ich auch, was gestern in meinem Kopf geklingelt hatte. Psychiatrie. Natürlich. Der Mann von Renate Cabral, der versucht hatte, sich umzubringen. Ich hatte sie noch immer nicht erreicht. Um ehrlich zu sein, hatte ich es nicht einmal mehr versucht. Nächste Woche vielleicht.

«Haben Sie eigentlich mit dem Pferdepfleger gesprochen, mit Nuno? Was hat er Ihnen über den Liebhaber erzählt?»

«Über den Liebhaber haben wir nicht geredet.»

«Was?! Aber der könnte doch ein Motiv haben, die Frau umzubringen.»

«Sagen wir, die Ermittlungen gehen in eine andere Richtung.»

«In welche denn?»

«Mehr werde ich dazu nicht sagen.»

Den Ton kannte ich schon. Nachhaken zwecklos. Während wir schwiegen, sang Cesaria Evora fröhlich vom Karneval. Außer dem Wort Karneval verstand ich allerdings kaum etwas. Portugiesisches Kreol gehört nicht zu meinem Sprachschatz. Almeida fuhr schnell, deutlich über dem Tempolimit von neunzig Stundenkilometern. Die weiten Ebenen des Alentejo flogen an uns vorbei, Weizenfelder, Korkeichen- und Olivenhaine. Unter vielen Olivenbäumen waren große grüne Planen oder Netze ausgebreitet, Männer und Frauen mit langen Stöcken schlugen die Früchte aus den Bäumen. Auf größeren Plantagen waren Maschinen im Einsatz, die die Oliven in Fangnetze rüttelten. Das sah ich zum ersten Mal. Und immer wieder mal fluchte mein Fahrer, weil er von einem mit Holz beladenen Lastwagen ausgebremst wurde.

Kurz vor Beja, wir waren vielleicht eine Stunde unterwegs und Almeida hatte inzwischen zu einem Radioprogramm mit internationaler Popmusik gewechselt, fragte er: «Wussten Sie, dass einige der schönsten Liebesbriefe der Literaturgeschichte von einer Nonne in Beja geschrieben wurden?»

«Tatsächlich?»

Er erzählte mir die rührende Geschichte der Ordensschwester Mariana Alcoforado, die sich im siebzehnten Jahrhundert auf den ersten Blick in einen in Beja stationierten französischen Offizier verliebt und sich ihm hingegeben hatte. Bis der Offizier nach Frankreich verschwand und seine Nonne vergaß. Sie dagegen schrieb ihm ergreifende Briefe, die er, wenn überhaupt, nur flüchtig beantwortete.

«Diese sogenannten portugiesischen Briefe sind später in mehrere Sprachen übersetzt worden», schloss Almeida.

«Haben Sie sie gelesen?» Ich musste einfach fragen.

«Vor vielen Jahren», sagte er und lief tatsächlich leicht rot an.

«Als Sie gerade selbst verliebt waren?» Lass das, Anabela.

«In der Uni. Ich habe mit Literatur angefangen und dann zu Jura gewechselt.»

«Ungewöhnlich.»

Er ging nicht darauf ein, sondern schwieg wieder.

«Und die Nonne?», fragte ich schließlich. «Musste sie ihren Orden in Sack und Asche verlassen?»

«Nein. Tatsächlich wurde ihr verziehen. Sie starb im Alter von dreiundachtzig Jahren als Äbtissin.»

«Die katholische Kirche scheint ja damals schon groß im Verzeihen von Sünden gewesen zu sein – in den eigenen Reihen, wohlgemerkt.»

Eigentlich hatte ich mir vorgenommen, während der Fahrt nicht mit ihm über den Grund unserer Reise zu sprechen. Oder allzu intensiv darüber nachzudenken. Ich wollte nicht die Bilder der eingefrorenen Babys vor Augen haben, wenn ich mit Schwester Gracia del Espírito Santo sprach, wollte so unvoreingenommen wie möglich in das Gespräch gehen. Jetzt, ausgerechnet ausgelöst durch die Geschichte einer liebeskranken Nonne, kam der ganze Groll hoch, den ich empfand.

«Ich kann einfach nicht begreifen, dass die spanische Kirche bis zum heutigen Tag mauert, anstatt den betroffenen Menschen zu helfen. Dass die allen Ernstes immer noch sagen, die Nonnen hätten nur Gutes getan. Und der Staat und die Justiz mauern offenbar mit. Wussten Sie, dass in den letzten Jahren 175 Nonnen angezeigt wurden und nicht eine vor Gericht gestanden hat?»

«Die Kirche hat in Spanien bis heute enormen Einfluss», sagte Almeida. «Das hat unter Franco angefangen, mit dem ‹nacionalcatolicismo›.»

«Salazar war doch auch begeisterter Katholik, soweit ich weiß.»

«Schon. Und die Kirche hat ihn unterstützt, das ist unumstritten. Aber hier gab es die Trennung von Kirche und Staat, Salazar hat die Kirche im Bereich Religion und Erziehung machen lassen, sie aber aus anderen staatlichen Bereichen herausgehalten.» Er hob kurz beide Hände vom Lenkrad. «Aber bitte – ich bin kein Historiker. Sind Sie selbst eigentlich katholisch?»

«Nicht mehr.» Ich war schon vor Jahren aus der Kirche ausgetreten, zum Entsetzen meiner Familie. «Und Sie?»

«Ich schon.»

Oh. Womöglich war ich in vermintem Gebiet unterwegs.

«Lassen Sie uns lieber über etwas anderes reden. Warum haben Sie der Literatur den Rücken gekehrt?»

«So würde ich das nicht sagen. Nur dem Studium.»

«Und warum?»

Er zögerte. Meine Phantasie fing an, eine weitere tragische Liebesgeschichte zu produzieren, zeigte mir einen jungen João Almeida in unerfüllter Liebe zu …

«Zum einen musste ich feststellen, dass ich Literatur sehr viel lieber lese als seziere. Ich konnte einfach nicht viel anfangen mit dem, was im Literaturstudium gelehrt wurde, diese ganzen Interpretationen, das war nichts für mich. Zu wenig konkret und faktisch. Und dann gab es da Anfang der 90er Jahre einen Serienmörder in Lissabon. Den *Ripper* hat ihn die Presse genannt, weil auch er Prostituierte umgebracht hat. Das hat mich fasziniert, ich habe alles darüber gelesen. Später auch über andere Mörder. Und dann hat sich die Idee festgesetzt, Jura zu studieren und dann zur Kripo zu gehen. Der Ripper von Lissabon wurde übrigens nie gefasst. Und Sie? Wieso sind Sie Journalistin geworden?»

Mit jedem Kilometer, den wir zurücklegten, fühlte ich mich entspannter, war mir der Mann an meiner Seite weniger fremd. Mal redeten, mal schwiegen wir und hörten den wechselnden Radioprogrammen zu. Als wir durch Évora kamen, verrenkte ich mir den Hals, um einen Blick auf die «Perle des Alentejo» zu werfen, die ich noch nie gesehen hatte. Mein Exmann und ich hatten während unserer wenigen gemeinsamen Portugalbesuche immer hinfahren wollen, aber irgendwie war stets etwas dazwischengekommen. Auch jetzt sah ich natürlich nichts vom historischen Zentrum, nur die altehrwürdigen Gebäude, in denen die Universität untergebracht war und an denen die Nationalstraße vorbeiführte.

«Warum seufzen Sie?»

«Ich kenne so wenig von Portugal. In Évora war ich auch noch nie.»

«Und Monsaraz? Der Alqueva-Stausee?»

«Nein.»

«Das sollten Sie aber dringend nachholen.»

«Ich weiß.» Und ich wusste auch, dass das nicht so bald passieren würde. Obwohl – vielleicht sollte ich mit meinen Eltern herfahren. Wieder einmal fiel mir auf, wie wenig ich meinem Vater noch zutraute, obwohl er nur langsam sein Gedächtnis verlor und noch nicht gebrechlich war. Ich musste aufhören, ihn in Gedanken zu einem Schwerstbehinderten zu machen. Das war weder fair noch berechtigt.

«Wie lange werden wir bis Chaves noch brauchen?»

«Gut vier Stunden. Aber nur wenn Sie mir erlauben, die Autobahn zu nehmen.»

Ich gab nach.

«Eduardo und seine Frau rechnen gegen sieben mit mir. Oder mit uns. Das liegt bei Ihnen. Ich würde mich freuen, wenn Sie mitkämen.»

«Ich weiß nicht … ich kenne die Leute doch gar nicht.»

«Na und? Sie werden sie mögen.»

«Ich wollte mich heute Abend eigentlich auf das Gespräch morgen vorbereiten.»

Ja klar, Anabela, deshalb hast du auch dein Kleid eingepackt.

«Ich bewundere Ihre Zuversicht.»

«Sie halten mich für verrückt.»

«Warum wollen Sie dieses Kind unbedingt finden, Anabela?»

«Ich würde gern irgendwo einen Kaffee trinken.»

Je weiter nach Norden wir kamen, desto trüber wurde das Wetter. Almeida drehte die Heizung hoch und stellte die Sitzheizung an. «Also gut», sagte ich nach einer kurzen Pause an einer Raststätte, «ich komme mit zu Ihren Freunden.»

Chaves erreichten wir im Dunkeln.

«Ich habe uns Zimmer in einem kleinen Hotel im historischen Zentrum gebucht. Nichts Besonderes, aber ich glaube, die Lage wird Ihnen gefallen», sagte Almeida und ließ sich vom Navi durch die Stadt leiten. Straßenlaternen warfen honiggelbes Licht auf Häuser, die rein gar nichts mit meinen Vorstellungen von Trás-os-Montes zu tun hatten. In den Erzählungen meiner Familie eine unwirtliche, fast lebensfeindliche Gegend. Was ich sah, war eine hübsche kleine Stadt mit bunt gestrichenen Häusern. Über unseren Köpfen ragten Holzbalkone in die Gasse. Aber meine Verwandten hatten ja auch in einem kleinen Bergdorf gewohnt, nicht hier.

«Wir müssen ein paar Meter laufen, direkt am Hotel gibt es keinen Parkplatz.»

Wir checkten ein und gingen auf unsere Zimmer. Meins war ziemlich klein, hatte Wände aus hellem Naturstein und ein breites Eisenbett, ganz ähnlich dem, das ich von meinen Großeltern geerbt hatte. Klein war auch das Bad, aber modern und blitzblank. Ich hatte kaum mein Kleid angezogen, die Haare hochgesteckt und Lipgloss aufgetragen, als Almeida auch schon klopfte. «Moment.» Ein Blick in den Spiegel. Noch immer kein Model, aber präsentabel. Ich schlüpfte in flache Pumps und zog meinen Mantel über. Almeida trug jetzt einen Pullover unter der offenen Lederjacke.

Draußen, in der schmalen Gasse vor dem Hotel, schloss er die Jacke und bot mir den Arm. «Das Pflaster ist glitschig.»

Nach kurzem Zögern hakte ich mich bei ihm ein und gab mich einen Moment lang der Illusion hin, tatsächlich mit dem attraktiven Mann an meiner Seite einen abendlichen Urlaubsspaziergang zu machen – wenn auch im Nieselregen.

Er hatte recht gehabt. Eduardo und Helena waren angenehme Menschen und entspannte Gastgeber. Sie wohnten in einem kleinen Ort ein paar Kilometer entfernt. Ich schätzte die beiden auf Mitte vierzig. Ihr Sohn studierte Umwelttechnologie in Viseu, wie sie mit großem Stolz erzählten. Vor allem Eduardo erzählte gern, Helena war eher ruhig. Ich selbst sagte nicht viel an diesem Abend, hörte den anderen zu, die so vertraut miteinander waren. Und beobachtete im Stillen eine Version João Almeidas, die ich noch nicht kannte: plaudernd, lachend, total entspannt. Manchmal spürte ich seinen Blick auf mir. Es schien, als wolle er sich vergewissern, dass ich mich wohl fühlte. Und das tat ich. Nicht eine Minute dachte ich in dieser Runde daran, warum ich überhaupt hier war. Gegen zehn sah Almeida auf seine Armbanduhr. «Seid mir nicht böse, aber ich bin seit fünf Uhr auf den Beinen, und es war eine lange Fahrt.»

Die Bewölkung war aufgerissen und der Nachthimmel sternenklar, als wir, wieder in Chaves, vom Parkplatz zum Hotel liefen. «Es sind nur ein paar Minuten von hier bis zur römischen Brücke, was meinen Sie?»

«Nach dem üppigen Essen, das ihre Freunde aufgetischt haben, können ein paar Schritte nicht schaden.»

«Oder doch lieber noch einen Kaffee in der Hotelbar?»

«Na, wenn Sie so fragen …»

Minuten später duftete der Espresso in der Tasse vor mir, und in einem großen Schwenker leuchtete bernsteinfarben ein Fim de Século, der beste Brandy, den die kleine Bar zu bieten hatte. Almeida hatte sich für einen Aguardente São Domingos entschieden, einen klaren Schnaps aus der Region Bairrada.

Wir stießen an.

«Das war ein schöner Abend, João, danke.»

«Ja, es ist schade, dass ich die beiden so selten sehe.» Dann verfiel er in Schweigen. Die entspannt plaudernde Version seiner selbst war anscheinend auf der kurzen Strecke in die Stadt verlorengegangen. Ich fragte mich, ob es an mir lag. Oder vielleicht an den beiden einzigen anderen Gästen in der Bar. Es war ein junges Paar, das sich verliebt in die Augen sah und kaum die Finger voneinander lassen konnte. Das Knistern zwischen den beiden schien den ganzen Raum aufzuladen.

Almeida und ich saßen derweil verlegen und wortlos nebeneinander auf unseren Barhockern, schauten auf die Batterie der Flaschen im Regal hinter dem Tresen und nippten an unseren Gläsern. Sag was, Anabela. Irgendetwas Leichtes, Unverfängliches wird dir doch wohl einfallen.

«Sind Sie eigentlich fest liiert?»

Die Frage war ohne Umweg aus meinem Kopf direkt auf die Zunge geraten. Ich war selbst erschrocken, als sie so plötzlich in der Luft hing, und fühlte, wie mir das Blut ins Gesicht stieg. Großartig, Bela, ganz großartig. Unverfänglicher geht's wirklich kaum. Wahrscheinlich war der Brandy schuld – in unseliger Verbindung mit den drei Gläsern Wein, die ich bei Eduardo und Helena getrunken hatte.

Almeida – warum dachte ich eigentlich nie als João an ihn? – drehte mir den Kopf zu und sah mir ins Gesicht. Natürlich mit diesem Minilächeln. Doch diesmal blieb es wirklich nur in den Mundwinkeln, sein Blick war ernst.

«Nein. Bin ich nicht.»

Warum zum Teufel war ich kein Mann? Als Mann hätte ich jetzt fragen können: Wie kann das sein … eine so attraktive Frau wie Sie? Aber was sagt man als Frau an so einer Stelle?

«Single aus Überzeugung oder gebranntes Kind?», brachte ich schließlich über die Lippen.

Er dachte kurz nach. «Ich würde sagen, eine Kombination aus beidem. Und Sie?»

«Ich bin seit ein paar Monaten geschieden.»

Und wieder: Schweigen. Entweder konnte Almeida noch schlechter flirten als ich oder – er wollte nicht. Mochte mich nicht. Fand mein Kleid hässlich. Mich hässlich. Wie gesagt, der Brandy und der Wein. Hast du eigentlich zugehört, Bela Silva? Er ist Single aus Überzeugung. Enttäuschung rauschte mit dem Alkohol durch meine Blutgefäße.

Ich trank mein Glas aus. «Ich gehe dann mal auf mein Zimmer. Morgen früh möchte ich ausgeruht sein.»

«Ja, natürlich.»

Zusammen gingen wir den Flur entlang, an dem unsere Zimmer lagen. Vor meiner Tür blieben wir kurz stehen. «Ja dann», sagte ich, «gute Nacht.»

«Anabela?»

«Ja?»

«Ach, nichts. Schlafen Sie gut.»

Ich steckte die Magnetkarte in den Schlitz an der Tür, wartete auf das leise Summen, das kleine Klicken, das grüne Licht. Drückte die Tür endlich einen Spalt weit auf und sah Almeidas breitem Rücken nach, bis auch er bei seinem Zimmer drei Türen weiter angekommen war.

Er drehte sich noch einmal zu mir um, sah mich an. Was war das für ein Blick? Ein trauriger? Unglücklicher? Zweifelnder? Wahrscheinlich einfach nur ein müder.

Ich seufzte und ging mich abschminken.

16

Anabela war nicht zum Frühstück gekommen. João Almeida saß allein in dem großen, kahlen Raum mit dem bescheiden bestückten Buffet und schalt sich zum soundsovielten Mal einen Idioten. Las noch einmal die Nachricht, die sie ihm vor ein paar Minuten geschickt hatte. Guten Morgen. Ich bin um neun Uhr am Empfang. Anabela Silva. Das Kloster wurde um zehn für Besucher geöffnet. War sie zu angespannt, um zu frühstücken?

Mach dir bloß nichts vor, João. Das leere Kaffeegedeck ihm gegenüber wirkte wie eine Anklage. Du hast dich gestern Abend wie ein Idiot benommen. Hast neben ihr gesessen wie ein Stein. Dich an deinem Glas festgehalten, nur um nicht in ihr Dekolleté zu starren. Dieses von zarter schwarzer Spitze gerahmte, großartige Dekolleté, in dem an einer feinen Goldkette ein roter Anhänger in Tropfenform hing und ihn schier wahnsinnig zu machen drohte. Jeder Vierzehnjährige war souveräner.

Warum also sollte sie mit einem Mann frühstücken wollen, den sie für kalt und teilnahmslos halten musste? Er hatte sie nicht einmal gefragt, wie sie sich vor dem für sie so wichtigen Besuch im Kloster fühlte. War mal wieder ganz mit sich beschäftigt gewesen. Damit, sich von der Gefahrenzone namens Anabela Silva fernzuhalten. Er hatte sie gekränkt. Und das war nun wirklich das Letzte, was er wollte. Der Kaffee schwappte über, als er die Tasse zurück auf die Untertasse knallte.

«Ist etwas nicht in Ordnung?»

Almeida erschrak, als die Hotelangestellte plötzlich neben ihm stand, ein besorgtes Lächeln im runden Gesicht. Es war dieselbe, bei der sie am Vorabend eingecheckt hatten und die ihn an seine Mutter in ihren mittleren Jahren erinnert hatte.

«Nein, nein, alles in Ordnung, danke.» Er hatte weder den Scheibenkäse noch die leicht wellige Wurst angerührt, die in der Buffet-Vitrine gestapelt waren. Der Kaffee war scheußlich, wahrscheinlich so ein Instantpulver.

Er sah auf die Uhr. Zeit, seine Sachen aus dem Zimmer zu holen und Anabela zu treffen.

Sie begrüßte ihn an der Rezeption mit einem «Bom dia» und leicht geröteten Augen im ernsten Gesicht. «Können wir?»

Almeida nahm die Quittung in Empfang.

«Ja, alles geregelt.»

Im Auto bekam er endlich den Mund auf.

«Haben Sie schlafen können?»

«Nicht sehr viel.»

«Nervös?»

«Etwas.»

«Anabela, wegen gestern – entschuldigen Sie bitte, wenn ich etwas wortkarg war.»

«Sie waren hundemüde, genau wie ich. Da gibt es nichts zu entschuldigen.»

Kurz hinter dem Örtchen Vila Verde da Raia fuhren sie über die Grenze. Alte, graue Zollhäuser beiderseits der schmalen Straße zeugten von den Zeiten vor dem Schengener Abkommen. Jetzt waren die Fensterscheiben mit Pappe verklebt, die Gebäude wirkten marode. Ein Blechdach verband das portugiesische mit dem spanischen. Almeida konnte sich noch daran erinnern, wie er hier als junger Mann über die Grenze gekommen war und die Zöllner seinen R4 komplett auseinandergenommen hatten, während heftiger Regen auf das Blech trommelte. Verdammt lange her.

Er wollte schon Anabela davon erzählen, aber ein Blick zu ihr reichte, um den Gedanken fallenzulassen. Sie starrte vor sich hin, drehte ihren hellgrauen Schal zwischen den Händen, bis er zu einer festen Rolle geworden war.

Almeida sah auf den Bildschirm des Navis.

«Wir sind in einer Viertelstunde da. Möchten Sie, dass ich Sie ins Kloster begleite?»

«Nein.»

«Sind Sie sicher?»

Sie antwortete nicht, zog nur den Schal wieder auseinander.

Die Klosteranlage wirkte von außen unscheinbar. Über einer hohen Trockenbau-Mauer waren im Vorbeifahren neben roten Ziegeldächern ein Glockenturm und ein kleines steinernes Kreuz zu sehen. Ein weiteres Steinkreuz zierte gemeinsam mit zwei kleinen Skulpturen und einem Wappen einen in die Mauer eingelassenen Torbogen.

Kurz vor dem Torbogen bog Almeida auf einen unbefestigten Parkplatz ein, auf dem bereits mehrere Wagen mit spanischen Kennzeichen standen. Sie waren an diesem Sonntag offensichtlich nicht die einzigen Besucher. Das Motorgeräusch seines Wagens erstarb. Anabela rührte sich nicht. Wieder schaute er zu ihr hinüber, sah, wie sie sich in ihrem Sitz straffte und schließlich den Gurt löste, hörte sie leise etwas auf Deutsch sagen. Dann stieg sie aus. Er tat es ihr nach und ging mit ihr gemeinsam zum Eingang.

«João, ich möchte wirklich …»

«Ich sehe mir nur die Anlage an, von außen, keine Sorge.»

Kaum dass sie durch den Torbogen gegangen waren, sah das Kloster schon beeindruckender aus. Ein Weg aus Steinplatten führte inmitten einer Rasenfläche in gerader Linie auf ein langgezogenes zweistöckiges Gebäude aus hellen Granitquadern zu. In rechten Winkeln schlossen sich rechts ein schlichterer Bau mit einer breiten Treppe und links die Klosterkirche an. In der Mitte des Hauptgebäudes stand eine imposante Holztür offen. Davor wartete eine Gruppe von Menschen. Almeida zählte zehn Personen. Zwei weitere Männer fotografierten die halbrunde Apsis der Kirche mit ihren schmalen, ovalen Fenstern unter steinernen Ornamenten.

Anabela ging auf die Gruppe zu, Almeida blieb zurück. Er sah eine junge Frau im Habit mit weißem Schleier aus der Tür treten. Eine ältere Dame in dicker, rosafarbener

Daunenjacke rief mit lauter, kratziger Stimme: «Jorge, Ángel – vengan!» Die Männer ließen ihre Kameras sinken und stießen zur Gruppe. Einen Augenblick später stand Almeida allein auf dem Weg.

«Viel Glück, Anabela», sagte er leise in die Stille. Er hatte keine Ahnung, wie sie es anstellen wollte, die alte Nonne zu finden und zu sprechen. Ein Sonnenstrahl brach durch die tiefhängenden Wolken. Almeida ging zu der Treppe, faltete seinen Wollschal zu einem Kissen und setzte sich auf die Stufen.

Er hatte vielleicht zwanzig Minuten in Gedanken versunken dort gesessen und bekam trotz der Wolle unter sich langsam einen kalten Hintern, als sein Telefon klingelte. Er stand auf und nahm das Gespräch an.

«Olá, Paulo. Was hast du?»

Kurz darauf nickte er vor sich hin. Pinto hatte Nuno Albuquerque gecheckt. Der Mann war sauber, hatte keine Vorstrafen. Und er gehörte nicht zum harten Kern der IRA, gegen den sich die aktuellen Ermittlungen der Lissabonner Kollegen richteten.

«Hab ich mir fast gedacht, ich denke nicht, dass er mit der Geschichte zu tun hat. Was ist mit dem Hund?»

Wieder hörte er zu.

«Bestens. Dann morgen um zehn. Und die andere Sache, um die ich dich gebeten hatte?»

Als er sein Telefon schließlich wieder in die Tasche seiner Lederjacke steckte, blickte er auf die Klostertür, hinter der Anabela verschwunden war, und seufzte. Sie war vergeblich hierhergekommen. Dessen war er sich nun sicher.

17

Ich hatte keinen bestimmten Plan und ließ mich mit der Gruppe treiben, hielt mich im Hintergrund. Vor drei Tagen hatte ich noch einmal im Kloster angerufen. Hatte gefragt, ob Gracia del Espírito Santo Besuch empfange, wenn sie schon nicht telefoniere. Nein, kein Besuch. Zwecklos also, die junge Nonne, die uns zuerst durch einen Kreuzgang und dann in die Kirche führte, nach ihr zu fragen. Aber ich würde sie schon finden, diese verschlossene Nonne. Irgendwie.

Jahreszahlen flogen an meinem Ohr vorbei, Kreuzgang aus dem fünfzehnten Jahrhundert, Kirche und Grab einer Äbtissin aus dem zwölften, alles andere aus dem achtzehnten. Von den anderen Schwestern, die jetzt, im einundzwanzigsten Jahrhundert, hier lebten, sahen und hörten wir nichts. Wo waren die, in welchem der Gebäude lebten sie?

Glücklicherweise war ich nicht die Einzige, die mehr Interesse am aktuellen Klosterleben als am alten Gemäuer hatte. «Und wo wohnen die Schwestern? Können wir die Zellen sehen?», fragte die Frau in der rosafarbenen Daunenjacke. Wir hatten eben die Kirche verlassen und standen wieder im Kreuzgang. Nein, antwortete unsere

Klosterführerin mit sanfter Stimme, die Privaträume und die Gemeinschaftsbereiche der Ordensfrauen seien nicht zu besichtigen.

Alles andere hätte mich auch überrascht.

«Ich zeige Ihnen jetzt noch das Gästehaus, dort können sich Ruhesuchende für eine Auszeit zurückziehen und dann auch am Klosteralltag teilhaben. Und am Ende Ihres Besuches haben Sie die Gelegenheit, unsere selbstbergestellten Süßigkeiten zu erwerben.»

Während sie sprach, beobachtete ich sie genau. Der die Stirn bedeckende Schleier ließ ihr Gesicht klein und ihre Augen sehr groß wirken. Als die Rede von den Zellen war, blickte sie nach oben zu der verglasten Galerie über dem Kreuzgang. Dort also, dachte ich, dort wohnen sie.

Die Gruppe ging weiter, ich ließ mich zurückfallen, blieb schließlich stehen und lief zurück. Wo war die Treppe zur Galerie? Hier draußen jedenfalls nicht. Doch vom Kreuzgang führten mehrere Türen ins Gebäude. Ich wartete ein paar Minuten, aber niemand kam, um zu sehen, wo ich blieb.

Eine Tür nach der anderen. Die vorletzte war offen. Dahinter lag ein kurzer Flur, von dem zwei weitere Türen abgingen. Die rechte brachte mich in einen kleinen mit Blumen geschmückten Raum, in dem sich zwei Kirchenbänke gegenüberstanden. Doch die Bänke waren leer, keine alte Nonne hielt dort Andacht. Ich öffnete die linke Tür und stand in einem Treppenhaus mit ausgetretenen Holzstufen. Na also. Die alten Stufen knarrten bei jedem Schritt.

Oben, in dem langen verglasten Gang, waren weitere

Türen. Keine davon abgeschlossen. Nach und nach steckte ich den Kopf in zehn schlichte Schlafräume, jeder ausgestattet mit einem Einzelbett, Kleiderschrank, Nachttisch, Schreibgelegenheit und einem Christus am Kreuz. Freundliche, helle Räume. Nicht annähernd so ungemütlich, wie ich mir eine Klosterzelle vorgestellt hatte. Auch hier war keine Menschenseele. Nein, es war kein schönes Gefühl, in die Privatsphäre der Schwestern einzudringen. Aber dann erinnerte ich mich daran, warum ich überhaupt hier war, und mein schlechtes Gewissen löste sich auf wie Weihrauch. Eine der alten Türen quietschte laut, ich schrak zusammen. Aber nichts geschah. Weiter, Bela. Du hast nicht ewig Zeit. Ob der jungen Nonne auffallen würde, wenn am Ende der Führung jemand fehlte?

Am Ende der Galerie stieß ich auf den Durchgang zu einem anderen Gebäude und hörte leise Klaviermusik. Der Durchgang öffnete sich in einen weiteren Flur, diesmal groß und quadratisch. Drei Türen, zwei davon offen. Ich ging auf den Raum mir gegenüber zu, aus dem die Musik zu kommen schien. Schaute kurz durch die Tür rechts, sah mehrere Nonnen mit Handarbeiten um einen Tisch sitzen. Sie beachteten mich nicht, schienen mich gar nicht zu bemerken. Vielleicht war Schwester Gracia unter ihnen? Ich zögerte.

«Kann ich Ihnen helfen? Sie befinden sich in der Klausur, im nicht öffentlichen Bereich unseres Hauses.» Die Stimme kam von hinten, der Ton war freundlich, aber auch leicht scharf. Wie Feigensenf. Ich setzte mein bestes Lächeln auf und drehte mich um. Die Frau vor mir trug ein weißes Ordenskleid, einen langen schwarzen Schleier und einen alles andere als freundlichen Ausdruck in den dunklen Augen.

«Ich suche Schwester Gracia del Espírito Santo. Sie erwartet mich.»

«Das glaube ich kaum. Unsere Schwester lebt ausschließlich im Glauben.» Ihr frostiger Blick zuckte kurz zu der dritten Tür. Die Gottesbräute hier sollten mal lernen, wie man seine Augen unter Kontrolle behält, dachte ich und traf meine Entscheidung im Bruchteil einer Sekunde.

«Ja, dann. Entschuldigen Sie bitte.» Ich bedachte sie mit einem weiteren Lächeln, wandte mich um, war mit drei langen Schritten bei besagter Tür und stieß sie auf.

«Na hören Sie mal, so geht das aber nicht!»

Und wie das geht, dachte ich, was willst du denn jetzt tun, werte Nonne, den Sicherheitsdienst rufen? Ich schlug ihr die schwere Tür vor der Nase zu. A fortuna ajuda os atrevidos, sagt man in Portugal, das Glück hilft den Frechen. Und, siehe da, im Schloss der antik wirkenden Tür steckte von innen ein großer Schlüssel. Ich drehte ihn um, ehe die Schwester draußen auch nur ein Mal «lieber Gott» sagen konnte. Mein Herz klopfte wie verrückt. Aber ich war drin.

Kerzenduft, gemischt mit dem typischen Geruch eines sehr alten Menschen, drang mir in die Nase. Gracia del Espírito Santo saß bei zugezogenen Vorhängen im schwachen Schein einer Stehlampe in einem Lehnsessel und hielt einen Rosenkranz in den runzeligen Händen. Die Kerzen standen auf einer hohen Kommode an einer Wand rechts von ihr und beschienen flackernd die Figur einer Madonna mit Kind.

Fragen Sie mich nicht, warum, doch ich hatte nicht den Hauch eines Zweifels, wen ich vor mir hatte. Ich fühlte einfach, dass sie es war. Langsam ging ich auf sie zu. Sie hob den Kopf. Klare zimtbraune Augen musterten mich eher neugierig als verwundert oder gar ängstlich. Ihr Gesicht war erstaunlich glatt für eine fast Neunzigjährige.

«Beatriz Santos?»

«Sprechen Sie bitte lauter.»

Die Stimme war brüchig und ein bisschen zittrig, als würde sie nicht mehr oft sprechen. Aber durchaus klar und verständlich.

Ich wiederholte den Namen.

«So bin ich seit fast sechzig Jahren nicht mehr genannt worden. Wer sind Sie?»

«Mein Name ist Anabela Silva.»

«Was führt Sie zu mir, mein Kind?»

«Ich habe eine Frage an Sie. Es geht um Ihre Schwester. Um Ihre leibliche Schwester, Espirituosa Santos. Die Hebamme.»

«Aber Espirituosa ist schon vor vielen Jahren gestorben.»

«Ja, ich weiß. Darf ich mich setzen?»

Sie nickte, und ich zog mir einen der Stühle heran, die an einem kleinen Tisch in einer Ecke des Raumes standen. An der Tür tönte ein dumpfes Klopfen und Rufen. Ich ignorierte es, und sie schien es nicht zu hören. So nah wie möglich setzte ich mich zu ihr, um in normaler Lautstärke sprechen zu können. «Ihre Schwester hat vor etwa fünfzig Jahren ein Kind entbunden, einen kleinen Jungen. Dieses Kind war unehelich und ist nach der Geburt verschwunden. Und ich versuche herauszufinden, was aus ihm geworden ist.»

«Meine Schwester hat alle Kinder in unserem Dorf auf die Welt geholt.»

«Die Mutter stammte nicht aus dem Dorf. Sie war meine Tante und stammte von der Algarve. Meine Familie hat sie zu Ihrer Schwester geschickt. Nach der Geburt hat sie noch wochenlang bei Espirituosa gelebt. Erinnern Sie sich?»

«Wann soll das gewesen sein?»

«Anfang 1964.»

Ich beobachtete ihre Reaktion. Bildete ich mir das ein, oder bekam ihr Gesicht einen anderen Ausdruck? Verschlossener, abweisender?

«Ich sagte schon: Meine Schwester hat unzählige Kinder geholt, wie soll ich mich da an eins erinnern? Ich kann Ihnen nicht helfen.»

Aber sie sah mir nicht mehr in die Augen.

«Ich glaube Ihnen nicht. Sie wollen mir nicht sagen, was passiert ist. Weil Sie beteiligt waren?»

«Beteiligt? Woran?»

«Hat Ihre Schwester Ihnen das Kind gebracht? Haben Sie es verkauft? Und vielleicht noch andere? Den Klosterschatz ein bisschen aufgefüllt?»

Ich merkte selbst, dass ich den völlig falschen Ton anschlug. Aber in mir brodelte die Empörung über diese Geschichte derart hoch, dass ich einfach nicht anders konnte. Die alte Nonne starrte mich voller Entsetzen an. Doch ich konnte nicht aufhören.

«Inzwischen weiß die ganze Welt Bescheid über den

Kinderhandel, an dem Ihre Kirche beteiligt war! Haben Sie den Jungen selbst verschachert oder nur weitergereicht? An gute Katholiken?»

«Gehen Sie!»

«Nicht, bevor ich eine Antwort habe.»

«Was bilden Sie sich ein? Kommen hierher und reden über Dinge, die Sie nicht verstehen.»

«Also haben Sie gewusst, was vor sich ging!»

«Gar nichts habe ich gewusst. Gehen Sie! Ich will beten. Auch für Sie werde ich beten.»

Sie schloss die Augen und ließ ihre Finger über die Perlen des Rosenkranzes gleiten, begann zu murmeln. *«Ave Maria, cheia de graça, o Senhor é Convosco; bendita sois vós entre as mulheres, e bendito é o Fruto do Vosso ventre, Jesus.»*

Gegrüßet seist du, Maria, voll der Gnade, der Herr ist mit dir; du bist gebenedeit unter den Frauen, und gebenedeit ist die Frucht deines Leibes, Jesus.

Ich saß schwer atmend da und rührte mich nicht. Wusste nicht, was ich tun sollte. Wusste nur, dass ich es verbockt hatte. Dieser verdammte Jähzorn. Wenn es etwas gab, das sie mir hätte sagen können, dann hatte ich mit traumwandlerischer Sicherheit den falschen Weg eingeschlagen, um es zu erfahren.

«Santa Maria, Mãe de Deus, rogai por nós, pecadores, agora e na hora de nossa morte. Amém.» Heilige Maria, Mutter Gottes, bitte für uns Sünder jetzt und in der Stunde unseres Todes.

Seltsamerweise beruhigte mich ihr monotones Gemurmel. Es war, als hörte ich meiner Großmutter zu. Sie hatte mich häufig mit zur Messe genommen, wenn ich als Kind den Sommer in Portugal verbrachte. Irgendwo in einer meiner Kisten musste noch ein Rosenkranz sein, den sie mir damals geschenkt hatte. Neunundfünfzig Perlen aus Rosenquarz und ein silbernes Kreuz. Meine Großmutter, der ich immer vertraut und die ich geliebt hatte – und die zugelassen hatte, dass ihrer Tochter ein Kind genommen wurde. Es hätte ihre Stimme sein können, die das Ave Maria sprach, dieses Gebet um Vergebung der Sünden. Was für ein Hohn, diese Worte ausgerechnet jetzt und hier zu hören. Schwester Gracia betete unablässig und eintönig weiter.

«Ave Maria, cheia de graça …» Plötzlich merkte ich auf. Der Text stimmte nicht. *«Procure a criança no sul, procure-a perto da sua família.»* Was? Da, sie sagte es noch mal. «Suchen Sie das Kind im Süden, suchen Sie es in der Nähe Ihrer Familie.» Dann wieder der normale Text: *«Mãe de Deus, rogai por nós, pecadores, agora e na hora de nossa morte. Amém.»*

Ich musste mich verhört haben. Ich starrte die alte Frau an, die mit geschlossenen Augen weiterbetete, als wäre nichts gewesen und als wäre ich nicht im Raum. «Schwester Gracia, was haben Sie gesagt? Was meinen Sie?»

Sie begann mit einem Vaterunser. Am liebsten hätte ich sie geschüttelt. Aber selbst ich habe meine Grenzen. Während ich noch fassungslos vor ihr saß, wurde ich gewahr, dass sich die Geräusche an der Tür veränderten. Ein Klirren von Metall auf Stein. Der Schlüssel war auf den Boden gefallen. Im nächsten Moment drehte sich ein anderer im Schloss, wurde die Tür aufgestoßen. Sechs Nonnen umflatterten und beschimpften mich, zwei zogen mich an den Ellbogen vom Stuhl und aus dem Zimmer, jagten mich förmlich aus ihrem Kloster. Die große Außentür fiel mit einem Donnern ins Schloss.

«Anabela! Da sind Sie ja endlich. Was ist passiert? Sie sind ja ganz aufgelöst.»

«Ich muss da wieder rein!»

«Nun beruhigen Sie sich erst mal.»

«Sie weiß es! Sie weiß es, verdammt noch mal!»

Ich trommelte mit den Fäusten auf das Holz, bis João Almeida seine Arme um meinen Oberkörper schlang und mich langsam, aber bestimmt, vom Tor wegzog.

«Ich habe nicht den Eindruck, dass Sie hier noch willkommen sind», sagte er sehr ruhig und drehte mich zu sich herum. Unvermittelt fand ich mich in seinem Arm wieder.

Langsam führte er mich zum Ausgang. Ich wehrte mich nicht gegen seine Nähe, im Gegenteil. Ja, bitte, dachte ich, halt mich fest. Seine Wärme fühlte sich wunderbar an. Viel zu schnell erreichten wir den Parkplatz, auf dem einsam sein Wagen stand. Alle anderen Besucher waren inzwischen offenbar gefahren. Gleich würde er in seiner Tasche nach dem Schlüssel greifen. Gleich würde ich wieder allein in der Kälte stehen. Aber noch standen wir zusammen vor dem Auto, noch hielt er mich im Arm.

«João?»

«Hm?»

Ich drehte ihm das Gesicht zu. Wir sahen uns an.

Natürlich war nur meine aufgewühlte Verfassung schuld. Kann gar nicht anders sein. Nie im Leben hätte ich sonst getan, was ich im nächsten Moment tat, ich schwöre. Aber Tatsache ist: Ich legte João Almeida die Arme um den Hals, zog sein Gesicht zu mir herunter und küsste ihn. Einfach so.

18

Es vergingen mehr als zwei Stunden, bis danach die ersten Worte zwischen uns fielen. Nach diesem Kuss, der ungefähr ewig gedauert hatte und mir durch Mark und Bein gegangen war. Von anderen Regionen meines Körpers ganz zu schweigen. Keine Ahnung, wie lange wir noch wie Teenager auf diesem Parkplatz geknutscht hätten, hätten nicht die Glocken der nahen Klosterkirche den Bann gebrochen. Zurück blieben Herzklopfen, Verlegenheit und eine enorme Müdigkeit. Bei mir. Wie João sich fühlte, konnte ich nicht mal erahnen.

Seitdem wir uns voneinander gelöst hatten und ins Auto gestiegen waren, schwieg er. Und dafür war ich ihm dankbar. Ich selbst war viel zu durcheinander, um zu reden. Gleich nach der Grenze fuhr João auf die Autobahn. Es war mir recht. Ich wollte so schnell wie möglich nach Hause, wollte auf meinem Sofa vor dem Ofen sitzen und das Chaos in meinem Inneren ordnen. Irgendwann fielen mir die Augen zu. Als ich sie wieder aufschlug, hatte ich keine Ahnung, wie weit wir inzwischen gekommen waren.

«Wo sind wir?»

«Noch etwa eine halbe Stunde bis Coimbra. Möchten

Sie eine Kaffeepause? Oder darf ich jetzt Du sagen?» Er grinste frech.

Ich lauschte dem Du nach. Hörte sich gut an.

«Ja, darfst du. Und ja, bitte eine Pause.» Ich musste dringend auf die Toilette.

Zum Glück kam gleich darauf ein Schild, das einen Rasthof ankündigte. Im Waschraum zeigte mir der Spiegel geschwollene, gerötete Augen mit dunklen Rändern. Ich spritzte mir kaltes Wasser ins Gesicht und legte ein bisschen Lipgloss auf. Viel half das nicht, aber ich fühlte mich zumindest etwas frischer.

João hatte inzwischen getankt und wartete im Gastraum mit Kaffee und abgepackten Sandwiches.

«Thunfisch oder Ei?»

«Thunfisch bitte.»

Erst jetzt merkte ich, wie hungrig ich war. Das labbrige Sandwich war innerhalb kürzester Zeit Geschichte. João lächelte, als er sah, wie ich das Brot verschlang, wurde dann aber ernst.

«Magst du mir jetzt erzählen, was im Kloster vorgefallen ist? Hast du mit der Nonne gesprochen?»

Nachdem ich ihm eine kurze Version meines Besuches bei Gracia del Espírito Santo geliefert hatte, sah er mich nachdenklich an. «Das ist in der Tat seltsam», sagte er schließlich.

«Sie weiß mehr, als sie sagt, garantiert.»

«Und genauso sicher scheint mir, dass du keine zweite Chance bekommen wirst, mit ihr zu reden.»

«Ich weiß. Die schotten sie ab. Weißt du das von dieser anderen Nonne? Die, die angeblich gestorben ist, kurz bevor ihr Prozess beginnen sollte? Die war zu dem Zeitpunkt wahrscheinlich gar nicht tot, sondern in irgendeinem Kloster versteckt. Dafür gibt es jede Menge Hinweise.»

«Anabela, du verrennst dich. Und ich glaube –», er unterbrach sich und sah mir direkt in die Augen, «ich glaube, das weißt du selbst. Ich denke zwar auch, dass sie wahrscheinlich mehr weiß, als sie dir tatsächlich gesagt hat. Aber nicht über die verlorenen Kinder Spaniens. Sondern über dieses eine Kind, nach dem du suchst. Über deine Familie. Und offensichtlich wollte sie dir helfen.»

«Helfen nennst du das? Die wollte ablenken von sich und ihrem Kloster!»

«Das ist mehr als unwahrscheinlich.»

«Wieso?»

«Weil dieses Kloster nie in den Babyhandel involviert war.»

«Woher willst du das wissen?»

«Sagen wir mal, ich habe meine Fühler ausgestreckt. Es gibt unter den angezeigten Fällen keinen einzigen, in dem dieser Konvent genannt wird. Die Nonnen hatten und haben keinerlei Verbindungen zu Geburtskliniken. Im Gegensatz zu allen anderen, die bisher beschuldigt wurden.»

«Aber wenn diese Gracia selbst eine Verbindung …»

«Anabela. Hör auf.»

Ich trank einen großen Schluck von meinem inzwischen lauwarmen Milchkaffee.

«Seit wann weißt du das? Also, dass dieses Kloster nicht an der Sache beteiligt gewesen sein soll?»

«Erst seit heute.»

Ich schob den Kaffee zur Seite. Spielte mit der Folie, in die das Sandwich eingewickelt gewesen war. Ließ meine Augen durch den Raum schweifen. Gerade kam eine größere Gruppe herein. Wahrscheinlich war draußen ein Reisebus angekommen.

Was, wenn er recht hatte? ‹Suchen Sie das Kind im Süden, in der Nähe Ihrer Familie.› Was hatte die alte Nonne damit sagen wollen? Wo bitte sollte ich suchen? Meine Großeltern und die Tante waren tot, und meine Eltern wussten nichts über das Kind. Tolle Hilfe. Im Süden suchen hieß gar nicht mehr suchen. Aufgeben. Diesmal wirklich.

Das Klingeln meines Telefons riss mich aus meinen trüben Gedanken.

«Anabela? Mário hier. Ja, danke, alles bestens. Ja, Mónica geht es auch gut. Warum ich anrufe … ich hatte dir doch versprochen, wegen der Kinder von Regimegegnern hier in Portugal zu recherchieren. Ich habe inzwischen mit verschiedenen Zeitzeugen gesprochen und andere Quellen geprüft.»

Ein winziges Fünkchen Hoffnung glomm in mir auf.

«Und?»

«Es hat hier definitiv nicht so ein System gegeben wie in Spanien, darüber gibt es rein gar nichts. Die Kinder kamen zu Verwandten, manchmal aber auch erst einmal mit den Eltern ins Gefängnis. Ich bin auf eine beeindruckende Filmdokumentation gestoßen, *Luz Obscura*. Da erzählen die Kinder eines Kommunisten, der überlebt, aber viele Jahre im Gefängnis und im Untergrund verbracht hat. Die sind bis heute traumatisiert. Ein bedrückender Film. Über das Thema ist viel zu wenig bekannt, da müsste viel mehr geforscht werden. Wenn du den Film sehen willst, ich habe ihn hier in der Bibliothek.»

«Danke, Mário. Ich komme bei Gelegenheit vorbei.»

Entmutigt steckte ich das Telefon zurück in die Tasche.

«Noch mehr schlechte Nachrichten?», fragte João.

«Lediglich eine weitere Sackgasse. Oder eigentlich nur die Bestätigung.»

Ich erzählte ihm kurz, was Mário gesagt hatte.

«Komm, lass uns fahren.»

Knapp fünf Stunden später kamen wir in Santa Marta bei meinem Wagen an. Ich hatte auch den zweiten Teil der Fahrt verschlafen.

Almeida packte meinen Koffer in den Kofferraum des Twingos, klappte den Deckel zu und drehte sich zu mir um.

«Vielen Dank für das … interessante Wochenende, Anabela.»

Da war es wieder, dieses verdammte Halblächeln.

«Ich habe mich zu bedanken. Für alles.»

Meine Güte, ich klang ja, als hätte ich gerade eine Knigge-Ausgabe verschluckt. Diese blöde Unsicherheit!

Er kam näher, mein Puls stieg.

«Also dann. Wir hören voneinander.»

Küsschen links, Küsschen rechts.

Wie bitte? Das war alles?

Zwei Minuten später sah ich noch immer verdattert den Rücklichtern seines Wagens nach.

19

Am Hof der Dänin hingen Verkaufsschilder und zeigten nach Regen und viel Wind in den vergangenen Tagen erste Verfallserscheinungen. João Almeida und Paulo Pinto standen vor dem geschlossenen Tor.

«Verkauft sich wohl nicht so schnell», sagte Pinto. «Hast du eine Ahnung, wie viel die für die Quinta haben wollen?»

«Was?»

«Hartes Wochenende gehabt, João? Das ist jetzt schon das dritte Mal, dass du mir nicht zugehört hast.»

«Blödsinn.»

«Und auch noch knurrig. Vielleicht brauchen wir den Hund gar nicht.»

«Witzig. Was hast du gefragt?»

«Was die Hütte kosten soll.»

«750 000.»

Pinto stieß einen leisen Pfiff aus.

Almeida sah auf seine Armbanduhr. «Wo bleibt denn der Kollege? Ich will hier nicht festwachsen.»

«Der wird schon kommen. Also sag schon, warum hast du so eine Saulaune?»

«Ich hab schlecht geschlafen, das ist alles.»

«Wie du meinst.» Pinto zog sein Smartphone aus der Tasche und tippte darauf herum.

Tatsächlich hatte Almeida so gut wie gar nicht geschlafen. Hatte sich in verschwitzten Laken gewälzt, war mehrmals wieder aufgestanden, hatte erst heiß, dann kalt geduscht, sich schließlich sogar einen wirkungslosen Schlaftee gekocht. Seine Gedanken waren einfach nicht zur Ruhe gekommen. Waren um Anabela gekreist. Um diesen Kuss. Er hätte sie freundlich, aber bestimmt zurückweisen müssen. Aber wie hätte er das tun können? So verletzlich, wie sie in dem Moment gewesen war? Und nachdem er sich schon am Vorabend so hölzern gezeigt hatte? Er war schließlich kein Unmensch. Hatte nur seine Vorsätze. Er hätte gar nicht erst mit ihr in den Norden fahren dürfen, er Idiot. Ein trockener Alkoholiker verbrachte sein Wochenende schließlich auch nicht freiwillig im Spirituosengeschäft. Sie war wie ein Ginja de Óbidos, wie ein süßer Likör. Und für ihn leider das reine Gift.

Immerhin hatte er einen neutralen, aber freundlichen Abschied von ihr hingekriegt. Mit diesem Gedanken war er im Morgengrauen doch noch eingedämmert. Und jetzt dachte er schon wieder an sie, verflucht.

Ein Landrover kam den Weg zur Quinta hoch. Endlich.

Pinto steckte sein Telefon weg, hob die Hand, um den Wagen zu stoppen, und sprach kurz mit dem Fahrer. Wenig später parkte der Jeep ein Stück weiter am Straßenrand. Ein junger Mann stieg aus und holte einen Hund aus einer großen Transportkiste im Laderaum.

Almeida kannte den Kollegen nicht persönlich. Er war ein Kumpel von Pinto, hieß Hélder und arbeitete für die Unidade de Controlo Costeiro, kurz UCC. Diese Abteilung der GNR war für den Küstenschutz zuständig und hatte ihren Sitz in Olhão. Zu Hélders Aufgaben gehörte die Ausbildung von Drogenspürhunden.

Kurz darauf schüttelte er dem Mann die Hand. Wie er selbst und Pinto trug Hélder wetterfeste Kleidung und geländegängige Schuhe. Almeida gefiel er sofort, er strahlte Sicherheit und Ruhe aus, wirkte dadurch älter, als er war. Und er machte keine überflüssigen Worte.

«Wo sollen wir hin?»

Der Hund war ein Pastor Alemão, ein Deutscher Schäferhund. Jung und wunderschön, mit seidig schwarzem Fell und einem aufmerksamen Blick. Völlig ruhig saß er an der Seite seines Herrchens.

«Wir müssen ein Stück den Hügel hochlaufen», erklärte Pinto. «Oberhalb vom Hauptgebäude des Hofes hier kommt links ein Pfad, der nordwestlich an einer Koppel vorbeiführt. Unser Ziel ist ein Stall. Allerdings können wir nicht direkt auf das Gelände. Nur der Hund.»

«Das macht nichts.»

«Dann los», sagte Almeida.

Zwanzig Minuten später standen sie mit matschverklebten Schuhen an der Pferdewiese und hatten freien Blick auf den Stall, in dem Liv Steen umgekommen war. Der Pferdeanhänger stand tatsächlich noch an seinem Platz daneben.

Hélder ließ den Hund von der Leine. «Sombra, go!»

Sie sahen dem edlen Tier zu, das mit der Nase am Boden ein paar Runden über die Wiese drehte und dann fragend sein Herrchen ansah. «Go, Sombra, go on.» Der Hundeführer zeigte in Richtung Stall.

«Ich hab sie knapp sechs Monate in der Ausbildung. Sie ist schon jetzt super. Wenn hier Drogen sind, findet sie sie.»

«Auch wenn die Drogen nicht mehr da sind? Kann sie Rückstände erschnuppern?» Almeida kamen plötzlich Zweifel.

«Wenn die nicht gerade völlig luftdicht verpackt waren, dann schon.»

Alle drei beobachteten gebannt die junge Hündin, die jetzt bei den Rundhölzern des Koppelzaunes angekommen war und darunter hindurch auf den Platz lief. «Sie wird unruhig, oder?» Pinto klang aufgeregt.

«Yep.»

Sekunden später kratzte Sombra mit der Vorderpfote an der Klappe des Pferdeanhängers.

«Na also.» Hélder grinste über das ganze Gesicht, rief den Hund, lobte ihn, holte einen Gummiball aus der Tasche und warf ihn auf die Wiese. «Zur Belohnung spielt sie am liebsten.»

«Wie sicher können wir sein, dass in dem Hänger Drogen sind oder waren?»

«Hundert Prozent. Sie hätte sonst nicht angezeigt.»

«Danke, Kollege.» Almeida gab ihm die Hand. Müdigkeit und schlechte Laune waren vergessen.

«War uns ein Vergnügen.»

«Wie gehen wir jetzt vor?», fragte Pinto, als sie wieder im Auto saßen.

«Ich denke, es ist Zeit für einen Anruf bei Bruno.»

Der Kollege ging sofort ans Telefon.

«Tag, Bruno. Wie geht's?»

Er rechnete mit einer eher verhaltenen Reaktion von Bruno, der am Ende ihres letzten Telefonats ziemlich verschnupft geklungen hatte. Aber Bruno antwortete in aufgeräumtem Ton.

«Gut, nur zu viel Arbeit.»

«Diese Sache, wegen der ich neulich angerufen habe, die noch nicht spruchreif war. Da hat sich was ergeben, das dich interessieren könnte.» Almeida stellte auf laut. «Übrigens: Pinto hört mit.»

«Olá, Paulo», kam Brunos Stimme etwas blechern aus dem Lautsprecher des Telefons. «Die Dänin? Deswegen wollte ich dich auch schon anrufen. Ist mir aber dauernd wieder durchgerutscht.»

Almeida und Pinto sahen sich erstaunt an.

«Du wolltest mich wegen der Dänin anrufen? Wie das? Ich hab dir doch gar nichts weiter erzählt.»

«Musstest du auch nicht. So viele tote Däninnen haben wir an der Algarve ja nicht. Die Geschichte mit dem Pferd, richtig?»

«Stimmt.»

«Ich hab mich natürlich gefragt, warum du mich im Zusammenhang mit unserem Drogenring nach einer Frau fragst, die verunglückt und deren Akte geschlossen ist. Aber wahrscheinlich hätte ich das Ganze gleich wieder vergessen, wenn mir nicht etwas eingefallen wäre.»

«Mach's nicht so spannend, Bruno.»

«Wir haben da ein paar Haare.»

«Aha.»

«Blonde Haare. Auf dem Boot von Daniel Castro, die wir seinem Umkreis nicht zuordnen konnten. Das ist der Tote mit dem Heroin im Blut.»

«Ich weiß, wer das ist, Bruno», sagte Almeida mit angespannter Stimme. Er rief sich die Bilder der toten Liv Steen vor Augen, erinnerte sich an einen blonden Pferdeschwanz.

«Und dann hab ich mich natürlich gefragt, ob die von deiner Dänin stammen könnten. Du wirst ja nicht ohne guten Grund bei mir angerufen haben. Und, war deine Dänin blond? Soll ja auch in Skandinavien ein paar Brünette geben.» Bruno lachte laut auf, und die beiden im Auto zuckten zusammen. «Aber erzähl mir doch erst mal, wie du überhaupt darauf kommst, dass es einen Zusammenhang zwischen deiner und unserer Leiche geben könnte. Die Haare können natürlich genauso gut von irgendeiner anderen blonden Frau stammen. Oder von einem langhaarigen blonden Mann.»

«Wir haben einen Tipp bekommen. Möglicherweise hat die Dänin Castro tatsächlich gekannt.»

«Was für einen Tipp?», fragte Bruno.

«Kann ich nicht sagen. Ist aber zuverlässig.»

Pinto schaltete sich ein. «Außerdem hatte die Lady ziemlich viel Geld, von dem wir nicht wissen, woher.»

«Das ist ziemlich dünn.»

«Wissen wir selbst. Deshalb haben wir ein bisschen Eigeninitiative gezeigt. Rein privat.»

«Jetzt macht ihr mich neugierig.»

Almeida gab sich einen Ruck. «Das muss jetzt unter uns bleiben, Bruno. Sonst kommen wir in Teufels Küche. Aber wenn wir recht haben, kann euch das mit eurer Wasserleiche einen Schritt weiter bringen.»

«Rede.»

«Wir sind heute mit einem Kollegen von der UCC und seinem Hund am Grundstück der Dänin spazieren gegangen. Wie gesagt, ganz privat. Und zufällig, versteht sich.»

«Versteht sich.»

«Auf dem Gelände steht ein alter Pferdeanhänger. Bei dem hat der Hund angeschlagen. Eindeutig.»

Sie hörten Bruno atmen und warteten.

«Du glaubst nicht, dass der Unfall ein Unfall war.»

«Habe ich nicht eine Minute geglaubt.»

«Lass mich raten. Staatswalt Fernandes. Unser junger Sparfuchs.»

«Korrekt.»

«Pech. Was hast du noch?»

«Mit großer Wahrscheinlichkeit ist im Stall ein Gewehr abgefeuert worden. Ein Zeuge hat Schrot gefunden. Aber das ist genauso wenig offiziell wie alles andere.»

«Hm. Gib mir ein bisschen Zeit. Ich rufe dich an.»

«Okay, danke.»

Pinto startete den Wagen. «Was denkst du, João?»

«Ich denke, auf der Quinta Palmeira wird es ziemlich bald eine hübsche Durchsuchung geben.»

Beide wussten, dass die für den Fall Daniel Castro

zuständige Staatsanwältin, Fabia Mariano, weitaus zugänglicher war als Fernandes. Sie stand kurz vor der Pensionierung, hatte bei Ermittlern wie Richtern einen exzellenten Ruf und bekam in der Regel, was sie wollte. Ihr würde es höchstwahrscheinlich reichen, wenn Bruno auch ohne Nennung seiner Quelle von der möglichen Verbindung zu Liv Steen berichtete, um einen Durchsuchungsbeschluss zu beantragen. Den ein ihr wohlgesonnener Richter unterschreiben würde. Und dann – falls die Rechnung aufging – würde sich die Wiederaufnahme der Ermittlungen im Fall Steen quasi von allein ergeben.

«Dann wollen wir mal hoffen, dass Hélders Hund wirklich so zuverlässig ist, wie er sagt. Und dass auf dem Hof überhaupt noch was von der Steen zu finden ist.»

«Als Anabe… Als mein Informant im Haus war, waren die persönlichen Sachen noch da. Ist natürlich schon ein bisschen her. Aber selbst wenn nicht, irgendein Haar wird sich schon noch entdecken lassen.»

«Was war das gerade? Anabela? *Die* Anabela? Die ist dein Informant?»

Almeida hätte sich auf die Zunge beißen mögen. Zu allem Übel fühlte er auch noch, dass er wie ein ertappter Schuljunge rot anlief.

«Und wenn?»

«Ich glaub es nicht! Du hast diese Journalistin in unseren Fall einbezogen?»

«Unseren Fall, Paulo? Wenn ich mich recht erinnere, warst du ganz aufseiten unseres entzückenden Staatsanwalts!»

«Wo ich vielleicht besser geblieben wäre. Wenn ich gewusst hätte … Verdammt, João, die Frau ist, ist …»

«Ja, was?»

«Journalistin!»

«Das sagtest du schon. Und? Hat das beim letzten Mal vielleicht zu irgendwelchen Problemen geführt? Hast du irgendetwas von ihr über den Fall Glüsenkamp in der Presse gefunden?» Den Mord an dem deutschen Auswanderer hatten sie nicht zuletzt aufgrund der Hinweise von Anabela aufklären können.

«Das nicht. Aber … hast du was mit ihr?»

«Paulo, geh nicht zu weit!»

«Also ja.»

«Nein. Nein, ich habe nichts mit ihr. Du solltest mal lieber deine Vorurteile in Frage stellen. Und jetzt halt den Mund.»

«Ich glaub das einfach nicht.»

«Paulo!»

«Wenn das rauskommt, sind wir wirklich geliefert. Ich sehe schon die Schlagzeile. *Chefinspektor ermittelt mit Geliebter im Pferdestall.*»

«Hältst du jetzt endlich die Klappe?»

Almeida machte das Radio an. Sekunden später dröhnte ein Rocksong so laut, dass jedes weitere Gespräch unmöglich war.

20

Prezada Senhora Dona Anabela, recebi o seu endereço de email da Senhora Amália Mendes ...

Fast hätte ich die Nachricht gelöscht, die in meinem Spam-Ordner gelandet war. Erst im letzten Augenblick reagierte ich auf den Namen Renate Cabral in der Absenderzeile. Ihr Schreiben war kurz und fürchterlich geschwollen formuliert. Sie habe meine E-Mail-Adresse von Amália Mendes bekommen, laut derer ich die Betreuung des Internetauftritts des Tierschutzvereins übernehmen werde. Sie bitte mich um schnellstmögliche Kontaktaufnahme zur Terminabsprache zwecks Datenübergabe.

Wie jetzt – den Internetauftritt übernehmen? Soweit ich mich erinnerte, hatte ich nur meine Hilfe angeboten. Ganz schön dreist, dachte ich. Das würde ich klären müssen. Am besten sofort.

«Renate Cabral? Hier spricht Anabela Silva, Sie haben mir wegen der Homepage geschrieben.»

Die Stimme am Telefon schien einer älteren Frau zu gehören und klang müde.

«Ja. Schön, dass Sie sich gleich melden. Ich bin nur

kurze Zeit in Castro Marim und würde die Sache gern schnell abgeben. Hätten Sie vielleicht morgen Zeit?»

«Hören Sie, Amália muss mich falsch verstanden haben. Ich kann das nicht allein machen, dazu fehlt mir die Zeit.» Und der Wille fehlt mir auch, dachte ich. Überhaupt fehlte mir in diesen Tagen der Wille zu fast allem. Seit ich aus dem Norden zurück war, schleppte ich mich energielos durch die Tage und zwang mich nur zum Lernen. Ich musste unbedingt mein Pensum schaffen, sonst würde ich durch meine erste Prüfung rasseln.

Vielleicht bekam ich eine Grippe. Vielleicht war es aber auch das Gefühl von Aussichtslosigkeit, das mich drückte. Konnte schon sein. Ich konzentrierte mich wieder auf die Frau am Telefon.

«So viel ist das gar nicht», sagte sie. «Am besten schauen Sie sich das mal an. Und wenn es Ihnen dann zu viel ist, reden Sie mit Amália, die wird schon eine Lösung finden. Ich kann mich jedenfalls nicht mehr darum kümmern.»

«Also gut», sagte ich. «Wann würde Ihnen morgen denn passen?» Ich musste sowieso einkaufen. Wir verabredeten, dass ich am späten Vormittag zu ihr kommen würde.

Während der Fahrt Richtung Küste haderte ich mit mir. Und mit einem gewissen Chefinspektor. Von dem ich kein Wort mehr gehört hatte, seit er in Santa Marta vom Parkplatz gefahren war. Ohne João Almeida wäre ich nie im Tierheim gewesen, hätte keine leichtsinnigen Zusagen gemacht und wäre jetzt nicht auf dem Weg zu Renate

Cabral. Und ich? Ich sollte endlich mal lernen, nein zu sagen. Und keine Männer küssen, die nichts von mir wollten.

Ob Renate Cabral den Liebhaber von Liv Steen kannte oder nicht, interessierte mich inzwischen übrigens ungefähr so brennend wie die Zusammensetzung des Straßenbelages, über den ich fuhr. Für den Herrn Inspektor war es ja eh nicht von Belang. Für den Herrn Inspektor, der mir mitsamt seiner dämlichen Dänin gestohlen bleiben konnte.

Alles an Renate Cabral wirkte blass: die blaugrauen Augen, die dünnen Brauen darüber, ihr ganzes müdes Gesicht mit den tiefen Falten zwischen Nase und Mund. Du brauchst dringend eine Farbberatung, Lady, war mein erster Gedanke, als ich ihr gegenüberstand. Wer so aussah, sollte auf gar keinen Fall Hellgrau tragen – die Farbe ihres Pullovers und ihres kinnlangen Haares. Sie war etwas kleiner als ich und dünn, fast schon mager. Um die sechzig.

«Kommen Sie herein. Ich habe uns Kaffee gekocht.» Ihre Stimme strafte den blassen Eindruck Lügen. Es hätte mich nicht gewundert, wenn sie von Beruf Lehrerin gewesen wäre. Wir gingen durch einen kurzen Flur, dann durch ein großes Wohnzimmer mit schweren, dunklen Holzmöbeln, die wie frisch poliert glänzten. Der Raum hätte düster wirken können, wären da nicht die Wände in einem kräftigen Blauton mit einem Stich ins Violette und eine helle Sitzgarnitur gewesen. In der Wahl der Farben für ihre Umgebung war sie deutlich mutiger.

In der Küche standen Tassen mit Blümchendekor und ein Teller mit Keksen auf dem Tisch, daneben ein ziemlich neu aussehender Laptop, auf dem schon die Seite des Tierheims aufgerufen war.

«Milch, Zucker?»

«Bitte beides.»

Sie schenkte Kaffee ein, stellte Zuckertopf und Milchkännchen auf den Tisch, setzte sich neben mich und zog das Notebook zu sich heran.

«Also, es geht vor allem darum, die Bilder der Tiere zu aktualisieren, die zur Adoption freigegeben werden, und die nötigen Informationen dazuzuschreiben. Natürlich auch auf Facebook, aber das geht schnell. Die Bilder bekommen Sie in der Regel von Amália. Bei den anderen Texten muss nur selten etwas geändert oder ergänzt werden.»

Okay, Smalltalk war nicht ihr Ding. Sollte mir recht sein. Je schneller ich hier wieder weg war, desto besser.

Sie klickte mit der Maus durch die verschiedenen Ebenen der Webseite. Ich hatte mir nur einmal kurz die Startseite angesehen, bevor ich zum ersten Mal ins Tierheim gefahren war.

«Das meiste erklärt sich ja von selbst. Haben Sie Erfahrung mit so was?»

«Ich habe meine eigene Seite, die ich auch selbst pflege.»

Jedenfalls theoretisch. Meine Seite war gnadenlos veraltet.

«Dann muss ich Ihnen nicht viel erklären. Die hier ist mit einem Baukasten erstellt worden, der leicht zu verstehen ist. Etwas Professionelleres kann der Verein sich nicht leisten. Die Zugangsdaten habe ich Ihnen aufgeschrieben. Und so kommen Sie in das Bearbeitungsmenü.»

Klick, klick, klick.

«Machen Sie mal selbst.»

Sie mochte unscheinbar aussehen, aber im Gegensatz zu mir fehlte es ihr bestimmt nicht an Willensstärke. «Wann haben Sie denn zuletzt aktualisiert?», fragte ich, nahm die Maus und ging auf die Seite «Mitarbeiter».

«Vor ein paar Wochen. Aber Amália hat natürlich auch Zugriff.»

Deren Porträt war das erste Bild auf der Seite. Darunter grinste mich Tierarzt Hugo an. Von den anderen Mitarbeiterinnen gab es ein Gruppenfoto. Und aus der Gruppe stach eine kurvige Frau in einem engen weißen Overall heraus. Liv Steen. Die Frau, deren Namen ich schon so oft gehört und ausgesprochen hatte. Die ich gerade eben noch in Gedanken die dämliche Dänin genannt hatte. Da stand sie, mit leuchtend pinkfarbenen Lippen und blondem Pferdeschwanz. Ich musste schlucken. Unvermittelt war sie real, hatte ein Gesicht. Ein schönes, fröhliches Gesicht mit großen wasserblauen Augen unter den schwarz getuschten Wimpern. Sie sah ungeheuer lebendig aus, lächelte so strahlend in die Kamera, als könne sie die ganze Welt umarmen.

In diesem Augenblick war mir gleich, ob sie eine Zicke gewesen war oder nicht. Niemand hat verdient, so früh zu sterben, all seiner Lebensfreude, nein, seines Lebens beraubt zu werden. Wie konnte mir ihr Schicksal egal sein, nur weil ich sauer auf Almeida war? Mit einem Mal wollte ich doch mit Renate Cabral über sie sprechen. Wissen, was sie wusste.

«Wer ist das?» Ich zeigte auf das Bild. «Die Frau in der Mitte?»

Ich hätte nicht gedacht, dass sie noch blasser werden konnte, als sie ohnehin schon war.

«Das war eine freiwillige Helferin. Sie ist gestorben.»

«Die verunglückte Dänin? Ja, davon habe ich gehört.»

Und dann sagte ich, was mir gerade durch den Kopf ging. «Sie sieht ungeheuer lebenslustig aus, so glücklich.»

Kaum war mir diese Bemerkung herausgerutscht, wurde mir wieder bewusst, dass es Renate Cabral gewesen war, die sie gefunden hatte. Blutüberströmt. Tot. Wie furchtbar musste es für sie sein, dieses Bild zu sehen und an die Lebensfreude ihrer Freundin erinnert zu werden? Anabela Silva, du herzlose Kreatur. Schäm dich und denk in Zukunft gefälligst nach, bevor du redest. Wie konnte ich mich für meine gedankenlose Bemerkung entschuldigen, ohne dass sie misstrauisch wurde? Stumm saß ich auf meinem Stuhl und bemerkte erst nach einem kleinen Moment, dass Renate Cabrals fahle Wangen Farbe bekommen hatten. Rote Flecken, um genau zu sein.

«Lebenslustig. So kann man es auch sagen.»

Ihre Stimme hatte jetzt eine bittere Schärfe, und die blaugrauen Augen schienen plötzlich dunkler geworden zu sein. Sie nahm die Maus in die Hand. «Wieso hat Amália das Bild noch nicht rausgenommen? Das muss weg.»

Klick, klick, klick. Verblüfft sah ich zu, wie sie mit

wütender Miene das Foto aus dem Datenspeicher löschte. Und ich hätte schwören können, dass ihre Wut nicht Amália Mendes galt, sondern der lebenslustigen Dänin. Seltsam. Oder auch nicht. Trauer und Wut sind keine Gegensätze, das wusste ich aus eigener leidvoller Erfahrung. Aber dies hier erschien mir anders. Ich konnte zwar ihren Zorn spüren, aber keine Spur von Traurigkeit.

«So, jetzt noch online stellen.»

Klick.

«Fertig.»

Sie klappte den Laptop zu. «Ich denke, Sie haben begriffen, wie es geht», sagte sie, jetzt wieder ruhig, sachlich und blass. «Den Rest besprechen Sie dann bitte mit Amália. Vergessen Sie den Zettel mit den Zugangsdaten nicht.»

Geräuschvoll begann sie das Kaffeegeschirr abzuräumen.

Das kannte ich doch schon.

Ich steckte den Zettel ein und ging.

Im Auto rief ich mir meinen Besuch bei Gerda Schneider in Erinnerung, die vor gar nicht langer Zeit auf gleiche Weise ein Gespräch über Liv Steen beendet hatte. In deren Stimme ich damals ebenfalls jegliche Traurigkeit vermisst hatte, als die Rede auf ihre verstorbene Nachbarin kam. Auch sie hatte bitter geklungen. Wieso? Dafür konnte es natürlich tausend Gründe geben. Insgesamt standen die Trauernden ja nicht gerade Schlange. Nicht mal die eigene Tochter hatte bekümmert über den Tod der Mutter gewirkt. «Viecher und Männer», hatte sie gemurmelt. Dann fiel mir mein Gespräch mit Nuno ein. Wie er gesagt hatte, seine Chefin habe Kerle wie Dreck behandelt. Kerle. Plural. Und einen ganz besonders.

Liv Steen war eine sehr attraktive Frau gewesen und hatte mit Sicherheit auf Männer anziehend gewirkt. Auch auf den inzwischen verstorbenen Gatten von Gerda Schneider? War das der Grund für deren abwehrende Reaktion? Und wenn ich den Gedanken weiterdachte: Hatte die lebenslustige Blondine ihre Finger auch nach dem Mann ihrer Freundin Renate ausgestreckt? Oder er nach ihr? Nach der Frau, die ihm neben seiner eigenen wie ein Paradiesvogel erschienen sein musste? Einmal in meinem Kopf, ließ mich die Idee so schnell nicht wieder los. Wie er wohl hieß, der Ehemann der blassen Renate?

Zu ärgerlich, dass mein Gespräch mit Nuno unterbrochen worden war. Sonst hätte ich jetzt garantiert mehr über den verliebten Álvaro gewusst, den er offenbar kannte. Leider hatte ich weder Nunos Nummer noch seinen Nachnamen, noch wusste ich, wo er jetzt arbeitete. Diese Quelle war für mich versiegt. Mist.

Aber wenigstens konnte ich in Erfahrung bringen, ob der Gatte von Renate Cabral als Lover in Frage kam.

Am Stausee von Odeleite fuhr ich raus, ging in ein kleines Café gegenüber dem Friedhof und bestellte ein Wasser. Das Café hatte eine winzige, sonnenbeschienene Terrasse mit einem Tisch und zwei Stühlen. Kaum saß ich, kam ein kleiner brauner Hund und beschnupperte meine Hosenbeine. Erst in diesem Moment wurde mir bewusst, dass ich bei Renate Cabral kein Anzeichen für ein Haustier gesehen hatte. Und wenn ich recht überlegte, hatte sie auch kein Wort über die Hunde verloren, deren Bilder ich auf die Homepage stellen sollte. Für eine Tierfreundin ganz schön ungewöhnlich. Aber gut, vielleicht trug sie ihr Herz nicht auf der Zunge. Ich suchte im Internet nach einem Ehepaar Cabral in Alcoutim. Ohne Ergebnis.

Kurz dachte ich daran, João Almeida anzurufen. Der hatte den Vornamen des Gatten doch innerhalb von zwei Minuten.

Nein, kam gar nicht in Frage.

21

Bruno rief erst am nächsten Morgen an. Almeida war gerade im Büro angekommen und hatte die Espressomaschine in Gang gesetzt.

«Jetzt gilt's, João. Das war ein hartes Stück Arbeit. Wehe dir, wenn nichts dabei rauskommt! Ich musste mein gesamtes Gewicht in die Waagschale werfen.»

«Wie gut, dass du davon so einiges hast.»

«Nicht frech werden, mein Lieber.»

Beide lachten. Bruno kämpfte mit seinem Übergewicht, solange Almeida ihn kannte.

«Wann?»

«Die Kollegen sind schon vor Ort.»

Zu gern wäre Almeida selbst dabei gewesen, wenn die Quinta der Dänin durchsucht wurde.

«Wissen sie, dass sie im Stall nach Schrot suchen müssen?»

«Für wen hältst du mich?»

«Entschuldige, ich bin ein bisschen nervös.»

«Solltest du auch sein. Ich melde mich, wenn wir was haben.»

Jetzt begann das Warten. Nicht seine stärkste Disziplin. Widerwillig vertiefte er sich in den Papierkram auf seinem Schreibtisch, versuchte sich auf das zu konzentrieren, was er las. Pinto war nicht im Haus. Seit ihrem Gespräch im Auto gestern herrschte zwischen ihnen Funkstille. Er selbst hatte dafür gesorgt, dass Pinto sich mit einer Vergewaltigung befassen musste, die in den frühen Morgenstunden gemeldet worden war. Das Opfer war schwer verletzt worden, der mutmaßliche Täter noch auf freiem Fuß.

Er würde Pinto anrufen, wenn er von Bruno gehört hatte. Das war früh genug. Wenn alles so lief, wie er hoffte, war das Thema Anabela Silva zwischen ihnen dann sowieso vom Tisch, dann gab es Wichtigeres. Er hatte keine Lust, sich vor dem jungen Kollegen zu rechtfertigen, Freund oder nicht.

Die Zeit wurde zu einer zähen Masse. Mit jeder Minute wuchsen seine Zweifel. War es richtig gewesen, seiner Intuition zu folgen, jetzt auch noch Bruno in die Sache mit hineinzuziehen? Nicht nur Bruno würde dastehen wie ein Idiot, wenn es keine Spur von Drogen auf dem Hof der Steen gab. Und keinen Beweis für einen Schuss im Stall. Nein, das würde nicht passieren. Verdammt, wo blieb der Anruf?

Er ging zum Mittagessen in sein Stammlokal gleich um die Ecke vom Sitz der Polícia Judiciária am Largo da Sé. Bestellte ein Rindersteak und hätte am Ende seiner Mahlzeit nicht sagen können, was er gegessen hatte.

Und wenn sie was fanden? Was dann? Was bedeutete das für den Mord an Liv Steen? Wie + Warum = Wer. Die Formel, die fast immer passte. Wieder am Schreibtisch, las er bestimmt zum hundertsten Mal seine Notizen zu dem Fall. Ging alles noch einmal durch. Wo sollte er mit den Ermittlungen ansetzen, wenn es so weit kam? Zunächst mal bei der Drogensache. Da würden sie mit Bruno und seinen Leuten zusammenarbeiten, so viel war klar. Wenn …

Bruno, verdammt, nun melde dich. Sag mir, dass ich endlich loslegen kann. Warum? Wer?

Die Erlösung kam um 16.02 Uhr.

Um 16.30 Uhr stand João Almeida im Büro von Staatsanwalt Fernandes.

Um 16.45 Uhr hatte er Pinto am Apparat.

«Wir sind wieder im Spiel, Paulo, offiziell. Fernandes hat zwar ausgesehen, als hätte ihn ein Skorpion gebissen, konnte aber natürlich nichts machen.» Almeida grinste voller Genugtuung bei der Erinnerung an das Gesicht des Staatsanwaltes und überhörte fast Pintos Nachfrage.

«Ja, genau. Schrotkugeln im Gebälk vom Stall. Da drinnen ist definitiv geschossen worden. Und im Pferdeanhänger haben die Kollegen anscheinend Spuren von Kokain gefunden. Die genaue Analyse steht natürlich noch aus. Was? Nein, mit einer Ausnahme gab es sonst keine Drogen auf dem Hof. Sieht so aus, als sei tatsächlich der Hänger für den Transport benutzt worden, gelagert wurde da nichts. Die Ausnahme sind Anhaftungen, die in ihrem Badezimmer gesichert wurden. Wovon genau, konnten sie noch nicht sagen.»

«Und was ist mit den Haaren?»

«Sie haben im Haus genug Material für einen DNA-Abgleich gefunden, wohl an den Sitzmöbeln. Ihre persönlichen Sachen sind weg. Wie weit seid ihr mit der aktuellen Geschichte?»

«Wir haben den Typ. Er hat gestanden und zieht gerade um in seine Zelle.» Pinto klang ausgesprochen zufrieden.

«Gute Arbeit. Wo bist du jetzt?»

«Auf dem Rückweg von der Vernehmung. Ich will gleich Feierabend machen. Das Protokoll schreibt der Kollege.»

«Bei Zeca?»

«Bei Zeca. Bin in zwanzig Minuten da.»

«Willst du meine erste Theorie hören?», fragte Pinto beim zweiten Bier. «Die Dänin hat ihren Hof mit Drogenschmuggel finanziert, dann ist sie zu gierig geworden, und ihre Geschäftspartner wollten sie unauffällig loswerden. Wäre ihnen ja auch fast gelungen. Jetzt müssen wir nur noch rauskriegen, mit wem sie ihren Deal hatte.»

«Mal angenommen, das waren dieselben, für die der jüngere Castro mit dem Hundefutter gefahren ist. Diese Tiernummer ist doch verdächtig ähnlich.»

Pinto widersprach. «Den Ring haben die Kollegen doch hochgenommen, nachdem der ausgepackt hat.»

«Alle kriegen wir doch nie. Mal sehen, was Bruno morgen dazu sagt. Um zehn ist übrigens die erste gemeinsame Besprechung.»

Almeida orderte bei Zeca neues Bier.

Pinto dachte laut weiter: «Der ältere Castro hat gekokst, der jüngere das Zeug transportiert. Nicht unwahrscheinlich, dass die Steen beide Brüder gekannt hat. Womöglich hat der ältere sie ins Geschäft gebracht. Wobei ich jetzt mal davon ausgehe, dass sie auf seinem Boot gewesen ist.»

«Der jüngere Castro behauptet, er hätte seit Jahren keinen Kontakt zu seinem Bruder gehabt.»

«Behaupten kann man viel.»

«Aber wohin würde das führen? Der eine ist tot, der andere sitzt im Knast. Von denen kann's keiner gewesen sein. Abgesehen davon, dass mir auch kein Motiv einfiele.»

«Ich bleib dabei», Pinto klopfte mit den Fingerknöcheln auf den Tisch, «Gier und Geld passt immer.»

«Vielleicht hat sie was abgezweigt und auf eigene Rechnung gearbeitet. Dann käme Rache ins Spiel.»

«Hm.»

«Oder –» Almeida überlegte einen Moment. «Oder jemand hat die Dänin mit ihrem Amigo für den Transport benutzt, ohne dass sie es wusste.»

«Und das Geld?»

«Erpressung. Sie hat's gemerkt.»

«Wir sollten auf jeden Fall rauskriegen, mit wem sie in Spanien ausgeritten ist, wenn das denn überhaupt stimmt.»

«Laut Anabela haben Spanier das Pferd gekauft.» Almeida ignorierte die säuerliche Miene Pintos, als der Name fiel. «Vielleicht waren das dieselben.»

Pinto nahm seinen kleinen Notizblock und den Stift aus seiner Tasche. So machten sie es meistens: Gemeinsam stellten sie Hypothesen auf und kamen dann zu den konkreten nächsten Schritten.

«Und wir müssen noch mal mit Nuno Albuquerque sprechen», ergänzte Almeida. «Der Junge hat vielleicht mehr mitbekommen, als ihm bewusst ist. Ich will wissen, ob er einen der Castros mal auf dem Hof gesehen hat. Oder ob ihm andere Besucher aufgefallen sind. Diese Freundin, die sie gefunden hat, die könnte auch was wissen. Und ich will selbst noch mal auf den Hof.»

Pinto schrieb.

«Aber morgen früh rufe ich als Erstes die Tochter in Dänemark an. Die Steen hatte garantiert einen Computer. Wenn der noch existiert, dann bei ihr. Vielleicht haben wir Glück und können ihre Mails checken.»

«An die Mails kommen wir vielleicht auch über ihren Provider dran. Wird aber schwierig. Die zicken immer, wenn es um die Daten ihrer Kunden geht. Selbst wenn die tot sind.»

In Almeida wallte der alte Ärger hoch. Hätte er gleich vernünftig ermitteln können, wären sie jetzt nicht auf Glück und Umwege angewiesen.

«Weiß die Tochter schon, dass ihre Mutter umgebracht wurde?», fragte Pinto.

«Nein.» Almeida seufzte. Das würde kein angenehmes Gespräch werden.

«Was anderes: Hast du eigentlich inzwischen von deiner Luísa gehört?»

Pintos Gesicht hellte sich auf.

«Wir treffen uns am Sonntag auf einen Kaffee.»

«Glückwunsch!»

«Es ist nur ein Kaffee!» Aber seine Augen sprachen eine andere Sprache.

22

Lauter Gesang empfing mich, als ich beim Haus meiner Eltern aus dem Wagen stieg. Die Temperaturen waren in den vergangenen Tagen auf zwanzig Grad gestiegen, die Fenster standen weit offen. Ich lehnte mich ans Auto und lauschte. Der kräftige Bass meines Vaters war so wenig zu verwechseln wie die sanfte Altstimme meiner Mutter. Erst gestern Abend hatte ich gemeinsam mit Mãe einen Fernsehbericht über die positiven Auswirkungen von Musik auf Demenzkranke gesehen. Typisch meine Mutter. Wenn sie von etwas überzeugt ist, fackelt sie nicht lange. Gut gemacht, Mãe, dachte ich. Die Stimmen verklangen, ich hörte meinen Vater lachen und ging mit den Einkäufen ins Haus. Die beiden saßen in der Küche, vor Mãe lag ein Liederbuch, das noch aus ihren Kindertagen zu stammen schien. Ich konnte mich nicht erinnern, wann ich meine Eltern zuletzt mit so fröhlichen, entspannten Gesichtern gesehen hatte.

«Anabela, da bist du ja wieder. Hast du alles bekommen? Auch den grünen Tee von den Azoren?»

Ich küsste beide auf die Wangen. «Ja, hab ich.»

In dem Bericht gestern war auch davon die Rede gewesen, dass dieser spezielle Tee die kognitiven Fähigkeiten von Alzheimerpatienten verbessere. Mãe setzte sofort Wasser auf.

«Deine Truhen sind gebracht worden, kurz nachdem du losgefahren bist. Jetzt kannst du endlich deine Kisten ausräumen.»

«Fein.» Damit stand mein Abendprogramm wohl fest. Meine Begeisterung hielt sich in Grenzen.

«Trinkst du einen Tee mit?»

«Nein, danke, ich will rüber und sehen, wie die Truhen geworden sind. Ich räum nur noch schnell die Einkäufe weg.»

«Das mach ich schon, geh du nur.»

Schön waren sie geworden, meine pastellfarbenen Truhen und Nachttische. Mintgrün und Zartrosa. Matt glänzend. Hell. Fröhlich. So wie mein gesamtes Schlafzimmer und der Flur. Was für ein Gegensatz zu den dunklen Möbeln im Wohnzimmer von Renate Cabral.

Während ich Kleidungsstücke, Handtücher und jede Menge Krimskrams aus den Kartons holte, sortierte und einräumte, kreisten meine Gedanken ständig um die graue Renate. Und um die strahlende Liv Steen. Was mochte diese Frauen verbunden haben? Die Tiere wahrscheinlich. Apropos Tiere. Ich musste dringend mit Amália Mendes reden. Sonst hatte ich den Internetauftritt der Tierschützer am Ende doch noch komplett an der Backe. Bei der Gelegenheit konnte ich sie gleich fragen, ob sie den Mann von Renate Cabral kannte. Ganz beiläufig, versteht sich. Am besten, ohne dass sie es überhaupt mitbekam.

Fertig. Lauter leere Kartons standen neben der Tür zu dem Raum mit den Sachen meiner Großeltern. Der perfekte Zeitpunkt, um ebendiese Sachen jetzt endlich zu sichten und die Kartons wieder zu füllen. Wenn ich mich denn dazu aufraffen konnte. Heute hatte ich noch nicht ein einziges Mal an meine Familiengeschichte gedacht. Zum ersten Mal seit Tagen. Nicht an das Kind. Nicht an die Nonne, nicht an den seltsamen Satz, nicht an meine Großeltern, nicht an das ganze verfluchte Thema.

Não deixes para amanhã o que podes fazer hoje. Noch so ein Spruch aus meiner Kindheit. Was du heute kannst besorgen, das verschiebe nicht auf morgen. Na los, Bela, ewig kannst du eh nicht kneifen. Ewig nicht, aber wenigstens noch ein bisschen. In der Küche machte ich mir einen Teller mit Tomaten, Brot, Käse und Oliven zurecht, öffnete eine Flasche Wein und ging für ein frühes Abendessen ins Wohnzimmer. Nach dem Anheizen des Ofens sah ich auf die Uhr. Noch früh genug, um Amália anzurufen. Sie ging nach dem siebten Klingeln dran, gerade als ich aufgeben wollte.

«Tou?» Gedämpftes Hundegebell im Hintergrund, offenbar war sie im Tierheim. Nach kurzer Vorrede kam ich zum Punkt.

«Ich war heute bei Renate Cabral, wegen der Homepage.»

«Schön. Und?» Sie war offenbar im Stress, die Stimme klang gehetzt.

«Anscheinend geht es Armando noch nicht besser.»

«Wem?»

«Ihrem Mann.»

«Álvaro, meinen Sie. Nein, er ist wohl noch immer in der Klinik.»

«Jedenfalls will Senhora Cabral ihre Aufgabe ganz aufgeben. Und ich hatte eigentlich nur daran gedacht, sie zu unterstützen, aber nicht daran, das allein zu machen.»

«Anabela, ich bitte Sie! Wenigstens für die nächsten ein, zwei Monate. Ich versuche jemanden zu finden, der Ihnen hilft, wirklich. Ich habe schon mit Karin Becker gesprochen.»

Was? Nein! Nicht die rote Karin, dann doch lieber allein.

«Aber sie hat keinerlei Erfahrung in diesen Dingen.»

Gott sei Dank.

«Ich habe im Moment niemand anderen, und ich selbst kann mir einfach nicht noch mehr aufladen. Meine Tochter weiß schon kaum noch, wer ich bin.»

«Also gut.»

«Danke! Ich schicke Ihnen in den nächsten Tagen Bilder und Infos.»

«Ja gut.»

Ich verabschiedete mich mit leisem Groll. Hatte ja wieder bestens geklappt mit dem Neinsagen.

Immerhin kannte ich jetzt den Namen vom Gatten der grauen Renate. Einen Namen, den natürlich Tausende Portugiesen trugen. Trotzdem. Möglich war es durchaus. Wie lange mochte Álvaro Cabral schon im Krankenhaus sein? War er vor oder nach dem Tod von Liv Steen eingeliefert worden? Nachdenklich trug ich mein Tablett zurück in die Küche, vorbei an den Kartons, vorbei an der Tür. Auf, auf, Bela Silva, kümmere dich zur Abwechslung mal um deinen eigenen Kram. Auch wenn es schwerfällt.

Eine einzelne Glühbirne beleuchtete den Raum, der mein begehbarer Schrank werden sollte. Vorausgesetzt, ich bekam je den Muff hier raus. Der Geruch musste von den Kleidungsstücken kommen. Ganze Stapel waren in Decken gehüllt. Eine nach der anderen faltete ich auf. Die meisten Sachen waren so alt und verschlissen, dass sie nicht einmal mehr für die Altkleidersammlung taugten. Ich holte Müllsäcke aus der Küche. Beim Anblick einer Strickjacke mit aufgestickten Blumen kamen mir die Tränen. Omas Lieblingsjacke. Ich fand einen Anzug, den mein Opa wahrscheinlich zur Hochzeit getragen hatte. Motten hatten das Revers zerfressen. Schweren Herzens füllte ich Tüte um Tüte.

Unter den Kleidungsstapeln kamen Kisten und Schachteln zum Vorschein. Das kann ja wohl nicht wahr sein, dachte ich beim Blick in die erste Schachtel. Lauter Medikamente. Wieso hatte die nie jemand weggeschmissen? Die würde ich in die Apotheke bringen müssen. Stapelweise Handarbeitsmuster. Ein kleiner Karton mit Brillen, einige bestimmt fünfzig Jahre alt. Das Parteibuch meines Großvaters steckte dazwischen. Wieder liefen die Tränen. Wäre er nicht Kommunist gewesen, wer weiß, wie anders die Geschichte unserer Familie verlaufen wäre. Das Parteibuch würde ich aufheben.

Ich brauchte Stunden, brachte immer wieder volle Säcke nach draußen, stapelte sie auf der Terrasse. Ein

Teil der Kartons kam ins Auto, die restlichen stellte ich erst einmal wieder in den Flur. Draußen würden sie nur aufweichen. Später, wenn ich fertig war, wollte ich sie in einer Ecke des Schrankzimmers stapeln. In der einzigen trockenen Ecke. Tja, ganz so einfach, wie ich gedacht hatte – streichen, Regale aufstellen, fertig – würde es nämlich nicht werden mit meiner Kleiderkammer. An drei Wänden rieselte mir der Putz im unteren Bereich nur so entgegen, sobald ich die Sachen davor wegzog. Schwarze Flecken kamen zum Vorschein und sahen verdächtig nach Schimmel aus.

Als der Raum leer war, klopfte ich alle Wände mit einem Besen ab. Jetzt bröselten große Teile Mörtel zu Boden. Verdammter Mist, hier musste ja komplett saniert werden! Wütend stieß ich wieder zu. Und wäre fast gestolpert, weil plötzlich der Widerstand fehlte. Auf halber Höhe der Rückwand war der Besen in einem Loch verschwunden. Na prima.

Normalerweise bin ich nicht schwer von Begriff. Aber es war kurz vor Mitternacht, ich war müde und hatte die Nase gründlich voll. Sonst hätte ich wohl schneller begriffen, was ich vor mir hatte. Das hier konnte unmöglich ein Feuchtigkeitsschaden sein. Ich zog den Besen aus der Wand, klopfte damit die Ränder des Loches ab. Schließlich stand ich vor einer viereckigen, tiefen Öffnung. Mindestens zwei Steine in der Wand fehlten komplett. Ich sah auf den Boden, schaute mir die dort liegenden Schuttstücke genauer an. Ausgefranste, modrige Holzstücke zwischen dem Mörtel. Auf einer Seite weiß gestrichen wie der Putz. Irgendjemand musste das Loch einst fein säuberlich mit Holz verschlossen und überstrichen haben.

Meine Müdigkeit war wie weggeblasen. Was mochte in dieser Wand versteckt sein? Im Haus meiner Großeltern? Schmuck oder Wertsachen? Kaum. Sie waren zeitlebens arme Leute gewesen. Das bisschen Schmuck, das meine Oma besessen hatte, lag in einer Schatulle auf dem Nachttisch meiner Mutter. Was dann? Unterlagen aus Zeiten der Diktatur, die meinen Opa belastet hätten? Unsinn, dann hätte auch sein Parteiausweis in dem Versteck gelegen.

Mit einem mulmigen Gefühl im Bauch griff ich schließlich in das Loch. Erst fühlte ich nur Stein, aber dann ertastete meine Hand einen eckigen Gegenstand. Vorsichtig zog ich eine hölzerne Zigarrenkiste ans Licht. «Suerdieck & Co, Bahia» prangte der Name einer brasilianischen Zigarrenfabrik in verblichenem Rot auf dem Deckel. Sie war etwas ramponiert, aber stabil. Meine Hände zitterten leicht, als ich den Deckel öffnete. Ein dicker Umschlag aus einfachem braunem Papier lag darin. Zugeklebt. Ich nahm ihn mit ins Wohnzimmer.

Auf meinem Schreibtisch lag ein alter Brieföffner, mit dem ich vorsichtig die Lasche aufschnitt. Fotos. In dem Umschlag waren Fotos. Merkwürdig. Meine Großeltern hatten jede Menge Fotoalben besessen, die jetzt bei meinen Eltern im Haus waren. Vor nicht allzu langer Zeit hatte ich sie noch gemeinsam mit Pai durchgesehen. Was für Bilder versteckt man? Nachdenklich nahm ich den kleinen Stapel mit zum Sofa.

Obenauf lag ein Babyfoto. Ich drehte es um.

Ricardo 1964.

Es waren achtzehn Bilder.

Vor meinen Augen wuchs ein kleiner Junge zu einem jungen Mann heran – einem Mann mit strahlend blauen Augen, schwarzen Haaren und schmalen Schultern. Oberhalb der rechten Augenbraue saß ein Leberfleck. Genau dort, wo auch meine Tante einen Leberfleck gehabt hatte. Meine blauäugige Tante.

Achtzehn Bilder aus achtzehn Jahren. Bis zu seiner Volljährigkeit.

Sie hatten gewusst, wo er war.

Wie es ihm ging.

Wie er hieß.

Ich weiß nicht, wie lange ich reglos auf dem Sofa saß und die Bilder anstarrte. Wann ich schließlich aufstand, zurück zu der Wand im Schrankzimmer ging und mir den Ärmel meines Pullovers aufriss, als ich in der Tiefe nach mehr tastete. Da musste doch noch etwas sein. Unterlagen, eine Adresse, ein Briefumschlag, irgendwas. Aber da war nichts. Absolut nichts.

Wo bist du jetzt, Ricardo?

23

«So eine verdammte Scheiße!» Almeida schäumte. Eben hatte ein Kollege aus der Pressestelle ihm einen kurzen Artikel aus der Onlinezeitung *DiariOnline Região Sul* zugemailt. «Tote Dänin – PJ erneut in Castro Marim.»

«Woher haben die das, verdammt noch mal?»

Pinto zuckte die Achseln.

«Du weißt doch, wie das läuft. Die Nachbarn kriegen mit, dass die Einsatzwagen auf dem Hof sind, und irgendein Wichtigtuer ruft die Presseleute an. Außerdem steht doch fast nichts drin. Und wer liest das schon?»

«Selbst meine 75-jährige Tante liest das. Die ist mit ihrem Smartphone immer auf dem neusten Stand.»

«Und wenn schon.» Pinto sah auf die Uhr. «Wir müssen runter.»

Das Treffen mit Brunos Team fand im Besprechungsraum ein Stockwerk tiefer statt.

«Die Leitung der Ermittlungen liegt bei mir», eröffnete Bruno die Sitzung. «Ich berichte Staatsanwältin Mariano.» Almeida hatte damit kein Problem, im Gegenteil. Er riss sich nicht um den Papierkram, der mit der Leitung zusammenhing. Und der Idiot Fernandes war raus aus der Nummer. Bruno hatte Neuigkeiten von den

Kollegen der Kriminaltechnik: Liv Steen war tatsächlich auf dem Boot von Daniel Castro gewesen, die DNA-Analyse ließ daran keinen Zweifel. Almeida konnte sich ein zufriedenes Grinsen nicht verkneifen, Pinto hob den Daumen.

«Die Auswertung der Fingerabdrücke in ihrem Haus läuft noch. Ich denke, spätestens heute Nachmittag wissen wir, ob einer der Castros in ihrem Haus war oder seine Abdrücke im Hänger hinterlassen hat.»

Bruno sprach Almeida und Pinto an. «Ihr kümmert euch um das persönliche Umfeld der Dänin, meine Leute nehmen sich den jüngeren Castro und den Rest der Familie noch mal vor. Wir müssen wissen, in welcher Verbindung die Frau zu dem Toten stand. Ach, beinahe hätte ich es vergessen. Das Schrot stammt laut Ballistik aus einem hundsgewöhnlichen Jagdgewehr.»

«Was ist mit dem Drogenring, den ihr gesprengt habt?», fragte Pinto. «Habt ihr den wirklich komplett zerschlagen?»

«Davon gehen wir aus.»

«Aber mit wem hat dann die Dänin zusammengearbeitet? Die ist doch erst umgebracht worden, nachdem ihr Castro kassiert habt.»

«Das ist die Frage, Paulo.»

Nach einer knappen Stunde waren sie durch, alle Aufgaben verteilt.

Wieder in seinem Büro, griff Almeida zum Telefon.

«Inken Joergensen? Chefinspektor João Almeida here. I'm calling from the criminal police in Faro.»

Sein Englisch war nicht das Eleganteste und seine Aussprache alles andere als perfekt. Pintos war deutlich besser. Aber Almeida wollte selbst mit der Frau sprechen, die laut Anabela keine Trauer um die tote Mutter hatte erkennen lassen und ihre Haupterbin war. Wollte ihre erste Reaktion hören, spüren. So gut das in einem Telefongespräch eben ging. Vor ihm lag ein Zettel, auf dem er die nötigen Vokabeln notiert hatte.

«Yes?»

Er teilte der Frau in Dänemark mit, dass der Unfall von Liv Steen nach jüngsten Erkenntnissen kein Unfall gewesen war.

«Was denn dann?», fragte sie und klang eher beiläufig interessiert als geschockt. Er musste sich klarer ausdrücken.

«Wir gehen von einem Mord aus. In unmittelbarer Nähe der Box, in der Ihre Mutter gestorben ist, wurde ein Gewehr abgefeuert. Es sind neue Ermittlungen aufgenommen worden.»

Einige Sekunden vergingen, ohne dass Inken Joergensen etwas sagte. Ihre nächsten Worte hörten sich an, als spräche sie mit sich selbst.

«Warum wundert mich das nicht?»

«Was sagten Sie?»

«Entschuldigung. Und wie kann ich Ihnen helfen? Ich war in Dänemark, als Liv … als Liv gestorben ist.»

Almeida registrierte, dass sie nicht ‹meine Mutter› sagte.

«Sie sind nicht überrascht?»

«Doch, natürlich bin ich das. Es ist nur …»

«Ja?»

«Liv war eine schwierige Frau und hat sich immer wieder Feinde gemacht.»

«Auch Sie selbst?»

«So weit würde ich nicht gehen. Aber wir haben uns nicht gerade nah gestanden.»

«Gab es dafür einen bestimmten Grund?»

«Hören Sie, Chefinspektor, das ist sehr privat. Und ich sehe auch nicht, was mein Zerwürfnis mit Liv mit ihrem Tod zu tun haben soll. Muss ich überhaupt mit Ihnen sprechen?»

«Wir führen hier ein informelles Gespräch, Frau Joergensen. Ich kann Sie nicht zwingen. Nur bitten. Für uns ist im Moment alles wichtig, was zur Aufklärung des Mordes beitragen kann.»

Nach einer kurzen Pause sagte sie: «Was zwischen Liv und mir vorgefallen ist, hat jedenfalls nichts damit zu tun, das kann ich Ihnen versichern.»

Er ließ es so stehen, wollte nicht riskieren, dass sie auflegte.

«Wissen Sie, ob Ihre Mutter mit jemandem liiert war?» Leider fiel ihm im Englischen keine dezentere Formulierung ein als: if she had a lover?

«Ich würde mich wundern, wenn es nur einer gewesen wäre.»

«Ach ja?»

«Ach ja. Liv hat die Männer gewechselt wie andere die Hemden. Und gelegentlich zog sie zwei Hemden übereinander an. Bildlich gesprochen.»

«Namen aus der jüngsten Zeit kennen Sie nicht?»

«Nein, damit kann ich nicht dienen. Wir hatten ewig nicht miteinander geredet.»

«Was ist aus dem Computer Ihrer Mutter geworden?»

«Ihr Laptop? Der steht hier bei mir.»

«Wir brauchen ihn. Und auch sämtliche Bankunterlagen, die Sie haben.»

«Die Bankunterlagen?» Jetzt klang sie alarmiert. «Wozu denn das?»

«Wovon hat Ihre Mutter gelebt, Senhora Joergensen? Sie hat Ihnen hier in Portugal unter anderem eine Quinta von einigem Wert hinterlassen. Und bevor Sie fragen: Ja, die Unterlagen und den Rechner können wir sicherstellen. Dänische Kollegen werden sie bei Ihnen abholen.» Pinto kümmerte sich bereits um das Amtshilfeverfahren.

«Nun, sie hat vor einigen Jahren selbst ein nicht unbeträchtliches Vermögen geerbt, als meine Großeltern kurz nacheinander starben. Etwas später ist sie nach Portugal gegangen.»

«Und vorher? War sie berufstätig?»

«Sie war Flugbegleiterin bei Sterling Airlines, bis die Gesellschaft pleiteging und sie eine Abfindung bekam. Hören Sie, Chefinspektor, ich habe gleich einen Termin. Können wir das hier jetzt bitte beenden?»

«Eine Frage noch: Hatte Ihre Mutter Ihres Wissens je mit Drogen zu tun?»

«Liv und Drogen? Kann ich mir nicht vorstellen, sie war Veganerin und ein Gesundheitsapostel. Obwohl – gegen Cannabis hätte sie wahrscheinlich keine Einwände gehabt. Wieso fragen Sie danach?»

«Darüber kann ich Ihnen im Moment keine Auskunft

geben. Vielen Dank für das Gespräch. Ich werde mich, wenn nötig, in den nächsten Tagen wieder bei Ihnen melden.»

«Ich hoffe, das wird nicht nötig sein.» Ohne ein weiteres Wort legte sie auf.

Almeida war sich ziemlich sicher, dass die Dame als Nächstes ihren Anwalt anrief. Der ihr nichts anderes sagen würde als er selbst. Spätestens in drei Tragen sollte er Unterlagen und Laptop auf seinem Tisch haben.

Er griff wieder zum Hörer und berichtete Pinto von dem Gespräch.

«Hast du Albuquerque und Cabral vorgeladen?»

«Albuquerque kommt morgen früh um neun, Renate Cabral habe ich noch nicht erreicht.»

«Okay. Versuch's weiter bei ihr.»

Es wurde Nachmittag, bis Almeida nach Castro Marim aufbrechen konnte. Am Tor der Quinta da Palmeira löste er das Siegel und kurz darauf das an der Haustür. Er ging durch die Räume, versuchte noch einen Eindruck von der Persönlichkeit der Frau zu bekommen, die hier gelebt hatte. Doch es war zu spät, alles Private verschwunden. Nur die Möbel und einige Aquarelle im Flur waren noch da. Zweifelsohne hatte sie Geschmack und Geld gut kombiniert. Mehr ließ sich nicht sagen. Er versiegelte das Haus wieder und ging zum Stall. Die Dämmerung setzte schon ein. Er musste sich beeilen.

Die Strohballen waren verschwunden, der Stallboden blank gefegt. Nur der Geruch nach Pferd war noch gegenwärtig. Die Spurensicherungsleute hatten die Stellen markiert, an denen sie Schrot im Gebälk gefunden hatten. Der Täter musste unmittelbar neben dem Gitter der Box gestanden haben.

Almeida ging in die Box, schloss die Augen und atmete tief ein.

Du bist hier drin, Liv, du hast den Stall ausgemistet und frisch eingestreut. Du wirst beobachtet, aber du weißt es nicht. Dein Mörder ist schon da, er kennt deinen Ablauf. Er kennt dich sehr gut, nicht wahr? Amigo wird ein bisschen unruhig. Dreht er die Ohren, weil er hört, dass jemand in den Stall kommt? Seine Wahrnehmung ist viel feiner als deine. Redest du beruhigend auf ihn ein? Wann bemerkst du, dass da draußen jemand ist? Als er den Riegel vor die Box schiebt, damit du ihm nicht entkommen kannst? Sieht er dir ins Gesicht, zeigt dir das Gewehr? Begreifst du, was geschehen wird? Weißt du, warum du sterben sollst? Ja, ich denke, das weißt du. Und du schreist, als der Schuss fällt und Amigo in Panik steigt, seine Hufe in der Luft wirbeln, mit denen er dich unweigerlich treffen muss. Wie lange kannst du ausweichen, ehe der erste Huf dich trifft?

Was hast du getan, Liv Steen, um so grausam zu sterben? Um solchen Hass auf dich zu ziehen?

24

«Wie sieht es denn hier aus? Filha? Wo steckst du?» Mães Stimme weckte mich. Sie kam aus dem Flur, wo die Kartons noch kreuz und quer standen.

Ich lag auf dem Sofa, mein Körper fühlte sich steif an, und im Mund hatte ich einen ekligen Geschmack. Wieso? Und wieso war ich nicht im Bett? Ein Blick auf den Tisch reichte. Die Fotos. Opas Parteibuch. Daneben die leere Weinflasche. Am liebsten hätte ich die Augen gleich wieder zugemacht. Stattdessen beugte ich mich vor, ließ die Bilder unter einer Zeitschrift verschwinden und die Flasche unter dem Tisch. Dann stand ich auf. Zu schnell, mir wurde schwindelig.

«Hier bist du.»

Mãe schnupperte und runzelte missbilligend die Stirn. «Du riechst nach Alkohol.»

«Ich hab gestern lange geräumt und mir danach ein Glas Wein gegönnt.»

Meine Mutter mag es nicht, wenn Frauen trinken. Ganz besonders nicht in der Öffentlichkeit. Aber allein auf dem Sofa ging natürlich auch nicht. Immerhin enthielt sie sich eines Kommentars.

«Hast du endlich die Sachen von den Großeltern

durchgesehen?» Ich nickte stumm. Und schon war sie auf dem Weg ins Schrankzimmer.

«Ai Jesus!»

Ich ging ihr nach. So entsetzt wie ich gestern Nacht selbst blickte sie auf die Wände.

«Das sieht aber nicht gut aus, Filha.»

«Nein, sieht es nicht.»

Dann lächelte sie, wenn auch etwas gequält. «Aber so schlimm nun auch wieder nicht. Ein bisschen neuer Putz und Farbe, das kriegen wir schon hin. Was ist denn das für ein Loch da? Da fehlen ja ganze Steine. Ich kann mal mit Alberto sprechen, der flickt da was ein. Und die Wände kann er auch verputzen. Bestimmt macht er uns einen guten Preis. Aber erst einmal schaffen wir den Dreck hier raus. Wo hast du deinen Handfeger?»

«Kann ich mir vielleicht erst einmal die Zähne putzen und duschen?»

Während das heiße Wasser allmählich die Verspannung in meinen Muskeln löste, dachte ich darüber nach, ob ich meinem Vater die Bilder zeigen sollte. Ja, das sollte ich wohl. Der Junge musste tatsächlich adoptiert worden sein. Zu diesem Schluss war ich natürlich schon in der vergangenen Nacht gekommen. Und wahrscheinlich hatte es eine Vereinbarung gegeben, aufgrund derer die Adoptiveltern meine Großeltern hatten wissenlassen, dass es ihm gutging. Bis er volljährig war. Also gab es eine Verbindung zu diesen Leuten, hatte sie zumindest gegeben. Vielleicht waren sie keine Fremden. «Suche in der Nähe deiner Familie», hatte die alte Nonne gesagt.

«Mãe, ich würde Pai und dir gern etwas zeigen», sagte ich, nachdem wir das Schrankzimmer sauber gefegt hatten. «Etwas, das ich in dem Loch in der Wand gefunden habe.»

«Da war was drin? Was denn? Das ist ja aufregend!»

«Komm, wir gehen rüber zu euch. Einen Moment.»

In meinem Wohnzimmer steckte ich die Bilder zurück in den Umschlag.

«Das ist alles? Nur ein alter Umschlag?» Mãe guckte enttäuscht.

Pai saß im Wohnzimmer, hörte Musik aus dem Radio und summte mit. Es war ein Röhrengerät aus den Fünfzigern, der Sound grauenvoll. Aber ihm schien es zu gefallen, er sah aus, als sei er mit sich und der Welt im Reinen. Wir warteten, bis Nachrichten kamen, dann holte ich ihn in die Küche. Der Umschlag lag auf dem Tisch.

«Stell dir mal vor, im Abstellraum von deinen Eltern gab es ein Versteck in der Wand! Und Anabela hat darin einen Umschlag gefunden.»

Pai reagierte nicht, sah sie nur verständnislos an. Mit schnellen Situationswechseln kam er nicht mehr gut zurecht.

«Lass uns erst einmal einen Schluck Tee trinken, Mãe.»

Ich beschloss, keine großen Erklärungen abzugeben, sondern zog die Bilder hervor. Als Erstes zeigte ich ihnen das Foto des achtzehnjährigen Ricardo.

«Wer ist das?», fragten beide gleichzeitig. Ich beobachtete meinen Vater, der die Augenbrauen zusammenzog und die Stirn runzelte. «Das Gesicht kommt mir bekannt vor.» Dann sah er mich an, mit diesem Blick, den er immer bekam, wenn ihm etwas nicht mehr einfiel, niedergeschlagen und traurig. «Aber ich weiß nicht mehr, wer das ist.»

Ich Idiotin! «Nein, nein, Pai, den Jungen kannst du nicht kennen, du hast ihn nie gesehen. Ich glaube, das ist der Sohn deiner Schwester. Weißt du noch, worüber wir neulich gesprochen haben? Über Trás-os-Montes?» Eher unwahrscheinlich. Sein Gedächtnis ließ ihn meist im Stich, wenn es um Ereignisse in der jüngeren Vergangenheit ging. Je weiter die Erinnerungen zurücklagen, desto besser fand er sich zurecht. Mein Blick war zwar auf meinen Vater gerichtet, aber aus dem Augenwinkel sah ich, wie meine Mutter sich bekreuzigte. Pai sah nachdenklich aus.

«Ihr Kind? Hatte sie denn eins? War das nicht tot?»

«Nein, Pai. Sie haben es ihr weggenommen.»

Mein Vater war erst zehn oder elf Jahre alt gewesen, als das alles passierte. Mãe kannte von ihm nur grobe Züge der Geschichte, über die in der Familie sonst nicht gesprochen wurde.

«Er sieht aus wie sie», sagte Pai.

«Ja.»

Mãe hielt inzwischen die anderen Bilder in den Händen, drehte sie um. «Ricardo. Ein hübscher Name für einen hübschen Jungen. Und du bist sicher?»

«Ja. Offenbar haben Oma und Opa dafür gesorgt, dass er in eine andere Familie kam. Hier an der Algarve.» Nur vier der Fotos zeigten sein Porträt. Die älteren waren schwarz-weiß. Auf zwei der neueren stand der Junge vor demselben weißen Haus. Eine Holztür, gelb umrandete

Fensterprofile, verwitterte Holzläden. Im typischen Stil der Algarve. Solche Häuser gab es hier zuhauf. Ein Bild war an einem Strand aufgenommen worden, ein weiteres in einem Café vor einem roten Backsteingebäude.

«Ich habe überlegt, dass ihnen dabei Freunde oder Verwandte geholfen haben müssen.» Ich zeigte meinem Vater die Rückseite des Fotos, das er noch immer in der Hand hielt. «Kennst du die Schrift, Pai?»

«Ich weiß nicht. Ich glaube nicht.»

«Ist auch nicht wichtig, über die Handschrift werden wir ihn kaum finden.»

«Du willst diesen Ricardo finden?» Das war Mãe. «Aber wenn es so ist, wie du sagst, und wenn er überhaupt noch lebt, dann hat er doch eine andere Familie. Vielleicht will der Junge gar nicht gefunden werden. Was heißt der Junge, der muss doch inzwischen über fünfzig sein. Wahrscheinlich weiß er gar nicht, dass er adoptiert ist. Wieso willst du das tun? Das führt doch nur zu Schmerz. Wem nützt du damit?»

«Mir», hätte ich beinahe gesagt. Ich blieb ihr die Antwort schuldig. Wie sollte ich es ihr erklären, ohne alles zu erzählen? Aber das war nicht der einzige Grund, warum ich schwieg. Sie hatte womöglich recht. Wochenlang hatte ich mich in die Idee hineingesteigert, meinen Cousin zu finden. Ihn in den Schoß der Familie zurückzuholen. Für mich. Für uns. Aber für ihn? Die Frage hatte ich mir nicht ein einziges Mal gestellt. Und jetzt wollte ich sie mir nicht stellen. Später vielleicht.

Inzwischen hatte Pai die anderen Fotos angesehen.

«Das hier ist auf Culatra aufgenommen. Siehst du? Da

im Hintergrund, das ist der Leuchtturm am Cabo de Santa Maria.»

«Bist du sicher?»

«Na hör mal.»

Die Ilha da Culatra lag vor der Stadt Olhão in der Ria Formosa. Mit Anfang zwanzig war ich einmal dort gewesen. Die Insel mit ihren kleinen Häuschen, den unbefestigten Wegen und den vielen Fischerbooten war mir vorgekommen wie aus der Zeit gefallen. In letzter Zeit war Culatra oft in den Schlagzeilen, weil im Zuge einer Renaturierungsmaßnahme illegale Häuser abgerissen wurden. Nur die Fischer und Muschelsammler, die dort lebten, durften in ihren Häusern bleiben, illegal gebaut oder nicht.

«Erkennst du noch mehr wieder auf den Bildern?»

«Das hier.» Pai tippte auf das letzte Bild, das mit dem roten Backsteingebäude im Hintergrund.

«Das ist in Olhão. Eine von den Markthallen. Man sieht nur die runde Ecke mit dem Turm. Aber ich bin ziemlich sicher.»

Er hatte recht. Zigmal war ich schon an den beiden Markthallen mit den markanten Türmen vorbeigefahren. Sie waren unverwechselbar. «Überlegt mal. Hatten die Großeltern Freunde oder Bekannte in Olhão?»

«Anabela, hör auf damit. Du überforderst deinen Vater.»

«Halt dich da raus, Rita! Ich fühle mich kein bisschen überfordert. Was fällt dir ein?»

«Macht doch, was ihr wollt. Meine Meinung zählt hier ja wohl nicht!»

Mãe rauschte aus der Küche.

«Die kriegt sich schon wieder ein.» Pai grinste. «Also, was wolltest du wissen, Kind?»

«Ob die Großeltern jemanden in Olhão kannten. Oder auf Culatra. Habt ihr da vielleicht mal jemanden besucht?»

«Bevor das alles passiert ist?»

Plötzlich erinnerte ich mich an die Fotos, die wir neulich zusammen durchgesehen hatten. Waren da nicht Bilder vom Strand gewesen?

«Ich weiß nicht.»

«Warte mal kurz.»

Ich lief ins Wohnzimmer, suchte nach dem richtigen Album.

«Hier, schau mal. Ist das auf Culatra? Das bist doch du?»

Ich zeigte auf einen kleinen Jungen in Unterhose mit einem Strohhut auf dem Kopf. Die schlanke Frau neben ihm trug ein schmales, dunkles Kleid und Kopftuch. Meine Großmutter in jungen Jahren. Ein anderes Bild zeigte meinen Großvater, der lachend einen Fisch präsentierte.

«Da haben wir Urlaub gemacht, alle zusammen. Nur ein paar Tage. Das war in dem Jahr vor der Maul- und Klauenseuche. Danach wurde alles schlimm.» Vaters Miene verfinsterte sich. «Danach war Pai nie wieder so fröhlich.»

«Aber der Urlaub war schön?»

«Ja. Ja, das war er.» Er lächelte wieder. «Wir hatten nur ein Zimmer für uns alle. Aber das Haus stand ganz nah am Wasser. Wir haben jeden Tag Fische gefangen, Pai und ich. Und ich bin zum ersten Mal in meinem Leben auf einem Boot gewesen.»

«Dann war das auf Culatra?»

Er nickte.

«Wem gehörte das Haus?» Schon als ich die Frage gestellt hatte, war mir klar, wie dumm sie war. Er war ein kleiner Junge gewesen, wie sollte er das wissen?

«Einem Fischer und seiner Frau. Wir haben uns die Küche und das Bad mit ihnen geteilt.»

«Wie die beiden hießen, weißt du nicht mehr?»

Er schüttelte den Kopf. «Aber ich glaube, der Mann war auch Kommunist. Manchmal hat Pai abends mit ihm geflüstert, genauso wie mit seinen Freunden bei uns zu Hause.»

«Und in Olhão? Hatten sie da auch Bekannte? Kannst du dich an jemanden von dort erinnern?» Konnte er nicht.

Wir blätterten weiter. Von dem Fischer und seiner Frau oder von dem Haus gab es keine Bilder. Schließlich brachte ich das Album zurück ins Wohnzimmer. Mãe war nirgends zu sehen. Auch im Schlafzimmer und im Bad fand ich sie nicht. Als ich zurück in die Küche kam, hielt mein Vater das Foto des achtzehnjährigen Ricardo in der Hand.

«Wer ist das, Filha? Das Gesicht kommt mir bekannt vor.»

«Nur ein Bekannter, Pai.»

Zurück in meinem Haus, nahm ich das Parteibuch meines Großvaters in die Hand und lächelte. Danke für den Fingerzeig, Pai. Zwar würde ich kaum den kommunistischen Fischer aus Culatra auftreiben, das brauchte ich gar nicht erst zu versuchen. Aber dennoch hatte mir der Hinweis geholfen. Ziemlich sicher hatte mein Großvater den Menschen vertraut, mit denen er seine politische Überzeugung teilte. Den Freunden, auf deren Verschwiegenheit er sich verlassen konnte. Verlassen können musste, um nicht hinter Gefängnismauern zu verschwinden.

Fünf Minuten im Internet reichten. Die Partido Comunista Português war bis zum heutigen Tag aktiv und hatte ein Büro in Vila Real. Na also.

25

Hass. Das Wort ging ihm nicht mehr aus dem Kopf. Er setzte sich in seinen Wagen und ließ die Gedanken fließen. Es ging nicht um Drogen. Nicht um Geld. Almeida war sich sicher. Selbst wenn sie davon ausgehen konnten, dass die Dänin in den Rauschgifthandel verwickelt gewesen war. Der Mord an Liv Steen war zu persönlich. Diese Drohbriefe, die sie bekommen und verbrannt hatte. Er musste Renate Cabral noch einmal danach fragen. Morgen. Renate Cabral und Nuno Albuquerque. Beide waren auf dem Hof ein und aus gegangen. Sie mussten einfach etwas wissen. Etwas, das ihm einen Hinweis auf den Mörder von Steen geben konnte.

Sein Magen meldete sich vernehmlich. Er hatte das Mittagessen ausgelassen. Für heute würde er Schluss machen, über die Landstraße zurückfahren und bei einem Restaurant anhalten. In Altura aß er eine große Portion Choco grelhado, gegrillten Tintenfisch in Knoblauchbutter, und gönnte sich ein Glas Wein. Aber selbst beim Essen ging ihm die Dänin nicht aus dem Kopf.

Wieder im Auto, dachte er an das Telefonat mit der Tochter am Vormittag zurück. Sollte Anabela die ganze Zeit recht gehabt haben? Ging es hier doch um einen Liebhaber? Einen von mehreren, wie die Tochter gemutmaßt hatte? Er spielte mit dem Gedanken, Anabela anzurufen. Nein, besser nicht. Wie es ihr wohl ging?

Völlig in seine Gedanken vertieft, reagierte er erst im letzten Moment, als am Wagen vor ihm die Bremslichter aufleuchteten. Dann: Stillstand. Auf seiner Spur ging nichts mehr, auch der Gegenverkehr stand. Kurz darauf hörte er Sirenen, sah in einiger Entfernung vor sich kreisende Blaulichter. Im Rückspiegel tauchte weiteres Blaulicht auf, ein Polizeiwagen fuhr an der noch kurzen Autoschlange vorbei, die sich gebildet hatte. Da war etwas Größeres passiert.

Ein halbe Stunde später lotste ihn ein Beamter der GNR in reflektierender Weste an der mit Verkehrsleitkegeln gesicherten Unfallstelle vorbei. Am Straßenrand stand ein Rettungswagen, die Türen waren geöffnet, die Trage im Inneren leer. Wenige Meter weiter, unmittelbar neben einem schwer demolierten Motorrad, verdeckte eine Plane einen auf der Fahrbahn liegenden Körper. Das Bild schlug Almeida auf den Magen. Er suchte mit den Augen nach einem zweiten beschädigten Fahrzeug, sah aber nur Polizei- und Rettungswagen, deren flackernde Lichter und Scheinwerfer die Szene noch grausiger erscheinen ließen, als sie ohnehin schon war. Ein weiterer Beamter in Leuchtweste bedeutete ihm, schneller zu fahren. Er warf einen letzten Blick auf das Motorrad. Es war keine von diesen Rennmaschinen, die Almeida hasste, wenn sie ihn plötzlich überholten und unmittelbar vor dem Wagen wieder einscherten. Ein altes Motorrad, mit goldglänzendem Tank. Er brauchte einen Moment, bis sein Gehirn das Bild wirklich verarbeitet hatte. Scheiße!

Zwanzig Meter hinter der Absperrung trat er auf die Bremse, fuhr rechts ran und parkte auf dem Grünstreifen. Fünf Minuten später zeigte er einem Kollegen der GNR seinen Dienstausweis.

«Wer hat hier das Sagen?»

«Capitão Cavaco. Er redet gerade mit Zeugen. Da drüben.» Er wies auf die andere Straßenseite, zur *Taberna a Esquina*. Dorthin, wo sie noch vor kurzem mit Nuno Albuquerque gesprochen hatten. Mit dem Mann, der morgen nicht zur Befragung erscheinen würde, wenn stimmte, was er vermutete.

«Das Nummernschild? Haben Sie das gesehen?», fragte ein uniformierter Beamter mit Schnäuzer gerade zwei alte Männer. Almeida blieb etwas abseits der kleinen Gruppe stehen. Einer der Alten zog an einem Zigarillo.

«Wie denn, im Dunkeln?», antwortete der andere. «Das ging alles viel zu schnell.»

Almeida wartete ab, wollte hören, was die beiden zu sagen hatten, ehe er den Kollegen von der GNR ansprach.

«Wir haben drinnen gesessen und plötzlich draußen lautes Krachen gehört. Ein fürchterliches Geräusch war das. Ganz schrecklich. Dann sind wir raus, und da lag der Junge neben seinem Moped auf der Straße. Von dem Auto, das ihn erwischt hat, waren gerade noch die Rücklichter zu sehen. Einfach weitergefahren ist der, der Mistkerl, war wahrscheinlich besoffen.»

«Den werden wir schon kriegen, keine Sorge.»

«Ich bin gleich zu dem Jungen hin, aber da war nichts

mehr zu machen. Chico» – er deutete auf den Raucher neben sich – «der hat inzwischen Carla Bescheid gesagt, und die hat den Notdienst angerufen.»

«Sie sagten, Sie hätten ein Krachen gehört. Kein Quietschen von Bremsen?» Kopfschütteln.

«Und die Rücklichter, wie sahen die aus?»

«Hä?»

«Waren die nur unten oder auch oben? Eher klein oder groß, eckig, dreieckig?»

«Rot.»

Der Beamte atmete hörbar aus. «Konnten Sie die Farbe des wegfahrenden Wagens erkennen?»

«Was Helles, würde ich meinen.»

«Gut, dann müssten Sie jetzt bitte für das Protokoll mit zum Wagen kommen.»

«Einen Moment.»

Almeida zog erneut seinen Ausweis aus der Jackentasche.

«Capitão Cavaco? Chefinspektor Almeida, PJ Faro.»

Drei Paar Augenbrauen schnellten in die Höhe.

«Ich bin zufällig an der Unfallstelle vorbeigekommen. Ist das Opfer schon identifiziert?»

«Nuno Albuquerque, 29, wohnhaft in Vila Nova de Cacela.»

Verdammt. Er hatte sich nicht getäuscht.

«Danke. Wenn Sie mit dem Protokoll fertig sind, würde ich gern noch mal mit Ihnen sprechen, Kollege. Ich warte hier.»

«Geht klar.»

Almeida ging in die Bar. Wie bei seinem letzten Besuch

hier stand die junge Frau mit dem Kurzhaarschnitt hinter dem Tresen. Sie war sehr blass und hatte Tränen in den Augen. Almeida bestellte einen Pingado, einen Espresso mit einem Tropfen Milch.

«Sie haben den Mann gekannt, der heute verunglückt ist?»

«Seit er auf dem Pferdehof drüben gearbeitet hat, war Nuno fast jeden Abend hier. Immer wenn er von der Arbeit kam. Auf ein Bier, manchmal länger. Hat ein bisschen ferngesehen, draußen eine geraucht. Vor einer halben Stunde hab ich noch mit ihm geredet.» Jetzt liefen Tränen. «Entschuldigung.» Sie wandte sich ab, griff nach einer Küchenrolle und schnäuzte sich.

Almeida wartete. «Er war jeden Abend hier, sagen Sie?»

«Außer samstags. Da hatte er frei.»

Kurz darauf stellte sie ihm den Kaffee auf den Tresen. Almeida bedankte sich und nahm die Tasse mit nach draußen.

An der Unfallstelle wurde weitergearbeitet. Die Leiche war inzwischen abtransportiert worden, der Krankenwagen verschwunden, die Feuerwehr eingetroffen. Almeida vergegenwärtigte sich die Position des Motorrades. Nuno musste angefahren worden sein, kaum dass er mit seiner Maschine auf der Straße gewesen war. Tatsächlich ein Betrunkener? Oder jemand, der auf ihn gewartet hatte? Gewartet und Gas gegeben?

26

Lautes Klopfen an der Haustür riss mich aus dem Schlaf. Draußen dämmerte es. Die Leuchtziffern auf dem Wecker neben meinem Bett zeigten halb sieben. Murrend schälte ich mich aus der warmen Decke, konnte meine Hausschuhe nicht finden und ging mit nackten Füßen zur Tür. Das Trommeln dauerte an. Welcher Idiot war das?

Mãe. In ihrem babyblauen Plüschmorgenrock, mit Pantoffeln an den Füßen und hochrotem Gesicht.

Bevor ich auch nur einen Ton sagen konnte, giftete sie los. «Bist du jetzt zufrieden, Anabela? Dein Vater hat die ganze Nacht im Schlaf geweint und geschrien. Ich will, dass du sofort aufhörst mit diesem Unsinn! Die Vergangenheit ist vergangen, begreif das endlich! Kein Wort mehr davon, hörst du?» Damit drehte sie sich auf dem Pantoffelabsatz um und ging.

Entgeistert sah ich ihr nach, bis der kalte Wind mich daran erinnerte, dass ich im Schlafshirt und mit eiskalten Füßen in der offenen Tür stand und mir dringend etwas anziehen sollte.

Armer Pai, dachte ich unter der Dusche. Es tat mir leid, ihn so aufgewühlt zu haben. Aber meine Mutter hatte unrecht. Die Vergangenheit war nicht einfach vergangen.

Sonst würde er nicht im Schlaf weinen. Ich musste an *Luz Obscura* denken. Inzwischen hatte ich mir den Film angesehen und würde die tränenerstickten Stimmen der Menschen, die von ihrer Kindheit im Schatten der PIDE berichteten, so bald nicht vergessen.

Ich zog mir einen Jogginganzug an, machte mir einen Kaffee und nahm ihn mit zu meinem Schreibtisch. Seit gestern Nachmittag lag dort, neben dem Foto des erwachsenen Ricardo, ein Zettel mit einer Reihe von Namen. Drei davon hatte ich mit Leuchtstift giftgrün markiert.

António Fiolhais
Fernando Gago
Almerinda Pina

Drei Mitglieder der kommunistischen Partei, die aus unserer Gegend stammten und in etwa zur gleichen Zeit geboren waren wie mein Großvater. Diese drei hatten ihn mit hoher Wahrscheinlichkeit gekannt. Der Archivar vom Parteibüro der PCP in Vila Real war gegenüber einer gewissen Journalistin, die über die Geschichte der Ortsverbände an der Algarve schreiben wollte, sehr hilfsbereit gewesen und hatte mir die Namen und Adressen genannt. Fernando Gago und Almerinda Pina wohnten in Olhão, António Fiolhais in Faro. Würde einer dieser drei Menschen Ricardo erkennen, wenn ich ihnen sein Bild zeigte? Eine kleine Chance bestand immerhin. Und wenn nicht, kannten sie vielleicht andere, die ich fragen konnte. Ich nahm das Foto in die Hand. «Willst du wissen, woher du kommst, Ricardo?»

«Das führt doch nur zu Schmerz», sagte Mãe in meinem Kopf.

Tat ich wirklich das Richtige? Ach verdammt!

Zehn Minuten später saß ich noch immer mit dem Bild in der Hand vor meinem Schreibtisch und grübelte. Irgendwo im Haus klingelte mein Telefon. Wahrscheinlich wieder meine Mutter. Ich ließ es klingeln und zog mir meine Laufsachen an.

Die Luft war noch feucht von morgendlichem Nebel. Ohne groß darauf zu achten, wohin er führte, nahm ich einen der Wege, die zwischen uralten Trockenmauern aus unserem Dorf führten, und lief bergauf, bergab und wieder bergauf, bis meine Lungen brannten. Außer Atem fand ich mich auf einem Hügel zwischen jungen Pinien und Zistrosen wieder, deren frisches Laub in der Morgensonne hellgrün leuchtete. Der feine Duft der Zistrosen ließ mich an Harz und an Honig denken. Nicht mehr lange, und die Büsche würden ein einziges Meer aus weißen Blüten bilden. Die Pinien glänzten in der Morgensonne wie frisch gewaschen. Ich genoss das Bild. Genoss es, nur zu atmen und zu schauen. Nicht zu denken. Den Rückweg ließ ich langsamer angehen.

Ich war vielleicht eineinhalb Stunden unterwegs gewesen, als ich verschwitzt, aber entspannt wieder zu Hause ankam. Jedenfalls entspannt genug, um mich mit meiner Mutter auseinanderzusetzen. Ich ging in die Küche, trank fast einen halben Liter Wasser. Das Telefon lag neben der Spüle. Ich tippte das Symbol für verpasste Anrufe an.

Es waren vier. Allesamt von João Almeida.

Mein Puls benahm sich prompt, als liefe ich gerade wieder bergauf. Ich ärgerte mich. Über meinen Puls und über João Almeida. Erst meldete er sich überhaupt nicht und dann viermal in einer Stunde. Was mochte er plötzlich so dringend wollen? Mich selbst ja wohl nicht, dachte ich mit einem Anflug von Bitterkeit. Dann rief ich zurück.

«Anabela, gut, dass ich dich doch noch erreiche!»

Keinerlei höfliche Vorrede. Und eine Dringlichkeit in seinem Ton, die mir umgehend Gänsehaut bescherte. «Was ist passiert?»

Er räusperte sich. «Du erinnerst dich an Nuno Albuquerque?»

«Wer soll das sein?» Ich kannte geschätzt fünf Nunos, aber keinen mit dem Nachnamen Albuquerque.

«Der Pferdepfleger, mit dem du über die Dänin gesprochen hast.»

«Ach *der* Nuno. Sicher erinnere ich mich an ihn. Warum fragst du?»

«Nuno hatte einen Unfall, Anabela. Einen tödlichen Unfall.»

«Was? Nein!»

Das Bild des Mannes, mit dem ich am Zaun gelehnt und geraucht hatte, sprang mich so klar an, als wären seitdem nur Minuten vergangen. Er war doch noch so jung gewesen. Und ich hatte ihn gemocht. Ich dachte daran, wie sanft er mit dem Pferd umgegangen war. Sah ihn die Strohballen stapeln, den Besen schwingen. Dieser kräftige, vor Leben sprühende Mann sollte tot sein?

Ich fand keine Worte für meine Erschütterung.

«Wie ist denn das passiert?», fragte ich schließlich.

«Ein Motorradunfall mit Fahrerflucht. Auf der N125. Warum ich dich anrufe … wir hatten ihn vorgeladen, um ihn noch einmal genauer wegen Liv Steen zu befragen. Dazu ist es nicht mehr gekommen.»

Fahrerflucht, dachte ich. Gibt es etwas Mieseres? Was für ein Mensch ist das, der wegfährt, nachdem er einen Motorradfahrer umgefahren hat? Ein Monster, ein Ungeheuer, ein … mein Gott, vielleicht hatte Nuno noch gelebt, und dieser Unmensch hatte ihn auf der Straße liegen und sterben lassen.

«Anabela?»

«So ein Schwein!»

«Ja. Nach dem Unfallverursacher wird gefahndet. Wie gesagt, wir wollten Nuno heute als wichtigen Zeugen befragen. Der Tod der Dänin ist jetzt offiziell eine Mordsache. Und wir fragen uns, ob Nuno gezielt überfahren worden ist. Deshalb muss ich dich bitten, dich an dein Gespräch mit ihm noch mal ganz genau zu erinnern.»

«João, ich glaube, ich kann das jetzt nicht. Ich muss das erst einmal verdauen.»

«Ja, natürlich. Du musst ohnehin zu uns auf die Dienststelle kommen. Diesmal brauchen wir deine Aussage schriftlich.»

«Ja. Ich ruf dich später an.»

«Morgen Vormittag, ginge das? Könntest du um elf Uhr hier sein?»

«Gib mir ein paar Minuten.» Ich unterbrach die Verbindung.

Warum trifft es immer die Guten? Obwohl ich Nuno kaum gekannt hatte, traten mir die Tränen in die Augen. Ich hatte ihn gemocht.

Schließlich schickte ich João eine Nachricht. Morgen, elf Uhr im Präsidium. Anabela

Ich würde früh aufstehen müssen, um vor dem Termin noch wenigstens zwei der alten Kommunisten besuchen zu können. Nicht dass ich besonders schicksalsgläubig wäre, aber der Termin in Faro erschien mir wie ein Wink. Olhão lag schließlich auf der Strecke.

27

«Du glaubst nicht an einen Unfall», stellte Pinto fest. «Wird das jetzt zur Gewohnheit?» Sie saßen sich im Besprechungsraum gegenüber und warteten auf die Kollegen. Almeida hätte vielleicht gelächelt, wäre da nicht die Erinnerung an den Körper unter der Plane gewesen.

«Du hast doch den Bericht des Unfallsachverständigen gelesen. Die Spuren von einem Blitzstart neben der Fahrbahn sprechen eine ziemlich klare Sprache. Genauso wie die fehlenden Bremsspuren. Gibt es was Neues von der Fahndung nach dem Wagen?»

Pinto schüttelte den Kopf. «Noch nicht.»

«Verdammt, der muss doch zu finden sein!»

Sie suchten nach einem cremefarbenen Citroën C3, Baujahr 2005. Am Motorrad gefundene Lackspuren waren mit Originalproben der europäischen Datenbank EUCAP verglichen worden, das Ergebnis eindeutig. Aber allein im Bezirk Faro gab es Hunderte Autos dieses Modells und Baujahres. Und bisher war kein C3 mit passenden Unfallspuren in einer der Werkstätten an der Algarve aufgetaucht.

«Ist nur eine Frage der Zeit», meine Pinto. «Die Kollegen sind noch nicht durch.»

«Hoffen wir's.» Almeida fuhr fort: «Wenn wir denjenigen finden, der den Jungen totgefahren hat, haben wir auch den Mörder von Liv Steen. Davon bin ich überzeugt. Nuno hat den Mörder gekannt oder etwas gewusst, das ihm gefährlich werden konnte. Und dieser verfluchte Artikel hat den Mörder aufgescheucht.»

«Ziemlich riskant, so nah an der Bar», meinte Pinto mit Zweifel in der Stimme.

«Stimmt. Der Täter hat entweder starke Nerven, oder er ist verzweifelt und zu allem entschlossen.»

«Oder komplett durchgeknallt.»

«Oder das.»

Ein Pling meldete den Eingang einer Nachricht auf Almeidas Telefon. «Anabela Silva ist morgen um elf Uhr hier. Was ist mit der Cabral? Hast du sie endlich erreicht?»

«Sie hat ihr Telefon nicht an. Und zu Hause ist sie auch nicht. Ich hab die Kollegen von der GNR in Castro Marim zu ihrem Haus geschickt. Eine Nachbarin sagt, sie sei meistens bei ihrem Mann im Krankenhaus hier in Faro. Wahrscheinlich ist ihr Handy deshalb dauernd aus.»

«Okay, wenn du sie heute im Laufe des Tages nicht erreichst, fahren wir da morgen früh hin.»

Draußen auf dem Flur waren Schritte und Stimmen zu hören. «Die Kollegen kommen.»

Einen Moment später schwang die Tür auf, und Bruno trat, gefolgt von zwei Kollegen, in den Raum. Bruno ließ sich an der Kopfseite des Besprechungstisches nieder, die anderen beiden nahmen neben Almeida und Pinto Platz. «Habt ihr hier eigentlich keine Kekse?» Offensichtlich war Bruno aufgeräumter Stimmung. Er schlug sich auf den Bauch. «Ist auch besser so.» Höfliches Lachen. Almeida lachte nicht. Wie konnte Bruno so gut gelaunt sein, wenn sie einen weiteren Toten hatten?

«Gute Nachrichten, Kollegen. Wir haben den kleinen Castro geknackt.»

Almeida und Pinto richteten sich in ihren Stühlen auf.

«Sieht ganz so aus, als hätte eure Dänin einen Liebhaber gehabt.»

Ach was, dachte Almeida und lehnte sich wieder zurück.

«Ihr hättet dabei sein sollen, als wir ihm das Foto von Liv Steen gezeigt haben. Der ist total ausgeflippt. Schlampe war noch das mildeste Wort, das er für sie hatte. Und dann hat er geredet wie der sprichwörtliche Wasserfall.»

«Diego war der Liebhaber?», fragte Pinto.

«Nein, der ältere Castro.»

Almeida nickte vor sich hin. «Und der kleine Bruder wusste davon? Also hatten sie doch Kontakt?», fragte er nach.

«Indirekt.»

«Meine Güte, Bruno, lass dir nicht alles aus der Nase ziehen!»

Bruno gab seinem Kollegen Pedro ein Handzeichen. Der Inspektor, ein schlanker Mittdreißiger mit Bürstenschnitt und Goldrandbrille, räusperte sich.

«Laut Aussage von Diego Castro hat sein Bruder vor etwa einem Jahr Kontakt zu ihm aufgenommen. Er kam aber nicht selbst, sondern schickte seine Freundin. Eine Ausländerin. Angeblich hat Diego nie ihren richtigen Namen erfahren, sie hat sich ihm als Jane Doe vorgestellt.»

«Wie einfallsreich», warf Pinto ein.

«Jedenfalls hat sie ihm erzählt, sein kokainabhängiger Bruder habe Beschaffungsprobleme. Seine Quelle sei versiegt. Was für eine Quelle das war, konnte Diego nicht sagen. Von da an hat er seinen Bruder mit Koks versorgt, und die Freundin hat das Zeug von Spanien nach Portugal gebracht. Der saubere Herr Anwalt wollte selbst wohl kein großes Risiko eingehen.»

«Die Reitausflüge», murmelte Almeida.

Laut fragte er: «Also hat sie nicht mitverdient, sondern nur die Botin für ihren süchtigen Lover gespielt?» Er dachte daran, was er über die Persönlichkeit der Frau wusste. Solche Selbstlosigkeit passte nicht in das Bild, das er von ihr hatte. Schließlich war der Anwalt kein Vierbeiner gewesen. Und woher kamen dann die Bareinzahlungen auf ihrem Konto?

«Anfangs ja. Aber dann ist die reizende Dame auf die Idee gekommen, ihr Budget aufzubessern, und hat den armen kleinen Diego erpresst.»

«Bis er das Pech hatte, in die Kontrolle zu fahren und aufzufliegen?», fragte Pinto.

«Nein. Bis zum Tod seines Bruders. Seitdem ist sie nicht mehr bei ihm aufgetaucht. Also ein paar Wochen, bevor er eingefahren ist.»

«Da ist sie dann in tiefe Trauer verfallen, oder was?»

Almeida schaltete sich wieder ins Gespräch ein.

«Kann ich mir irgendwie nicht vorstellen. Welche Erklärung hat denn der kleine Bruder dafür?»

«Er glaubt, dass sie ihn umgebracht hat.»

«Die Steen?», fragte Pinto in ungläubigem Ton. «Warum sollte sie das tun? Und warum hat er dann nicht längst was gesagt?»

«Weil ihm sowieso niemand geglaubt hätte. Seine Worte.»

Der andere Kollege Brunos, der bisher geschwiegen hatte, meldete sich zu Wort. Es war ein älterer Inspektor, der kurz vor der Pensionierung stand und sich gern im Hintergrund hielt. «Nachdem wir die Bestätigung für die Verbindung Steen-Castro hatten, haben wir uns noch mal mit der Frau des Anwalts unterhalten und sie damit konfrontiert, dass ihr Mann eine Geliebte hatte.»

«Und?»

«Sie kennt noch mehr Schimpfwörter als ihr Schwager. Schon erstaunlich, was ein einzelnes Foto bewirken kann.»

«Sie hat es gewusst», sagte Almeida.

«Ganz genau. Und nicht nur das. Sie hat ihrem Gatten kurz vor seinem Tod die Pistole auf die Brust gesetzt: Er trennt sich von der Geliebten, oder sie verlässt ihn, prangert ihn als Drogenabhängigen an und er sieht seine Kinder nie wieder. Seine Reputation als Anwalt wäre natürlich auch im Eimer gewesen.»

«Eine einfache Wahl. So wichtig wird ihm seine Geliebte nicht gewesen sein.»

«Richtig, João. Er hat seiner Frau versprochen, sich von der Steen zu trennen», sagte Bruno. «Und hier kommt noch eine Praline. Ihr erinnert euch an die Drogenspuren im Bad der Dänin. Die Analyse ist da: reines Heroin. Aber kein Fingerabdruck von Castro im ganzen Haus.»

«Die Dänin hatte einen Bootsführerschein», ergänzte

Pedro trocken. «Wir haben bei der zuständigen dänischen Behörde nachgefragt.»

Schweigen senkte sich über den Raum.

Almeida sah in die Gesichter der Kollegen und wusste, dass sie alle ein ähnliches Bild vor Augen hatten: Liv Steen auf dem Boot von Castro. Sie weiß, dass er sie abserviert, hat vielleicht noch auf eine letzte Aussprache bestanden. Er will einen letzten Fick, und natürlich will er vorher koksen, wie immer vor dem Sex. Sie bereitet eine Linie vor. Dann muss sie nur noch warten, bis das Heroin ihn umhaut, muss ihn aus der Kabine und über Bord schaffen, da draußen auf dem dunklen Fluss. So oder so ähnlich. Nur beweisen würden sie das nie können.

«Wenn man einen Zeugen dafür fände, dass sie in der Nacht, in der er umgekommen ist, allein mit dem Boot in den Hafen zurückgefahren ist …», überlegte Pinto laut.

«Auch nur ein Indiz. Und wozu der Aufwand? Die Frau ist tot. Wir sollten das pragmatisch sehen. Diese Auffassung teilt übrigens auch Staatsanwältin Mariano.» Bruno schlug mit der Hand auf den Tisch. «Die Akte Daniel Castro wird geschlossen.»

«Und jetzt?», fragte Pinto.

«Jetzt sucht ihr nach dem Mörder unserer Mörderin.» Er nickte Almeida zu.

«Und nach dem Mörder von Nuno Albuquerque», sagte der und brachte die Runde auf den aktuellen Stand der Ermittlungen zur Fahrerflucht. «Ich will einen Halterabgleich. Mit allen Namen aus dem näheren und weiteren Umfeld der Steen, die wir kennen. Die Nachbarn, die Leute aus dem Tierheim, die Frau von Daniel Castro. Jeder Einzelne, der in den Akten auftaucht.»

Pinto ergänzte: «Wir sollten auch noch mal die Leute in der *Taberna A Esquina* befragen. Wenn Nuno gezielt umgefahren wurde, muss der Mörder seinen Ablauf gekannt, ihn beobachtet haben. Vielleicht ist der Wagen in den Tagen vor dem Unfall jemandem aufgefallen.»

«Guter Punkt, Paulo. Außerdem hatte die Steen vielleicht inzwischen einen anderen Liebhaber. Auch den müssen wir finden. Dazu erfahren wir möglicherweise morgen mehr. Wir erwarten eine Zeugin, mit der Nuno Albuquerque über seine Chefin gesprochen hat.»

Bruno hatte das letzte Wort. «Wir sind raus, Jungs. Viel Erfolg.»

28

In dichtem Nebel fuhr ich in aller Herrgottsfrühe los. Die ersten fünfzehn Kilometer konnte ich nicht schneller als fünfzig Stundenkilometer fahren und fürchtete schon um meinen Zeitplan. Doch auf Höhe des Stausees von Odeleite begann die Morgensonne ihren Kampf gegen den Dunst. An der Auffahrt zur Autobahn hatte sie gewonnen. Die Silhouette der Burg von Castro Marim hob sich gegen einen wolkenlos blassblauen Winterhimmel ab. Eine gute halbe Stunde würde ich jetzt noch bis Olhão brauchen, für die Besuche dort hatte ich jeweils fünfundvierzig Minuten eingeplant. Danach noch mal zwanzig Minuten bis nach Faro, zehn durch die Stadt. Alles gut. Ich würde pünktlich bei der Polizei ankommen. Kein Grund, nervös zu sein. Aber mein Mund war trocken, und ich hatte schon die erste der beiden kleinen Wasserflaschen im Seitenfach der Wagentür ausgetrunken.

Es war alles ein bisschen viel auf einmal. Das Gefühl, Ricardo vielleicht ein Stück näher zu kommen, der schreckliche Tod von Nuno, das bevorstehende Wiedersehen mit João. Von wegen Wiedersehen, Anabela, du musst es dir gar nicht schönreden. Er will dich befragen, sonst nichts. Vermutlich zusammen mit dem Macho Paulo

Pinto. Bei dem Gedanken an den Inspektor sank meine Laune kurz in den Keller. Aber immerhin war ich auf den Termin gut vorbereitet. Gestern Abend hatte ich meine Zettel mit den Notizen über Liv Steen und meine Gespräche über sie herausgesucht. Ich war ziemlich sicher, die Unterhaltung mit Nuno einigermaßen genau wiedergeben zu können, und hatte mir noch mal vergegenwärtigt, was er gesagt hatte.

Unsicher war ich nur in einem Punkt: Sollte ich bei der Kripo erzählen, wen ich als Liebhaber von Liv Steen in Verdacht hatte, oder besser nicht? Es war ja nichts als reine Spekulation, nur eine Idee. Vielleicht sollte ich das spontan entscheiden, wenn ich João gegenübersaß. Je nachdem, wie das Gespräch lief. Und ob Pinto dabei war.

Kurz vor Olhão gab ich die Adressen von Fernando Gago und Almerinda Pina in das Navi meines Handys ein. Gago wohnte im Bairro dos Pescadores, einem Viertel nah am Fischereihafen. Dorthin fuhr ich zuerst. Mein Navi führte mich zu einem hässlichen Wohnblock, der dringend eines neuen Anstriches bedurft hätte. Ich drückte auf die Klingel. Nichts rührte sich. Ich klingelte wieder. Als ich gerade aufgeben wollte, ging der Türsummer. In einer offenen Wohnungstür erwartete mich ein alter Mann mit Strickjacke und blinzelte mich durch dicke Brillengläser an. Er stützte sich auf einen Gehstock.

«Sim?»

Lange hatte ich überlegt, wie ich vorgehen sollte, und mich ausnahmsweise für den direkten Weg entschieden.

«Guten Tag, Senhor Gago, ich bin die Enkelin von

Eduardo Silva aus Balurcos. Sie beide waren im gleichen Ortsverband der PCP in Vila Real. Vielleicht erinnern Sie sich an ihn?»

«Eduardo Silva? Aus Balurcos? Wo ist das?»

«In der Nähe von Alcoutim.»

«Nein, tut mir leid.»

«Sind Sie sicher?»

«Aber klar bin ich das. Nur weil ich alt bin, bin ich noch lange nicht verblödet.»

«Nein, natürlich nicht. Dann entschuldigen Sie bitte die Störung.» Die Tür schlug zu, ohne dass er ein weiteres Wort verloren hätte. Nicht enttäuscht sein, Bela. Damit musstest du rechnen. Meine Hand tastete nach dem Bild in meiner Manteltasche.

Die zweite Adresse war in der Avenida 5 de Outubro, einer der Hauptstraßen des Ortes. Nicht weit vom Fähranleger nach Culatra, an derselben Straße, an der auch die Markthallen lagen.

Zehn Minuten später stand ich Almerinda Pina gegenüber, einer rüstigen Dame mit frischgelegter Dauerwelle und Kittelschürze. Wieder sagte ich meinen Spruch auf.

«Eduardo? Aber natürlich erinnere ich mich an ihn. Lebt er noch?»

«Leider nein, er ist schon vor zehn Jahren gestorben.»

«Das tut mir leid. Und Sie sind seine Enkelin? Kommen Sie doch herein! Möchten Sie einen Kaffee?»

«Danke, gern.»

«Das ist schön. Wenn man älter wird, bekommt man nicht mehr oft Besuch.»

In ihrem Wohnzimmer, das eine Kopie des Wohnzimmers meiner Eltern hätte sein können, setzten wir uns auf ein Sofa mit Schondecken.

«Es ist bestimmt dreißig Jahre her, dass ich zuletzt mit Eduardo gesprochen habe. Kurz bevor wir aus Vila Real hierher umgezogen sind. Aber vor der Revolution haben wir viel zusammen erlebt. Das waren schwierige Zeiten damals, schwierig und gefährlich für uns als Kommunisten.»

«Ich würde Ihnen gern ein Bild zeigen. Es zeigt einen jungen Mann, der heute etwa Anfang fünfzig ist, wenn er noch lebt. Ein Cousin von mir.»

«Und Sie wissen nicht, ob er noch lebt?»

«Nein, er wurde durch schwierige Umstände von unserer Familie getrennt und hat wahrscheinlich in Olhão gelebt, zumindest in seiner Jugend. Vielleicht kennen Sie ihn?»

Ich nahm das Foto aus der Tasche und gab es ihr.

«Das ist hier vor der Markthalle aufgenommen», sagte sie.

«Ja.»

«Ich weiß nicht, das Gesicht kommt mir bekannt vor. Und diese blauen Augen ... kann sein, dass ich ihn schon mal gesehen habe. Aber sicher bin ich nicht.»

«Denken Sie bitte genau nach. Er heißt Ricardo und ist vermutlich bei einer Familie hier in der Gegend aufgewachsen. Vielleicht bei Parteifreunden.» Ich hielt den Atem an.

«Tut mir leid, mein Kind, davon weiß ich nichts.»

Noch immer blickte sie auf das Bild. «Obwohl, warten Sie, da gab es einen Arzt. Wie hieß der denn nur ... Moment mal.» Sie stand auf und ging zu einer Kommode, wühlte in einer Schublade. «Wo habe ich denn … das muss hier doch irgendwo sein … ach, hier ist es ja.» Sie schob die Schublade zu, kam mit einem Stapel vergilbter Zeitungen zurück, blätterte eine Weile und zeigte mir schließlich die Titelseite einer Ausgabe von 1980. «Sehen Sie, da wurde über unseren Ortsverband berichtet. Wir gehören ja zu Faro.» Ein Foto zeigte den neugewählten Vorstand. Dona Almerinda nahm eine Lesebrille aus der Tasche. «Der hier.» Sie tippte auf den Kopf eines Mannes, las die Bildunterschrift. «Doutor António Fiolhais, genau, so hat er geheißen. Ich kannte ihn nicht gut, er war Arzt in Faro. Und später ist er aus der Partei ausgetreten. Aber ich weiß noch, dass ich ihn mal auf der Fähre nach Culatra getroffen habe. Mit seiner Frau und seinem Sohn. Der hatte hellblaue Augen, ich weiß noch, wie hübsch ich den Jungen fand. Aber ob Ihnen das weiterhilft?»

«Ganz bestimmt!» Am liebsten hätte ich die alte Dame umarmt.

Fiolhais. Der dritte Name auf meiner Liste. Ich saß im Auto und konnte mein Glück kaum fassen. Stopp, Anabela. Não deites foguetes antes do tempo, lass die Raketen nicht vor der Zeit steigen. Das kann immer noch ein Zufall sein, so selten sind Kinder mit blauen Augen nun auch nicht. Aber auf der Fähre nach Culatra! Auf dem Weg zu der Insel, auf der ein anderes Bild von Ricardo aufgenommen worden war. So viel Zufall konnte es doch gar nicht geben. Aufgeregt fuhr ich nach Faro.

Ob ich gleich zu der dritten Adresse fahren sollte? Ich

sah auf die Uhr. Noch eine knappe Stunde Zeit bis zu dem Termin bei der Polizei. Ich hielt an, konsultierte das Navi. Die Adresse war in Montenegro, einem Stadtteil in der Nähe des Flughafens, die Polícia Judiciária am anderen Ende der Stadt im Zentrum. Der Verkehr war dicht, und ich musste noch Zeit für die Parkplatzsuche einplanen. Nein. Die Vorstellung, Ricardo zu finden und dann gleich wieder loszumüssen, war alles andere als schön. Wozu die Eile, Bela? Nach deinem Termin bei der PJ hast du alle Zeit der Welt. Also einen Kaffee trinken. Nur wo? Ich war auf der vierspurigen Straße unterwegs, die Faro von Ost nach West wie eine Hauptschlagader durchzieht. Gleich kam der Kreisel, an dem ich mich entscheiden musste: Rechts ging es zum Forum Algarve mit seinen Cafés und Geschäften, links weiter in Richtung Altstadt. Ich erinnerte mich an eine Bar am Largo da Sé, gleich um die Ecke der PJ, und entschied mich für die Altstadt.

Kaum aus dem Kreisel heraus, trat ich allerdings impulsiv auf die Bremse und erntete hinter mir empörtes Hupen. Heute kann ich nicht mehr sagen, warum meine Aufmerksamkeit von dem langgezogenen weißen Gebäude angezogen wurde, an dem ich gerade vorbeifuhr. Waren es die vergitterten Fenster im Erdgeschoss? Oder das Wort Psiquiatria, das mir auf einem Schild ins Auge sprang? Ich weiß nur, dass ich den Blinker setzte und den Wagen in eine große freie Parkbucht direkt vor dem Gebäude und dem Schild lenkte. Hospital Faro, Departamento de Psiquiatria e Saúde Mental. Die psychiatrische Abteilung des Krankenhauses von Faro.

Durften psychisch Kranke Besuch bekommen? Blöde

Frage, Bela, natürlich. Außer vielleicht, sie waren in einer geschlossenen Abteilung. Dachte ich jedenfalls. Mir fehlte in diesem Punkt glücklicherweise jegliche Erfahrung. Aber es gab einen ganz einfachen Weg, es herauszufinden. Langsam ging ich an dem Gebäude entlang. Es war ziemlich heruntergekommen, bei einem der vergitterten Fenster fehlte die Scheibe, hinter einem anderen befand sich eine altersschwache Lamellenjalousie in beklagenswertem Zustand. An der Ecke des Gebäudes führte eine Rampe zum Eingang. Verschlossen. Mist. Und seltsam. Denn laut einer Hinweistafel an der Tür hatte die Klinik geöffnet. Von Besuchszeiten war keine Rede. Hm. Neben der Tür war ein Fenster. Ich spähte durch eine schmutzige Scheibe in einen Raum, der in zartem Uringelb gestrichen war. Wahrscheinlich in den siebziger Jahren, aus denen auch die weißen Schalenplastiksitze stammen mochten, die vor einem leeren Schreibtisch aufgereiht waren. Ich versuchte mir vorzustellen, in diesem Gebäude wegen Depressionen behandelt zu werden. Kam mir vor wie ein Widerspruch in sich.

Ich ging die Rampe wieder herunter. An das Gebäude schloss sich eine Mauer an, unterbrochen von einer breiten Einfahrt. Und siehe da, hier gab es Leben. Ein Auto bog ein, eine Schranke hob und senkte sich. Ich ging ein Stück weiter. Hinter der Mauer stand ein kleines Pförtnerhaus. Und darin waltete ein vielleicht vierzigjähriger Mann in weißem Hemd seines Amtes.

«Guten Tag. Ich möchte Álvaro Cabral besuchen, er wird hier stationär behandelt. Ist das möglich?»

Ich wollte den Mann natürlich nicht wirklich besuchen. Nur mal einen Blick auf ihn werfen. Sehen, ob er klein und alt war, wie Nuno gesagt hatte, fast zwei Köpfe kleiner als Liv Steen. Wobei er womöglich übertrieben hatte. Nach dem Bild, das ich von ihr gesehen hatte, schätzte ich, dass sie gut einen Meter siebzig groß gewesen war. Wenn der gute Álvaro also größer war als ich mit meinen eins fünfundsechzig, konnte er kaum der Liebhaber sein. Und ich musste nicht mehr darüber nachdenken, ob ich João von ihm erzählen sollte oder nicht. Ganz einfach.

Der Pförtner machte nicht viele Worte. Er griff zu einem Telefon, brummelte «Besuch für Cabral» in den Hörer, hörte kurz zu und sagte dann zu mir: «Station A, er ist im Besuchsraum.» Mit einer Handbewegung wies er mir den Weg die Einfahrt entlang. Offenbar hielt sich Cabral nicht in einer geschlossenen Abteilung auf. Das war doch schon mal gut. Ich hatte übrigens nicht vor, mit ihm zu sprechen oder mich vorzustellen. Wollte, wie gesagt, nur schnell gucken und wieder gehen. Wenn sich jemand wunderte, dann konnte ich irgendwas von einer Verwechslung erzählen. So weit der Plan. Er hatte natürlich eine kleine Schwachstelle. Was sollte ich sagen, wenn seine Frau bei ihm war und mich sah? Ach was, Anabela, heute hast du Glück, du wirst schon sehen. Und wenn, dann wird dir schon was einfallen.

Ein bisschen mulmig war mir schon. Ich war noch nie in einer Psychiatrie gewesen. Und das heruntergekommene Gebäude verstärkte das mulmige Gefühl noch. Der Teil des Hauses, den ich wenig später betrat, sah aber deutlich besser aus. Gepflegter, freundlicher. Anscheinend war hier erst kürzlich renoviert worden. Die Wände in hellem Grün, an den Wänden bunte Drucke. Wie in anderen Krankenhäusern auch, nur war es hier ruhiger. Es gab Hinweisschilder zu den verschiedenen Stationen. Station A lag im Erdgeschoss am Ende eines Ganges. Zweimal begegneten mir Menschen in Kitteln und mit Klemmbrettern, die keinerlei Interesse an meiner Wenigkeit zeigten. Das lief doch bestens.

Die Glastür zur Station A ließ sich leicht aufdrücken. Ein langer Flur mit geschlossenen Zimmertüren. Auf einer Bank an der linken Wand saß eine junge Frau im Nachthemd mit wirrem Haar und sprach mit einer Puppe, die sie im Arm wiegte. Sie sah nicht auf. Ein Mann im Jogginganzug lief den Flur auf und ab, anscheinend in einen inneren Monolog vertieft. Auch er nahm keine Notiz von mir. Ich ging an den beiden vorbei und erspähte etwa in der Mitte des Flures rechts eine angelehnte Tür. Sie war breiter als die anderen Zimmertüren. Der Besuchsraum, nahm ich an. Oder das Schwesternzimmer. Bisher war mir hier kein Personal begegnet. Ich hörte eine leise Stimme. Langsam ging ich näher an die Tür heran. Wenn es das Schwesternzimmer war, wollte ich dort niemanden auf mich aufmerksam machen.

Die Stimme schien auf jemanden einzusprechen, sanft und beruhigend. Fast schon wie ein Singsang. Oder war das eine Patientin, die mit sich selbst sprach? Ich drehte mich um, sah in den Flur zurück. Die Frau im Nachthemd saß unverändert auf ihrer Bank, den Blick auf die Puppe gerichtet, vor sich hin redend. Der Jogginganzugmann lief in Richtung Ausgangstür. Davor, auf dem Gang vor der Station, stand ein verlassener Medikamentenwagen. Der war eben noch nicht da gewesen. Es konnte nicht mehr lange dauern, bis jemand vom Pflegepersonal erschien. Gehen oder bleiben?

Inzwischen stand ich direkt neben der angelehnten Tür, hörte die liebevolle Stimme, verstand aber kein Wort. Plötzlich schrie ein Mann, zornig, laut. «Lass mich endlich in Ruhe! Ich will zu ihr!» Auch die Frau sprach jetzt lauter, aber immer noch mit diesem säuselnden Ton: «Das kannst du nicht, sie ist weg, sie kann dir nicht mehr weh tun. Das habe ich dir doch erklärt. Dafür habe ich gesorgt.»

Ich kannte diese Stimme.

«Geh weg! Ich will dich nicht!»

«Sei nicht so undankbar, Liebling.» Das klang nicht mehr ganz so ruhig. «Nach allem, was ich für dich getan habe. Für uns. Ich will doch nur, dass du gesund wirst und alles wie früher ist!»

Der Mann fing an zu wimmern. «Warum lässt du mich nicht endlich sterben?» Dann wieder lauter. «Geh doch endlich, du Hexe!» Plötzlich ein lautes Klirren und ein Aufschrei. Was war da los? Ich blickte mich hektisch um. Die Frau auf der Bank reagierte nicht. Vielleicht stand sie unter Beruhigungsmitteln. Warum kam denn hier niemand? Ein weiterer Schrei. Ich musste etwas tun. Im nächsten Moment riss ich die Tür auf.

Das Bild, das sich mir bot, war grotesk. Ein kleiner älterer Mann mit einer hässlichen roten Narbe auf der Wange rang mit Renate Cabral um eine große Scherbe. Blut rann ihm aus der Hand und tropfte auf weiße Kunstblumen und die Reste einer zerbrochenen Porzellanvase, die verstreut auf dem Boden lagen. Im ersten Moment starrte ich wie paralysiert auf das tropfende Blut. Dann gab es eine ruckartige Bewegung, und Renate Cabral hielt die blutrote Scherbe in der Hand. «Das könnte dir so passen!», zischte sie. Ihr Mann sackte auf einen Stuhl.

Und ich? Ich stammelte: «Sie waren das, Sie haben Liv Steen umgebracht.»

Werde ich denn nie lernen, wann ich besser den Mund halten sollte? «Ich hole dann mal Hilfe.»

«Das halte ich für keine gute Idee», antwortete Renate Cabral.

An einem anderen Tag hätte ich sie vielleicht für ihre Schnelligkeit bewundert.

29

«Das glaubst du nicht!» Paulo Pinto stürmte in Almeidas Büro.

Im ersten Augenblick glaubte er, Pinto brächte Neuigkeiten aus seinem Liebesleben, so leuchteten dessen Augen.

«Ein cremefarbener C3, Baujahr 2005 ist auf Álvaro Cabral zugelassen. Und der ist der werte Gatte von …?»

Almeida sprang auf. «Renate Cabral!»

«Exakt.»

«Ruf bei der GNR in Castro Marim an. Die sollen den Wagen checken, sofort.»

«Schon passiert. Und ein Durchsuchungsbeschluss ist in Arbeit, falls die Herrschaften eine Garage haben.»

«Gut. Du hast die Frau nicht erreicht?»

«Nein. Sollen wir ihr Handy orten?»

«Noch nicht. In welchem Krankenhaus liegt ihr Mann?»

«Keine Ahnung.»

«Dann krieg's raus, Mann!»

Wieder allein im Büro, versuchte Almeida, sich einen Reim auf das zu machen, was er gerade erfahren hatte. Ohne Ergebnis. Fünf Minuten später rief Pinto an. «Der ist in der psychiatrischen Abteilung vom allgemeinen Krankenhaus. Schon seit Wochen.»

«Also kommt er als Fahrer nicht in Frage?»

«Wohl nicht.»

«Wissen wir, warum er da ist?»

«Wen soll ich das denn bitte fragen? Seinen Arzt ja wohl kaum.»

«Hast ja recht.» Almeida dachte nach. «Ruf noch mal die Kollegen in Castro Marim an. Da war doch diese Nachbarin, vielleicht weiß die es. Sie sollen sie wenn möglich fragen.»

«Mach ich.»

Es dauerte keine zwei Minuten, bis das Telefon erneut klingelte.

«Der Kollege, mit dem ich gesprochen habe, wusste es selbst. Cabral hat versucht, sich umzubringen. Es gibt einen Vorgang dazu. Ich habe dir das Aktenzeichen gerade geschickt.»

Almeida hackte auf die Tastatur seines Computers ein. Plötzlich hatte er ein kribbeliges Gefühl. Es schien ewig zu dauern, bis der Text auf dem Bildschirm erschien.

Wenige Tage vor dem Tod von Liv Steen war die GNR von Nachbarn alarmiert worden, die im Haus von Álvaro Augusto Cabral, 68, einen Schuss gehört hatten. Die Beamten wurden von der aufgelösten Ehefrau Renate eingelassen. Im Keller des Hauses fanden sie den verwundeten Mann. Nach Einlassung der Ehefrau hatte ihr Mann versucht, sich mit einem Schrotgewehr zu erschießen. Sie selbst sei durch Zufall gerade noch rechtzeitig in den Raum gekommen und ihm in den Arm gefallen. Der Schuss war losgegangen und hatte die Wange des Mannes verletzt. Es gab Schmauchspuren an den Händen des Mannes, keine an denen der Ehefrau. Der Verletzte war ins Krankenhaus Faro verbracht worden. Bei der Waffe handelte es sich um eines der Jagdgewehre des Ehemannes.

«Paulo? Lass das Telefon orten. Wir fahren zum Krankenhaus, sofort. Ich will mit diesem verhinderten Selbstmörder reden. Wenn seine Frau bei ihm ist, umso besser. In fünf Minuten beim Auto.»

Er griff nach Jackett und Waffe. Im Hinausgehen fiel sein Blick auf die Wanduhr. Zwanzig vor elf. Beim Wachhabenden im Eingangsbereich des Dienstgebäudes hinterließ er eine Nachricht für Anabela. Er werde sich verspäten, sie solle warten.

Almeida saß am Steuer. Bis zur psychiatrischen Abteilung, die abseits des Hauptkrankenhauses in einem eigenen Gebäude untergebracht war, brauchten sie nur wenige Minuten. Normalerweise. Ausgerechnet jetzt herrschte natürlich Stau. Pinto stieg aus, ging ein paar Meter vor, bis er die Ursache sehen konnte, und kam zurück. «Ein Auffahrunfall, kann nicht lange dauern.» Almeida trommelte mit den Fingern auf das Lenkrad. Als die ersten Töne des alten Liedes «Cheira bem, cheira a Lisboa», einer Liebeserklärung an die Hauptstadt, lautstark durch den Wagen klangen, schrak er zusammen. Pintos aktueller Klingelton. Er hatte anscheinend eine nostalgische Phase.

«Tou?» Pinto hörte kurz zu, streckte Almeida dann den erhobenen Daumen entgegen und beendete das Gespräch.

«Es ist höchstwahrscheinlich sein Wagen. Stand mit

einem fetten Schaden an Front und Seite in seiner Garage. Die Spurensicherung ist schon unterwegs.»

«Ruf bei der Staatsanwaltschaft an, wie brauchen einen Haftbefehl. Für Renate Cabral. Verdammt, wann geht das hier endlich weiter?»

«Für die Frau? Bist du sicher?»

«Nicht hundertprozentig. Warum?»

«Ich weiß nicht. Dass eine Frau im Stall geschossen hat, kann ich mir vorstellen. Aber der Mord an Nuno? Diese direkte Brutalität?»

Almeida lachte auf. «Du solltest mal dein Frauenbild überarbeiten, Paulo.»

«Aber warum sollte sie die Dänin umbringen?»

«Ich gehe davon aus, dass Álvaro Cabral ein Verhältnis mit Liv Steen hatte. Wir werden es gleich wissen.»

Nach fünf endlosen Minuten löste sich der Stau endlich auf.

Beim Krankenhaus hielt Almeida vor der Schranke und zückte seinen Dienstausweis.

«Wo finde ich einen Patienten namens Álvaro Cabral?»

«Der ist heute aber begehrt», sagte der Mann im Pförtnerhaus. «Station A, Besuchsraum.» Er öffnete die Schranke. Almeida parkte direkt vor dem Hintereingang des Krankenhauses. Kurz darauf liefen sie durch einen langen Gang auf eine Glastür zu, auf der der Buchstabe A prangte. Hinter dem Glas gab es anscheinend einen Tumult. Sie sahen mehrere Personen in Weiß, dazwischen Menschen in Freizeitkleidung, eine Frau im Nachthemd. Sie hielt eine Puppe in der Hand. Alle schienen durcheinanderzureden. Die Frau mit der Puppe hielt mit der anderen Hand einen hochgewachsenen Mann im weißen Kittel am Arm fest und redete auf ihn ein. Almeida und Pinto hörten nur gedämpfte Stimmen, zu verstehen war nichts.

Pinto stieß die Tür auf.

Das Gewirr der Stimmen schwoll an, aber es war unmöglich, den Grund für die Aufregung herauszuhören. Almeida vermutete in dem hochgewachsenen Mann einen Arzt und ging auf ihn zu. Ein Namensschild am Revers wies ihn als Dr. Fonseca aus. Er musste laut sprechen, um sich Gehör zu verschaffen.

«Chefinspektor João Almeida, PJ. Wo finde ich Álvaro Cabral?»

Schlagartig setzte Ruhe ein.

«Wie kommen Sie denn so schnell hierher?», fragte der Arzt. «Ich habe doch gerade erst angerufen.»

«Sie haben den Notruf gewählt? Warum?»

«Ja, sind Sie denn nicht deshalb …?»

Almeida ließ ihn nicht ausreden. «Sagen Sie uns einfach, was passiert ist.»

«Das wissen wir selbst nicht so genau. Anscheinend hat sich der Patient mit seiner Frau im Besuchsraum verbarrikadiert.» Er deutete auf eine breite Tür etwa in der Mitte des Korridors. «Wir können die Tür nicht öffnen.»

«Wann war das?»

«Vor ein paar Minuten erst.»

Die Frau im Nachthemd zupfte wieder am Ärmel des Arztes.

«Ja, Dona Maria, schon gut. Und diese Patientin hier sagt, da sei noch eine fremde Frau im Raum.»

Almeida erinnerte sich an die Bemerkung des Pförtners und runzelte die Stirn. Mindestens drei Personen also.

«Haben Sie versucht, mit dem Mann zu sprechen?»

«Natürlich. Aber es antwortet niemand.»

Almeida dachte kurz nach. «Paulo, ich gehe raus. Sobald ich Bescheid gebe, versuchst du, Kontakt zu Renate Cabral zu bekommen.»

Pinto nickte und ging in Richtung der breiten Tür.

«Wie komme ich auf die Fensterseite des Gebäudes, Doktor?», fragte Almeida.

«Am schnellsten durch die Station B, da gibt es einen Seitenausgang. Durch die Glastür, dann links und wieder rechts.»

Als der Chefinspektor die Seitentür gefunden hatte und nach draußen trat, hörte er sich nähernde Sirenen. Gut.

Er versuchte abzuschätzen, wo der Raum, den er suchte, ungefähr lag. Unterhalb der Fenster im Erdgeschoss waren Beete angelegt und mit kniehohen, dichten Büschen bepflanzt. Nach den ersten vier Fenstern zwängte er sich zwischen zwei Büschen hindurch. Er musste direkt an die Hauswand heran, wenn er versuchen wollte, in den Raum zu schauen, ohne selbst sofort gesehen zu werden. Almeida hoffte darauf, dass Cabral sich von Pinto ablenken ließ. Seine Hosenbeine blieben an den stacheligen Büschen hängen, er riss sich los und rief Pinto an. «Jetzt.» In gebückter Haltung arbeitete er sich von Fenster zu Fenster, hob vor jedem den Kopf für einen sekundenschnellen Blick ins Innere. Es war das achte.

Er blickte direkt auf die Tür. Unter der Klinke klemmte ein Stuhl. Zwei Frauen standen mit dem Rücken zu ihm davor. Die Grauhaarige musste Renate Cabral sein. Der Mann saß auf einem Stuhl an einem Tisch und hatte die Augen geschlossen. Irgendetwas Buntes lag auf dem Boden verstreut. Almeida ging wieder in die Hocke, riskierte kurz darauf einen zweiten Blick. Erst jetzt sah er Blut auf der Kleidung des Mannes, er war offenbar verletzt. Scheiße. Er schaute noch einmal zu den Frauen. Renate Cabral hielt etwas Rotes in der rechten Hand. Was, konnte er nicht erkennen.

Erneut hockte er sich in die Büsche, zog das Telefon heraus. Es dauerte, bis Pinto das Gespräch annahm, aber nicht antwortete. Almeida hörte ihn sprechen. «Kommen Sie heraus, das bringt doch nichts. Lassen Sie sich helfen. Es gibt immer eine Lösung. Hallo? Antworten Sie! Senhor Cabral?» Er machte eine Pause. «João? Was hast du?»

«Es sind tatsächlich zwei Frauen, Renate Cabral und noch eine andere. Álvaro Cabral ist verletzt. Unter der Tür klemmt ein Stuhl. Renate Cabral hat irgendwas in der Hand. Warte mal kurz.»

Wieder linste er über den Fenstersims. In diesem Moment drehte die andere Frau den Kopf und sagte etwas zu Renate Cabral. Almeida erstarrte, sein Herz schien einen Moment auszusetzen. Dieses Profil hätte er immer und überall erkannt. Das konnte doch nicht wahr sein! Verdammt, Anabela, wie kommst *du* da rein?

Renate Cabral hob die Hand. Jetzt konnte er erkennen, was sie darin hielt. Eine große Scherbe. Scherbe, rot, Blut. Nein!

Almeida zog die Glock.

Ein Schlag in das Fenster, die Scheibe zerbarst mit einem lauten Klirren.

«Scherbe fallen lassen! Tritt den Stuhl weg, Anabela!»

Beide Frauen fuhren herum, starrten ihn mit weit aufgerissenen Augen an. «Lassen Sie die Scherbe fallen», wiederholte Almeida, jetzt betont ruhig.

Die Frau rührte sich nicht.

«Der Stuhl, Bela!»

Ein Poltern, in der nächsten Sekunde preschte Pinto, gefolgt von zwei Schutzbeamten und dem Arzt, in den Raum. Almeida steckte seine Waffe erst wieder in das Halfter, als Pinto der Frau die Scherbe abgenommen hatte. Anabela lehnte neben der Tür, ihr Gesicht so weiß wie die Wand, die Augen noch immer tellergroß.

Fünf elend lange Minuten, bis er endlich aus dem Beet heraus und wieder im Gebäude war. Er rannte den Flur entlang, drängte die Leute zur Seite, die sich vor der Tür zum Besucherraum drängten, stürmte hinein. Wo war sie? Da stand Pinto mit den beiden anderen Beamten neben Renate Cabral. Der alte Mann saß nach wie vor auf dem Stuhl, eine Krankenschwester verband seine Wunde. Dann erst sah er den Arzt. Der hockte neben der Tür auf dem Boden, hielt mit dem linken Arm ein Paar Beine in die Höhe und hatte zwei Finger der rechten Hand am Puls von Anabela Silva.

Almeida zwang sich, durchzuatmen und mit normaler Stimme zu fragen: «Was ist mit ihr?»

«Kreislaufkollaps. Ich habe sie gefragt, ob sie verletzt ist, und sie ist umgefallen.» Er lächelte zu Almeida auf. «So stark ist meine Wirkung auf Frauen normalerweise nicht. Aber keine Sorge, sie sollte gleich wieder bei uns sein. Verletzt ist sie nicht.»

Almeida wäre am liebsten auch auf die Knie gegangen und hätte Anabelas Hand in die seine genommen. Aber er riss sich zusammen.

«Gut. Danke, Doktor.» Er drehte sich um.

«Renate Cabral, ich nehme Sie wegen des Verdachts des Mordes an Liv Steen sowie Nuno Albuquerque fest.»

Der alte Mann auf dem Stuhl fing an zu schluchzen.

30

Was für ein irrsinniger Traum. Als ich aufwachte, wusste ich weder, wo ich war, noch, weshalb ich auf dem Boden lag.

«Willkommen zurück, junge Frau. Ihr Kreislauf hat ein bisschen verrückt gespielt. Können Sie langsam aufstehen? Ich helfe Ihnen, und dann setzen Sie sich dort drüben auf den Stuhl.» Mir war immer noch ziemlich schummrig, als der Arzt mich zu dem Stuhl führte. Irgendjemand reichte ihm eine Dose Coca-Cola. Er gab sie mir. «Trinken Sie das, der Zucker und das Koffein bringen Ihre Blutzirkulation wieder in Schwung.»

«Danke.» Mehr brachte ich nicht heraus.

Kein Traum. Vor meinen Augen wurde soeben Renate Cabral aus dem Raum geführt, flankiert von Paulo Pinto und einem Uniformierten. Rechts von mir sprach João auf den vor sich hin schluchzenden Álvaro Cabral ein, ein anderer Uniformierter stand daneben. Der alte Mann trug inzwischen einen Verband an der Hand. João. Ich sah ihn wieder mit der Waffe in der Hand im Fensterrahmen stehen, umgeben von den Resten der Glasscheibe. Verrückt. Das war doch alles völlig verrückt. Ich wollte nur noch weg.

«Nein, bleiben Sie bitte noch sitzen.» Der Arzt drückte mich zurück auf den Stuhl und ging hinüber zu Álvaro Cabral. Dann war João bei mir.

«Anabela.» Sorge sprach aus seinem Blick. Sorge und Wärme. «Was machst du denn für Sachen?»

«Ich wollte ihn mir doch nur ansehen.»

An seinem veränderten Ausdruck konnte ich die Intelligenz meiner Bemerkung ablesen. Aber hey, der Schreck saß mir noch in allen Gliedern, etwas Klügeres fiel mir gerade nicht ein.

«Ihn ansehen? Wen?»

«Álvaro Cabral, den Liebhaber.»

«Du wusstest … Woher?» Er brach ab. «Das ist jetzt egal. Wir sprechen später über alles.»

Später klang gut. Ein paar Wochen später am liebsten. Wenn ich diesen Tag verdaut hatte. Falls ich ihn irgendwann verdaut hatte.

«Dann fahre ich jetzt nach Hause.»

«Auf keinen Fall. Ich lasse dich doch jetzt nicht Auto fahren. Außerdem brauchen wir deine Aussage. Aber das kann warten.»

«Ich will nach Hause.»

«Kommt nicht in Frage.»

Der Arzt war zurück an meinem Stuhl. «Das sehe ich ganz genauso. Sie haben eine traumatische Situation erlebt, einen Schock. Das ist nicht zu unterschätzen.»

«Hast du jemanden in Faro, bei dem du ein paar Stunden bleiben oder, noch besser, übernachten kannst?», fragte Almeida.

Ich schüttelte den Kopf. «Das ist wirklich nicht nötig. Ich mache meine Aussage, und dann fahre ich zurück.»

«Du hast doch gehört, was Doktor Fonseca gesagt hat.» Er überlegte kurz. «Ich bringe dich zu mir.»

Bevor ich auch nur einen Ton des Protestes von mir geben konnte, hatte er sein Telefon am Ohr. «Paulo? Bring die Cabral schon mal in Verhörraum 2. Ich komme nach. Dauert aber noch, ich muss noch was erledigen. Ja, jetzt.»

Ich stand auf, wollte verschwinden. Aber sofort wurde mir wieder schwindlig, und ich sackte zurück auf den Stuhl. Als João mir etwa eine Viertelstunde später auf die Füße half und mich zu seinem Wagen brachte, wehrte ich mich nicht. Ich nahm kaum wahr, wohin wir fuhren, bis ein braunes Schild nach Estoi wies und wir auf einen baumbestandenen Platz zufuhren.

«Da oben wohne ich», sagte João und zeigte auf ein historisches Eckhaus mit wunderschönen Fenstern und Steinornamenten. Im Erdgeschoss befand sich eine Apotheke. Einige Meter weiter parkte er seinen Wagen gegenüber dem Platz.

Eine steile Steintreppe führte zu der Wohnung. João schloss die Tür auf, und schon standen wir in einem riesigen, strahlend hellen Raum mit honigbraunem Holzboden. Ich zählte sechs fast bodentiefe Fenster mit hochglanzlackierten weißen Rahmen und niedrigen schmiedeeisernen Gittern davor. Eines davon war in der abgerundeten Ecke des Zimmers. Davor stand mit Blick nach draußen ein einzelner Ohrensessel aus weichem Leder samt Fußhocker und einer Wolldecke. Die Mitte des Raumes beherrschte ein Esstisch mit sechs passenden

Stühlen aus massivem, dunklem Holz und einem Kronleuchter, der nach Erbstück aussah. Links davon teilte ein Tresen die moderne Küchenzeile vom Wohnbereich, davor standen zwei Barhocker. João ging hinter den Tresen und zeigte auf eine Schranktür. «Kaffee und Tee sind hier, die Espressomaschine dort. Wasser findest du im Kühlschrank. Fühl dich wie zu Hause.»

Ich sagte nichts, sah mich weiter um, nahm jedes Detail der Einrichtung in mich auf, als gäbe es nichts Wichtigeres. Als könnte ich mit neuen Bildern diejenigen überdecken, die sich in meinem Kopf drehten.

Da ist die Scherbe in ihrer Hand. Ich habe Angst, dass sie mir das Ding ins Gesicht rammt. Aber sie sieht mich nur wütend an, greift mit der freien Hand einen Stuhl, schiebt ihn unter die Türklinke. Atmet schwer. Sagt nichts, macht nichts. Steht einfach nur da, bis ihr Atem sich beruhigt. Ihr Blick wird starr, geht an mir vorbei ins Nichts. Eine seltsame Ruhe umgibt uns, als stünde die Welt für einen Augenblick still. Auch ich rühre mich nicht. Dann erwacht sie aus ihrer Erstarrung, sieht mich wieder an. «Das war es dann wohl. Alles umsonst.» Sie spricht leise und monoton. Langsam hebt sie die Hand mit der verdammten Scherbe, ich zucke zurück. Sie lächelt. Lächelt mich an und setzt sich in aller Ruhe die Scherbe wie ein Messer an den Hals. Mein entsetztes «Nein!» geht in Klopfen und Rufen unter. Sie lässt die Hand sinken, sieht irritiert zur Tür.

Konzentrier dich auf das Hier und Jetzt, Anabela. An der einzigen fensterfreien Wand hing ein großer Flachbildfernseher. Darunter eine Stereoanlage auf einem Regal voller CDs, seitlich davon große Boxen, gegenüber ein schlichtes zweisitziges Sofa mit zwei kleinen Beistelltischen. Keine Bilder, keine Blumen bis auf eine einzelne ausladende Zimmerpalme. Spartanisch, männlich, geschmackvoll. Ich war nicht überrascht. Nur davon, dass ich überhaupt in dieser Wohnung stand.

João ging auf eine von drei Türen zu. «Hier ist das Gästezimmer.» Ich sah hinein. Ein bequem aussehendes französisches Bett mit dunkelgrüner Tagesdecke und ein paar hellen Kissen, eine Kommode, zwei Nachtschränkchen. Alt, aber aufgearbeitet. «Und dort ist das Bad.» Er zeigte auf die nächste Tür.

«Das müsste ich mal benutzen.»

Als ich zurückkam, gab er mir einen Schlüssel. «Ruh dich aus, Anabela.» Wieder dieser warme, besorgte Blick. «Bis später.»

Verloren stand ich in dem riesigen Zimmer und wusste nichts mit mir anzufangen. Was wollte ich hier? Es fühlte sich falsch an, in dieser Wohnung zu sein. Jetzt. Unter diesen Umständen. Den falschen Umständen. Ich sollte gehen. Aber ich war müde, so schrecklich müde. In meinem rechten Auge flimmerte ein weißer Lichtkranz. Vielleicht war mein Kreislauf tatsächlich noch nicht wieder ganz stabil. Einen Moment konnte ich mich ruhig in dem schönen weichen Ledersessel von den ganzen Aufregungen erholen. Den Kopf freibekommen.

«Warum?», frage ich Renate Cabral, will sie ablenken. «Warum haben Sie Ihre Freundin umgebracht?»

«Meine Freundin? Diese Nutte?» Sie lacht, leise und höhnisch. «Genau das war sie, eine berechnende Nutte. Und du –», sie sieht zu ihrem Mann, der in sich versunken und

blutend am Tisch sitzt, «du hättest alles für sie getan. Hörig war er ihr, hörig!»

«Er wollte Sie ihretwegen verlassen?», frage ich.

«Wolltest du das?» Sie geht zu ihrem Mann, tätschelt ihm den Kopf. Er fährt unter ihrer Berührung zusammen. «Wer weiß, wer weiß?» Plötzlich lacht sie schrill, es klingt irre. «Aber sie wollte dich ja gar nicht, nicht wahr? Den Laufpass hat sie dir gegeben, als sie dich nicht mehr brauchen konnte, oder etwa nicht?»

Ich gehe langsam näher an die Tür, hoffe, dass sie es nicht bemerkt. Das Klopfen und Rufen hat aufgehört. Wenn ich schnell bin …

«Weg da!»

Innerhalb von Sekunden ist sie bei mir, in ihren Augen lodert Wut. Oder Wahnsinn?

«Das Hirn wollte er sich wegblasen, der armselige Idiot. Stimmt's nicht? Los, sag's ihr!»

Álvaro Cabral gibt keinen Ton von sich.

«Ich hab ihm das Leben gerettet, ich! Und kaum ist er im Rettungswagen, da greint er nach ihr! Er will zu seiner geliebten Liv!» Tränen laufen Renate aus den Augen, sie scheint es nicht zu bemerken. «Ich konnte doch nicht zulassen, dass er ihr wieder nachrennt. Das konnte ich einfach nicht. Ich hätte es nicht ertragen.»

Das Fenster explodiert, da steht João mit einer Waffe.

João. Ich würde ihm eine Nachricht schreiben, bevor ich ging. Ein Taxi rufen, mich zu meinem Auto bringen lassen, nach Hause fahren und morgen für die Aussage zurückkommen.

Gleich. Nach ein paar Minuten Ruhe.

31

In dem kleinen kargen Raum war es stickig. Das Aufnahmegerät lief, Almeida hatte Renate Cabral über ihre Rechte belehrt. Pinto und er saßen der schmalen, blassen Frau gegenüber, die bis jetzt geschwiegen hatte. «Wann hat das angefangen mit Ihrem Mann und Liv Steen? Woher kannten sich die beiden?», begann Almeida die Vernehmung.

Vor Renate Cabral stand ein Glas Wasser. Sie trank einen Schluck und sah Almeida mit einem müden Blick an.

«Ist das nicht egal?»

«Sie bestreiten also nicht, dass die beiden ein Verhältnis hatten und Sie davon wussten?»

«Mein Mann war früher beim Bauamt, er hatte viele Kontakte. Und er spricht Englisch. Das hat sich bei den Ausländern herumgesprochen, die in unserer Gegend etwas kaufen wollen und sich mit den Behörden schwertun. Damit hat er die Rente aufgebessert. Manchmal hat er auch Häuser vermittelt. Von privat.»

«So wie die Quinta da Palmeira an die Dänin.»

Sie nickte. «Aber das habe ich erst viel später erfahren. Und auch, auf welche Weise sie *bezahlt* hat.»

«Wie sind Sie dahintergekommen?»

«Ich habe ihn mit ihr telefonieren hören. Es war absolut widerlich.»

«Was meinen Sie damit?»

«Ich … darüber kann ich nicht sprechen.» Ihr Gesicht lief rot an. Wieder griff sie zum Glas und trank es aus. Almeida sah zu Pinto. Sie wussten beide, was sie vermutlich meinte. Es war nicht weiter wichtig.

«Woher wussten Sie, mit wem er telefoniert hatte?»

«Die Telefonliste», flüsterte sie. «Er war nicht besonders vorsichtig.»

Frage um Frage beantwortete Renate Cabral. Erzählte, wie sie gehofft hatte, dass ihr Mann diese Affäre beenden würde, wie schon andere davor. Wie sie die Frau aufgespürt hatte, als das nicht passierte. Wie sie ins Tierheim gegangen war, Seite an Seite mit der Rivalin gearbeitet hatte.

«Warum? Das verstehe ich nicht», warf Pinto ein. «Wieso haben Sie sich das angetan? Haben Sie zu dem Zeitpunkt schon beschlossen, die Frau umzubringen?»

Renate Cabral schüttelte vehement den Kopf.

«Ich wollte wissen, ob er ihr wichtig war. Ob er mich für sie verlassen würde. Oder ob sie nur mit ihm spielte und ich nur Geduld haben musste. Und genauso ist es gewesen. Sie hat gewartet, bis ihre Quinta perfekt war, alle Papiere in Ordnung, der Internetanschluss gelegt, was weiß ich. Und als er alles für sie geregelt hatte, hat sie mit ihm Schluss gemacht. Da sollte der nützliche Idiot aus ihrem Leben verschwinden. Und ich hab gedacht: Jetzt wird alles wieder gut.»

«Stattdessen hat er versucht, sich umzubringen», stellte Almeida fest.

Renate Cabral fing an zu weinen.

«Da wusste ich, sie muss weg.»

Pinto reichte ihr ein Papiertaschentuch.

«Und Nuno Albuquerque? Warum er?»

Geduldig warteten sie, bis die Frau sich die Augen trocken gerieben und die Nase geputzt hatte.

«Er war der Einzige, der wusste, dass ich Álvaros Frau bin. Die Dänin war ja fast nur mit anderen Ausländern zusammen. Die wussten alle nichts von mir.»

«Aber Nuno schon? Wieso?»

«Er kannte natürlich meinen Mann, der war ja oft genug auf der Quinta. Aber ich glaube nicht, dass er gleich wusste, dass Álvaro verheiratet war. Bis zu dem Tag, an dem wir ihn bei Corvo getroffen haben, beim Einkaufen. Er kam auf meinen Mann zu, dem das sichtlich unangenehm war. Álvaro hat uns notgedrungen einander vorgestellt. Ich hatte allerdings keine Ahnung, dass der junge Mann für Liv Steen arbeitete.»

«Wann haben Sie das erfahren?»

«Ich habe ihn im Stall gesehen, als ich dort war, um mir alles anzusehen. Und er natürlich mich.»

«Wann war das?»

«Kurz bevor ... bevor ich, Sie wissen schon, vor jenem Tag.»

«Da waren Sie zum ersten Mal auf dem Hof?»

«Ja. Kann ich bitte noch ein Glas Wasser haben?»

«Wir machen eine kurze Pause. Paulo, bist du so nett?»

Pinto nahm das leere Glas und verließ den Raum.

Almeida sagte nichts, während sie warteten. Sah sie nur an. Sie drehte den Kopf zur Seite.

Pinto war schnell zurück.

«Um den jungen Mann tut es mir sehr leid», sagte Renate Cabral, sobald das Band wieder lief.

Almeida kam die Galle hoch. Er musste sich zusammenreißen, um sie nicht anzuschreien.

«Wann haben Sie beschlossen, dass er auch ‹wegmuss›, um Ihre Worte zu benutzen?»

«Als ich gelesen habe, dass die Polizei wieder auf dem Hof ist. Da habe ich es mit der Angst bekommen.»

Nach gut einer Stunde ließ Almeida Renate Cabral in eine Zelle bringen. Die beiden Inspektoren gingen auf den Flur.

«Unglaublich, diese Kaltblütigkeit», sagte Pinto. «Da wartet die Frau seelenruhig ab, bis die Steen so gut wie tot ist, packt das Gewehr zurück in ihr Auto, ruft den Rettungswagen – natürlich zu spät – und redet von Mord. Nur um selbst sofort aus dem Fokus zu sein, falls es zu einer Ermittlung kommt. Erfindet Drohbriefe, die es nie gegeben hat, und lenkt den Verdacht auf die Nachbarn und das Thema Tierschutz.»

«Ein doppelter Bluff. Und wir sind ihr auf den Leim gegangen.»

«Und dann Nuno. Um den tut es ihr leid!» Pinto spuckte die Worte nur so aus. «Da wird einem ja schlecht. Und das alles aus lauter Liebe?»

«Liebe? Wohl eher eine Mischung aus Besessenheit und Demütigung. Unter Liebe stelle ich mir etwas anderes vor.»

«Da fällt mir ein», sagte Pinto und grinste. «Was hatte eigentlich deine Anabela Silva in dem Krankenhaus verloren?»

«Das werde ich sie gleich fragen.»

«Gleich?»

«Ja, gleich. Sie wartet bei mir zu Hause. Hör auf, so blöde zu grinsen.»

32

Ein Geräusch weckte mich.

«Anabela, warum sitzt du denn im Dunkeln?», fragte João Almeida und knipste das Licht an.

Er sah erschöpft aus, ein Bartschatten bedeckte Wangen und Kinn, die Falten neben seinem Mund waren tiefer als sonst, sein Anzug verknittert.

«Wie spät ist es?»

«Gleich acht.»

«So spät?» Oh Gott. Ich hatte Stunden geschlafen.

«Schön, dass du noch hier bist. Ich hatte Sorge, dass du nicht auf mich hören und verschwinden würdest.»

«Wie kommst du denn auf so was?»

Wir lachten beide, aber es klang verkrampft.

«Ich muss meine Eltern anrufen.»

«Mach das. Danach können wir essen.»

Er trug eine Tüte zur Küche, aus der es verführerisch duftete. Mein Magen knurrte, ich hatte seit heute Morgen nichts gegessen.

«Ich habe uns Hähnchen Piri-Piri mitgebracht.»

Für einen Moment fühlte ich mich in alte Zeiten versetzt, wenn Justus aus der Uni nach Hause gekommen war und uns etwas vom Thai geholt hatte. Es gab mir einen Stich. Dieser Mann war nicht mein Mann, die Wohnung nicht mein Zuhause.

«Ich sollte jetzt fahren, es geht mir wieder gut, wirklich. Ich nehme ein Taxi zur Klinik.»

«Das ist doch Unsinn, Anabela. Morgen früh musst du wieder hier sein. Rot oder Weiß?» Er stand hinter dem Küchentresen und hielt in jeder Hand eine Flasche. Wahrscheinlich hatte er recht. Und es gab ja schließlich ein Gästezimmer.

«Rot bitte.»

Natürlich war es Mãe, die ans Telefon ging. Ich merkte, wie ich mich verspannte, und hasste mich dafür. Mit Anfang vierzig sollte es mir doch wohl möglich sein, ohne große Begründung eine Nacht woanders zu verbringen. Was mochte João von mir denken? Aber meine Eltern – vor allem Pai – sollten sich nicht sorgen. Mãe und ich sprachen nach wie vor nur das Nötigste miteinander.

«Mãe? Alles in Ordnung bei euch? Hör mal, ich übernachte heute in Faro. Nein, nein, mit mir ist auch alles in Ordnung, ich habe nur morgen früh hier noch einen Termin, und heute hat sich alles länger hingezogen, als ich dachte.» Ich muss ja wohl nicht eigens erwähnen, dass ich für diesen Tag mal wieder meine Ausbildung vorgeschoben hatte. «Nein, kein Hotel, ich übernachte bei einem Bekannten im Gästezimmer. Nein, du kennst ihn nicht.» Ich sah, wie sich Joãos Gesicht zu einem Grinsen verzog.

«Dann bis morgen, grüß Pai von mir.»

João hatte inzwischen den Tisch gedeckt, die Hähnchenteile aus ihrer Aluminiumverpackung befreit und auf einer Platte angerichtet. In einer Schüssel dampfte Reis.

«Mein Vater hat Alzheimer. Es geht ihm besser, wenn seine Tage geregelt ablaufen. Und normalerweise bin ich am frühen Abend bei ihm. Oder er bei mir.» Wie wenig er von meinem Leben wusste.

«Du bist mir keine Erklärungen schuldig, Anabela.»

João schenkte Wein ein. «Ich habe dir übrigens unten in der Apotheke eine Zahnbürste besorgt.»

«Danke.» Wir aßen schweigend. Schließlich tupfte er sich die Mundwinkel mit einer Serviette ab und sah mir in die Augen.

«Ich möchte von dir hören, was heute dort in diesem Raum geschehen ist. Wieso bist du überhaupt in der Klinik gewesen?»

«Als ich neulich bei Renate Cabral zu Hause war –»

«Du warst bei ihr? Ich hatte dich doch ausdrücklich gebeten, mit der Fragerei aufzuhören!»

«Ich war wegen der Homepage für den Tierschutzverein bei ihr. Wir sind ganz zufällig auf Liv Steen gekommen. Jedenfalls hat sie ganz anders reagiert, als ich gedacht hätte. Sie und Liv Steen waren doch angeblich Freundinnen. Aber an dem Tag hat sie eher geklungen, als wäre sie sauer auf die Steen gewesen. Sie hat schon fast verächtlich über sie geredet. Und dann gar nicht mehr. Genauso wie Gerda Schneider.»

«Wer?»

«Nicht wichtig. Jedenfalls kam mir die Idee, dass Liv Steen sich vielleicht an die Männer ihrer Freundinnen rangemacht hat. Und deshalb wollte ich wissen, ob Álvaro Cabral so aussieht, wie Nuno ihn beschrieben hat. Um dann zu entscheiden, ob ich dir von meiner Idee erzähle.»

«Ach tatsächlich?»

«Tatsächlich.»

Er versuchte, weiter böse zu gucken, aber sein Mundwinkel machte sich für eine Sekunde selbständig. Ich sah es genau. Dann seufzte er schwer.

«Nuno. Er würde noch leben, wenn ich gleich auf dich gehört und nach dem Liebhaber gesucht hätte, anstatt mich von der Drogenspur ablenken zu lassen. Ich verdammter Idiot!»

«Was willst du damit sagen?»

«Der Unfall ...»

Ich verstand sofort. «Renate Cabral. Sie hat den Wagen gefahren.»

«Ja.»

«Hat sie das gestanden?»

«Ja. Beide Morde.»

Einige Minuten lang war nichts anderes zu hören als die Geräusche von der Straße vor dem Haus, die gedämpft zu uns heraufdrangen. Dann räusperte sich João.

«Du wolltest dir also den Mann ansehen. Aber das konnte doch die Cabral nicht wissen. Warum hat sie dich bedroht?»

«Das hat sie eigentlich nicht. Nicht direkt», sagte ich und schilderte, was geschehen war.

«Verdammt. Wie viele Fehler will ich denn noch machen?» João sprang auf und ging zum Küchentresen, auf dem sein Telefon lag.

«Chefinspektor Almeida hier. Renate Cabral muss in eine Suizid-Präventionszelle verlegt werden. Sofort. Danke.»

Zusammen räumten wir das Geschirr ab, stellten es in die Spülmaschine. João schenkte Wein nach, nahm unsere Gläser und trug sie zum Sofa. Er schaltete den Leuchter über dem Tisch aus und eine Stehlampe an. «Ich ziehe mich kurz um, okay? Wenn du Musik hören möchtest, such dir etwas aus.»

Der Schein der Lampe tauchte den Raum in warmes Licht. Dunkelrot schimmerte der Wein in den großen Gläsern. Unter anderen Umständen … Lass das, Anabela. Die Umstände sind so, wie sie sind. Du bist hier, weil du einen schwachen Kreislauf hast. Komm bloß nicht auf romantische Ideen. Schon gar nicht an einem Tag wie diesem. Das Gesprächsthema des Abends ist eine Doppelmörderin, schon vergessen?

«Wieso setzt du dich nicht?» Der Herr Chefinspektor hatte sich wieder in den großen Jungen mit Brille und Silberhaar verwandelt. Jeans und schwarzes Sweatshirt, frisch rasiert. Er kniete sich vor das CD-Regal. Zwei Minuten später erklang zarte Gitarrenmusik. Und ich stand immer noch wie eine Statue neben dem Küchentresen. Ich gab mir einen Ruck, ging zum Sofa, setzte mich, nahm mein Glas in die Hand und starrte auf den dunklen Bildschirm an der Wand. Wie sollte ich mich verhalten? Eben, beim Essen mit einem Tisch zwischen uns, hatte ich mich wohler gefühlt. Jetzt stand mein ganzer Körper unter Spannung.

João setzte sich neben mich. Legte mir ganz leicht seine Hand auf den Arm. Nicht anfassen, dachte ich, bitte nicht anfassen. «Sieh mich an, Anabela, bitte. Ich möchte dir etwas sagen.»

Langsam drehte ich den Kopf, nicht sicher, ob ich jetzt Vorhaltungen ertragen konnte, auch nicht in einem sanften Ton. Denn sanft war sein Ton tatsächlich.

«Seit wir aus Chaves zurück sind –»

«Chaves? Wie kommst du denn jetzt –»

«Nein, Bela, bitte unterbrich mich nicht, das hier fällt mir schwer genug.» Er trank einen Schluck Wein.

Ich hielt den Atem an.

«Seit wir aus Chaves zurück sind, habe ich mit aller Macht versucht, nicht an dich zu denken. Nicht an deine freche Art – du weißt, dass du mich damit in den Wahnsinn treibst, oder? –, nicht an deine schönen Augen, nicht an dein Lächeln, nicht an unseren Kuss. Ich habe dich nicht angerufen, wollte dich nicht sehen. Damit ich dich endlich aus dem Kopf bekomme. Aber … heute, als ich dich gesehen habe, in dem Raum dort, mit dieser durchgedrehten Frau, und dachte … ich hätte es nicht ertragen, wenn dir etwas passiert wäre, Anabela.»

«João …»

«Ich bin noch nicht fertig!»

«Entschuldigung.»

«Wenn man meiner Exfrau und meiner Exfreundin glaubt, dann sollte jede kluge Frau einen riesigen Bogen um mich machen. Ich bin ein Egoist, zeige zu wenig Gefühle und bin verschwunden, sobald die Arbeit ruft. Wer sich auf mich einlässt, macht sich anscheinend im selben Atemzug unglücklich. Ich denke, das solltest du wissen. Und ich würde dich schrecklich gern wieder küssen.»

Tja, was soll ich sagen? Ich habe bis heute nicht herausgefunden, ob das Gästebett bequem ist.

33

Es ist beschämend, ich weiß. Eine erwachsene Frau sollte nicht alles vergessen, was ihr wichtig ist, nur weil ihr die eine oder andere Aufregung die Tagesplanung durcheinanderbringt. Oder weil der Mann ihrer Träume sich plötzlich für sie interessiert. Aber unrühmlich oder nicht: Die Suche nach meinem Cousin kam mir erst nach dem Frühstückskaffee wieder in den Sinn. Und auch nur deshalb, weil ich auf der Suche nach dem Kosmetiktäschchen in meiner Handtasche auf den Umschlag mit den Bildern von Ricardo stieß.

João stand schon an der Wohnungstür. Hellgrauer Anzug, weißes Hemd, dunkle Brille, ernstes Gesicht. Nur ein winziges Lächeln im Mundwinkel. Ganz der Chefinspektor. Mir persönlich gefiel die private Version doch einen Tick besser. Vor allem die ganz private. Nicht schon wieder grinsen, Bela.

Im Auto zog ich den Umschlag aus der Tasche.

«Was hast du da?»

«Du wirst dich wundern. Bilder von meinem Cousin. Von dem, den ich suche.»

Er sah zu mir herüber, zog die Augenbrauen hoch.

«Wundern ist gar kein Ausdruck. Wie kann das sein?»

Ich sagte es ihm.

«Das ist ja ein Ding! Und das erzählst du mir erst jetzt? Wieso …? Schon gut, ich ziehe die Frage zurück.»

«Aber warum um alles in der Welt haben deine Großeltern ihrer Tochter nie erzählt, dass ihr Kind lebt und noch dazu ganz in der Nähe?»

«Ich weiß es nicht, João.»

Ich hatte lange über diese Frage nachgedacht, war aber zu keiner wirklich überzeugenden Antwort gekommen. Vielleicht hatten sie es zwar für ihre Christenpflicht gehalten, den Jungen gut zu versorgen und sich dieser Versorgung auch zu versichern, ihn aber nicht in der Familie haben wollen. Ich würde es wohl nie erfahren.

Kurz vor der Altstadt sagte João: «Also gibt es hier in Faro noch einen Arzt, den du aufsuchen willst.»

«Wenn er noch lebt. Ich weiß nicht, wie aktuell die Daten aus dem Parteibüro tatsächlich sind. Aber zumindest habe ich eine Adresse, in Montenegro.»

«Weißt du, ob es auch einen Ricardo Fiolhais gibt?»

«Noch nicht.»

«Wenn du willst, kann ich den Namen für dich checken, während du deine Aussage machst.»

Und ob ich wollte.

Er setzte mich bei meinem Wagen ab. Ich warf nur einen kurzen Blick auf die Klinik. Es schien viel länger her zu sein als ein paar Stunden, dass ich nichtsahnend in dieses Gebäude gegangen war. Und ich freute mich nicht gerade darauf, die Ereignisse des gestrigen Tages gleich noch einmal wiedergeben zu müssen. João hatte gesagt, dass er mich nicht selbst befragen würde. Vermutlich stand mir eine Begegnung mit Paulo Pinto bevor. Nun denn. Falls es für mich und João so etwas wie eine Zukunft gab – nicht dass wir darüber gesprochen hätten –, würde ich mich ohnehin an seinen besten Freund und Kollegen gewöhnen müssen. Vielleicht hatte ich dessen nette Seiten bisher nur übersehen. A esperança é a última a morrer. Die Hoffnung stirbt zuletzt.

Aber es war nicht Pinto, mit dem ich im Polizeipräsidium sprach. Ein Beamter, den ich nicht kannte, nahm meine Aussage auf. Übrigens in demselben Raum, in dem ich vor einigen Monaten schon einmal gesessen und während einer Befragung übersetzt hatte. Nach einer halben Stunde unterschrieb ich den Ausdruck und fragte nach Joãos Büro. Er war allein und saß hinter seinem Schreibtisch.

«Komm rein, schöne Frau, und setz dich einen Moment.» Er wies auf den Stuhl vor seinem Schreibtisch.

«Hast du schon etwas herausgefunden?»

«Ja, und ich fürchte, es wird dir nicht gefallen.»

«Sag es einfach.»

«António Fiolhais ist vor einem halben Jahr gestorben, er war übrigens Gynäkologe im hiesigen Krankenhaus. Seine Frau ist schon länger tot.»

«Und, gibt es einen Ricardo Fiolhais, einen Sohn?» Mein Herz klopfte.

«Den gibt es tatsächlich. Er ist in Montenegro gemeldet, hat dort eine eigene Apotheke und lebt in seinem Elternhaus. Ein Witwer und Vater von zwei Söhnen.»

«Aber das ist doch großartig!»

«Ich bin noch einen Schritt weitergegangen, Bela. Er

ist nicht adoptiert, sondern laut Geburtsurkunde leibliches Kind seiner Eltern.»

Oh.

«Er kann es also nicht sein.»

«Nein.»

«Ich fahre trotzdem zu ihm.»

«Aber wozu?»

«Ich muss wissen, wie er aussieht. Nur um ganz sicher zu sein.» Ich dachte nach. «Einem Gynäkologen wäre es nicht schwergefallen, mit falschen Angaben an eine Geburtsurkunde zu kommen. Zumindest damals. Wann ist dieser Ricardo geboren?»

«Am 18. Januar 1964.»

«Das passt doch!»

«Anabela, bitte.»

«Bitte was? Ich fahre da jetzt hin.»

«Teimosa como uma mula», murmelte João. Ich verstand ihn dennoch. Stur wie ein Maultier.

«Dann komme ich mit», sagte er laut.

«Kannst du denn jetzt hier weg?»

«Ich habe mehr Überstunden, als das Gesetz erlaubt. Und ich bin der Chef. Ich sag nur schnell Pinto Bescheid.»

Wir fuhren in seinem Wagen nach Montenegro, dem Stadtteil direkt neben dem Flughafen.

«Nur mal angenommen, dieser Ricardo sieht dem Jungen auf den Bildern tatsächlich ähnlich. Was wirst du dann tun?»

«Ich weiß es nicht, João.» Ich wusste es wirklich nicht.

Die Apotheke lag etwa in der Mitte der kilometerlangen Hauptstraße des Stadtteils, die direkt auf den Flughafen zuführte. Als wir aus dem Wagen stiegen, flog eine landende Maschine so dicht über uns, dass ich meinte, die Schrauben zählen zu können, die sie zusammenhielten.

Ein rot-grün blinkendes Apothekenkreuz, eine grüne Markise. Im Schaufenster stapelweise Grippemittel und Cremes gegen trockene Winterhaut. Ich stand ziemlich lange davor.

«Bereit?», fragte João schließlich. Ich nickte, atmete tief ein und ging voran. Innen war die Apotheke modern und groß. Größer, als ich von außen vermutet hätte, mit einer langen gläsernen Verkaufstheke. Dahinter stand eine junge Frau im weißen Kittel und beriet eine alte Dame zum Thema Bluthochdruck. Eine Tür führte in hintere Gefilde, ich hörte jemanden sprechen. Einen Mann und eine Frau. Wir warteten, ich musterte Regale mit Kindernahrung, Pflastern und Pflegemitteln.

«Ja, bitte?» Die männliche Stimme. Dreh dich um, Bela. Dann weißt du Bescheid. Bring es hinter dich. Ich spürte, wie João mir seinen Arm um die Schulter legte. Okay, jetzt.

Blaue Augen sahen uns fragend an. Ich starrte auf den kleinen Leberfleck über der rechten Augenbraue und brachte kein Wort heraus. Da stand Ricardo Fiolhais. Der Sohn meiner Tante. Es gab nicht den leisesten Zweifel. «Wie kann ich Ihnen helfen?»

«Aspirin.» Ich musste mich räuspern. «Ich brauche Aspirin.»

«Können wir an den Strand fahren bitte?» João sah mich nur an, sagte nichts, fragte nichts. Ich war ihm dankbar dafür.

«Sicher.»

Schweigend fuhren wir über die einspurige Straße zur Ilha de Faro. Parkten, gingen an den Strand. Ich wandte mich nach rechts, dorthin, wo es keine Bars und Restaurants gab, keine Touristen, die einen Wintersonnentag am Atlantik verbrachten. Nur einen schmalen Sandstreifen, die Dünen und uns. Das Meer war so aufgewühlt, wie ich mich fühlte. João nahm meine Hand.

«Er ist es. Er ist es wirklich.» Ich nahm die Fotos aus der Tasche. «Siehst du hier? Der Leberfleck? Er hat ihn genau an der gleichen Stelle wie meine Tante. Dabei dachte ich immer, Leberflecken könnte man nicht vererben. Was soll ich denn jetzt tun?»

«Du hast nicht wirklich damit gerechnet, ihn zu finden, oder?»

«Doch. Nein. Ich weiß nicht. Meine Mutter …» Ich brach ab.

«Ja?»

«Sie sagt, dass es nur Schmerz bringt, wenn ich dieses alte Fass aufmache. Vielleicht hat sie recht. Was denkst du? Würdest du wissen wollen, dass du andere Eltern hast? Wenn du über fünfzig Jahre geglaubt hast, deine Mutter und dein Vater seien deine leiblichen Eltern?»

Erst jetzt machte ich mir klar, dass ich immer von einer anderen Voraussetzung ausgegangen war. Davon, dass der Junge, der Mann, von der Adoption wusste. So wie all diejenigen in Spanien, die nach ihren leiblichen Eltern suchten. Das war natürlich immer noch möglich, aber ich hielt es wegen der falschen Geburtsurkunde für ziemlich unwahrscheinlich. João unterbrach meine Gedanken.

«Diese Tante, die ihn geboren hat. Lebt sie noch?»

«Nein. Nein, sie ist … sie hat …»

«Willst du mir nicht endlich vertrauen, Bela?» Er blieb stehen, drehte sich zu mir um, sah mir in die Augen.

«Ich habe es noch nie jemandem erzählt.» Tränen stiegen mir in die Augen. João wischte sie mit dem Finger weg. Wartete ab.

«Sie hat sich umgebracht. Meinetwegen. Wegen meiner verdammten Neugier. Sie ist in meinen Armen gestorben, verstehst du? Und da habe ich ihr versprochen, ihn zu finden. Herauszufinden, ob es ihm gut geht.»

Mehr brachte ich einfach nicht über die Lippen.

«Komm, lass uns weitergehen.» Er legte den Arm um mich. Ich schniefte und fand in meiner Manteltasche ein Papiertuch.

«Dass es ihm gut geht, weißt du jetzt. Dein Versprechen hast du auf jeden Fall gehalten. Du könntest es dabei belassen.»

«Ja, das stimmt.»

«Aber dann wird Ricardo Fiolhais nie wissen, dass er noch eine andere Familie hat, zum Beispiel eine wunderschöne Cousine.»

Und dass er das Produkt einer Vergewaltigung ist, dachte ich.

Schweigend gingen wir weiter bis zur Spitze der Landzunge, wo ein Meeresdurchfluss die Insel vom Festland trennt, und drehten um.

«Ich denke, du solltest das mit deinen Eltern besprechen, meinst du nicht?»

«Vielleicht. Ich werde darüber nachdenken.»

Und das tat ich. Stundenlang. Bis zu dem Moment, an dem ich am späten Mittag zu Hause ankam. Noch immer unentschlossen.

Mãe fing mich ab, als ich aus dem Auto stieg. «Anabela. Ich muss mit dir reden.»

«Pai? Ist was mit Pai?»

«Nein. Ich hatte eben einen interessanten Anruf. Komm bitte ins Haus.»

Was war denn jetzt wieder los? Ganz ehrlich, neue Probleme konnte ich gerade nicht brauchen. Mein Bedarf an Aufregung war für Monate gedeckt. Was sage ich? Für Jahre.

«Setz dich, Filha.»

«Wo ist Pai?»

«Er hat sich hingelegt. Hast du Hunger?»

«Nein. Also, was ist los?»

Sie setzte eine ernste Miene auf. «Ich dachte immer, du würdest mir vertrauen. Auch wenn wir nicht immer einer Meinung sind.» Theatralisches Seufzen.

«Wovon redest du?»

«Von deinem Termin heute in Faro.»

«Ich verstehe nicht, Mãe.»

«Maria hat angerufen.»

«Welche Maria?» In Portugal heißt mindestens jede zweite Frau mit erstem Namen Maria. In unserer Familie wimmelt es auch nur so von Marias, weshalb ich immer die zweiten Namen benutze.

«Maria Glória.»

«Unsere Nachbarin?»

«Nein, ihre Schwägerin.»

«Ist ja auch egal. Und was hat sie gesagt, diese Maria?»

«Dass Maria Antónia dich am Strand gesehen hat. Mit einem Mann. Ihr habt Händchen gehalten.» Nicht nur dass sie alle Maria heißen, sie bilden ein Informationsnetz, vom dem sich jeder Geheimdienst eine Scheibe abschneiden könnte.

«Du hast einen Freund, und ich als deine Mutter erfahre es zuletzt! Ich muss sagen, ich bin zutiefst enttäuscht.»

Ich lachte. Ich lachte, bis mir die Tränen kamen. Ich konnte einfach nicht anders.

«Ich verstehe nicht, was daran so komisch ist. Du hast mich angelogen.»

«Nur ein bisschen. Okay, es stimmt. Ich habe Händchen gehalten. Am Strand. Und wenn aus der Sache etwas wird, stelle ich ihn dir vor, versprochen.» Ich grinste sie an.

Natürlich kam ich so nicht davon. Was macht er denn beruflich? Wie alt ist er? Er ist doch wohl nicht verheiratet?

«Ein Inspektor von der PJ!», sagte sie schließlich in ergriffenem Ton. «Du bist aber doch hoffentlich in nichts verwickelt?»

«Nein.»

Nicht gelogen. War ich nicht. Nicht mehr.

Dann wurde ich ernst.

«Aber ich muss dir etwas anderes erzählen.»

Sie unterbrach mich nicht ein einziges Mal.

«Du hast ihn tatsächlich gefunden. Und du bist ganz sicher?»

«Ja.»

«Was gibt es denn da zu überlegen, Kind? Er gehört doch zu uns! Erzähl mal. Was macht er? Wie sieht er aus?»

Ich konnte sie nur fassungslos anstarren.

«Was guckst du denn so?»

«Mãe. Alzheimer ist nicht ansteckend. Du wirst ja wohl noch wissen, welchen Aufstand du gemacht hast.»

«Ich habe meine Meinung eben geändert.»

«Rede keinen Unsinn, du änderst deine Meinung nicht einfach so.»

Sie sah mir nicht ins Gesicht. «Ich hatte noch einen Anruf.»

«Von?»

«Von Maria.»

«Mãe!»

«Von Maria de Graça. Aus Cachopo. Vorher.»

Oh nein. Die katholische Heilerin und Seherin. Die mir vor ein paar Monaten jede Menge Unbehagen eingeflößt hatte. Unter anderem.

«Vor was?»

«Vor dem Anruf von Maria Glória. Deshalb habe ich ja im ersten Moment auch gedacht ... aber so schnell geht das ja nicht. Und du bist ja auch schon ein bisschen alt dafür.»

«Könntest du dich bitte mal klar ausdrücken?»

«Na ja, sie hat gesagt, dass unsere Familie Zuwachs bekäme. Und dass es Gottes Wille sei.»

EPILOG

An einem Sonntag kurz vor Weihnachten stand ich gemeinsam mit Ricardo Fiolhais vor der Grabstätte meiner Tante auf dem Friedhof von Alcoutim. «Ich lass dich dann mal allein.»

Langsam ging ich durch die Reihen der Wandgräber zurück zum schmiedeeisernen Friedhofstor. João wartete auf einer Bank mit Blick auf den Fluss.

«Hat er seinen Söhnen inzwischen von alldem erzählt?», fragte er, als ich mich zu ihm setzte.

«Noch nicht. Er will nächstes Wochenende nach Coimbra fahren und mit ihnen sprechen.» Ricardo hatte mir voller Stolz berichtet, dass beide Söhne an der dortigen Universität lehrten. Der eine an der pharmazeutischen Fakultät, der andere an der juristischen. Unter uns auf dem Fluss wurden auf einem Boot die Segel gesetzt. Wir sahen zu, wie es langsam Fahrt aufnahm. João legte den Arm um mich. «Und, wie fühlst du dich, Anabela?»

«Seltsam. Und glücklich. Glaube ich.»

«Glaubst du?»

«Genau weiß ich das erst heute Abend. Wenn ihr den Tag mit meiner Mutter überlebt habt, Ricardo und du.»

Er lachte. «So schlimm wird es schon nicht werden.»

Es war mir nicht leichtgefallen, Ricardo von seiner Herkunft zu erzählen. Tatsächlich hatten seine Eltern ihm nie etwas gesagt. Anfangs hatte er mir nicht glauben wollen. Bis er die Bilder sah, diese Bilder, die ihn in den ersten achtzehn Jahren seines Lebens zeigten. Und die Fotos seiner Mutter. Zwei Wochen lang hatte ich danach nichts von ihm gehört, dann hatte er um einen DNA-Test gebeten, der unsere Verwandtschaft eindeutig bestätigt hatte. Erst danach war er bereit gewesen, die Geschichte zu akzeptieren, und hatte viele Fragen gestellt, vor allem nach seiner Mutter. Ich hatte ihm alles erzählt, was ich wusste. Fast alles. Einen Teil der Geschichte würde ich immer für mich behalten.

«Er kommt zurück», sagte João nach einer Weile. Gemeinsam sahen wir meinem Cousin entgegen, der sich mit einem Taschentuch die Augen wischte.

«Alles in Ordnung, Ricardo?»

«Ich weiß es nicht, Anabela. Es ist schwer, immer noch. Zu wissen, dass meine Eltern mich mein Leben lang belogen haben und gleichzeitig die besten Eltern waren, die man sich wünschen kann. Und jetzt weine ich über das Schicksal der Frau, die mich auf die Welt gebracht hat und die ich nicht mehr kennenlernen kann.»

«Die dich ihr Leben lang geliebt und vermisst hat.»

«Ja. Glaubst du an Gott, Anabela?»

«Na ja …»

«Ich schon. Deshalb bin ich heute hier. Du hättest mich nicht gefunden, wenn er es nicht gewollt hätte.»

Ich nahm ihn in die Arme. «Weißt du was? Ich glaube, du wirst dich prächtig mit meiner Mutter verstehen.»

DANKE

Ein großer Dank geht an meinen Verlag – namentlich an Ditta Friedrich, die mir sehr viel Vertrauen entgegengebracht und mich in jeder Phase unterstützt hat. So macht Schreiben Spaß. Joachim Jessen von der Literarischen Agentur Schlück danke ich für den beständigen Rückenwind, mit dem er mich durch mein Autorenleben bringt. Bei Katharina Rottenbacher bedanke ich mich für ihr aufmerksames Lektorat.

Schreiben ist grundsätzlich ein ziemlich einsamer Job – aber zum Glück nicht immer. Ich bedanke mich von Herzen bei meinen Freunden und Helfern. Ihr ermutigt mich, helft mit Ideen, wenn sie mir gerade fehlen, kritisiert mich, habt manchmal einfach nur ein offenes Ohr oder unterstützt mich mit eurem Fachwissen oder Korrekturen. Und gelegentlich rettet ihr ohne Übertreibung durch euer Mitdenken das ganze Buch. Danke, Conny Boden, Ulrike Gussmann, Annegret Heinold, Verena von Hoyningen-Huene, Christoph Höver, Meike Janzen, Dr. Peter Koj, Ute Mertens, Nicola Reyk, «Ernesto» Schreinert, Birgit Wehage, Nina Utermöhlen. Ihr seid die besten Schreibbegleiter, die man sich wünschen kann. Detlef Conrad – du bist natürlich noch viel mehr!

MIX
Papier aus verantwortungsvollen Quellen
FSC® C083411

Das für dieses Buch verwendete Papier ist FSC®-zertifiziert.